某日的下午茶

杨小凡　著

作家出版社

目　录

序　中国经验的丰富性及其"相对化"

1

我与小凡兄认识已有十几年了，我们最初相识是在酒场上，我那时不知天高地厚，竟敢向一个做酒的老总挑战，当然很快就喝醉了，但也因此与小凡兄成了朋友。这么多年来，我们喝了不少次酒，每次都喝得很尽兴。尤其是有一年在德州开会，会后我要回冠县老家，小凡兄说也到我家去看看我老娘，那次他和谢欣老师跟我一起回了老家，让我颇为感动，当然我们喝得也很痛快。还有一次，小凡兄在清华读"总裁班"，那天喝酒时小凡兄带了一本《说文解字》，我们都喝得不少，我让小凡兄将这本书送给我，并请他及当时在场的朋友都签了名，以为纪念，后来谈起此事，小凡兄竟然不记得送书的事情了，可见那天喝得确实很爽快，这本书现在我仍然珍藏着。

在喝酒时，我们谈得最多的当然是文学，小凡兄让我感到敬佩的是，他的工作如此忙碌，竟然能写出那么多作品，可见他是多么热爱文学，又是多么勤奋。而他写作的一个长处是人生阅历丰富，他对社会的各个阶层和各个层面都有深刻的了解，无论是城市生活还是乡村生活，无论是底层生活还是精英生活，他都可以深入其中的内在逻辑，可以说这是他作为作家的重要资源与财富。当不少作家还在为"深入生活"而苦恼时，杨小凡却已经向我们展示了生活的多姿多彩。在长篇小说《楼市》中，我们可以看到，从盖楼的打工者、包工头到房地产公司的老总、售楼小姐等不同阶层的生活；从征地、盖楼到售楼等房地产运作的不同环节，小说中无不有精彩细致的描写。杨小凡的小说也多采用现实主义的方法，他用笔记录着我们这个时代生活的新经验，并不断将之转化为新的美学元素，在长篇小说中是如此，在中短篇小说中也是如此。

在他的小说中，我们可以看到鲜活的中国经验，以及我们这个时代最核心的焦虑与矛盾。

这本小说集是杨小凡中短篇小说的一个选集，共收入《寻找花木兰》《我们无路可返》《梅花引》《一条狗的前世今生》《缔结了就不会消失》《武松的爱情》等十四篇小说。这些小说的题材各异，为便于讨论，我将这些小说大体分为两类：《寻找花木兰》《我们无路可返》《缔结了就不会消失》等小说为一类，这些小说更多地涉及对人生的反思；《桥墩儿》《梅花引》《一条狗的前世今生》为一类，这些小说都关注当下中国乡村的现实问题，对当代城乡问题的思考更加深入，对社会场景的描绘也更加开阔。

2

在杨小凡的小说中，《寻找花木兰》《我们无路可返》《缔结了就不会消失》可以说是一种异类，在《楼市》《总裁班》等小说中，我们看到的杨小凡是一个社会的观察者，他对当代纷纭复杂的社会现象有独特的观察与思考，以个人的丰富阅历深入到某些社会事件的背后，揭示其运作机制与内在逻辑，可以说这是杨小凡小说的长处与特点。但在《寻找花木兰》《我们无路可返》《缔结了就不会消失》等小说中，我们可以看到另一个杨小凡，与其他小说不同的是，这些小说更多关注的是人生或"自我"的问题，而不是社会问题，而在写法上，这些小说也更注重艺术性，更加虚实相生，更有人生的况味。

在《寻找花木兰》中，"我"与中学同学艾文化三十多年没有见面，中间只通过几次电话，每个人都在各自的人生轨道上发展。艾文化在电话中总是提起我们的同学"花木兰"，这让"我"回忆起了艾文化、"花木兰"的一些往事。几个月前艾文化又来电话说"花木兰"境况很不好，需要很多钱，希望"我"能出手相助，正好"我"要到艾文化所在的城市去，想见面跟他商谈。"我"在宾馆的电视上看到了"花木兰"，几经辗转联系上她，发现她的境况与艾文化说的不符；"我"又去艾文化所在的人事厅去找他，才发现他在三个月前自杀了，而他的情况也并非像他说的那样……这篇小说让我们看到了作者对人生道路的思考，那些多年不见的同学，亦真亦幻，亦虚亦实。"我觉得真的像是在梦中，一点都不真实。可当她说起同学时的事与人时，我才确信打电话的真是花木兰。难道艾文化这一年来的电话都是假的，或者，给我打电话的那个艾文化，从一开始就是我的幻觉？我与花木兰通话时，几次掐自己的手，一直怀疑自己不是清醒的。"——而当这些最熟悉的人与事也让我们产生怀疑的时候，那么"自我"的真实性又在哪里？作者在小说中将艾文化、"花木兰"的人生经历相对化、虚幻化，既在艺术上为我们带来了虚实相生的震惊感，也让我们将个人的人生经验相对化，在更高的层面上思考人生与世界的真相。

《我们无路可返》与《寻找花木兰》相似，也试图将特定的人生经验"相对化"，在小说中，"我"与同学周而比在大学毕业后，各自走上了新的人生道路，一个在县文化馆当专业创作员，一个到乡信用社当信贷员，但多年之后，两个人的人生发生了天翻地覆的变化，"我"从一个落魄作家成了省摄影家协会的副主席，周而比则成了农商行行长，市里的大红人。但周而比也有自己的烦恼，他整天被各种人与事缠身，难得清静，只能和"我"谈谈自己理想的生活。

这时候发生了一件大事，周而比突然失踪了，农商行和市里的舆论一时陷入混乱，但很快就恢复了平静，谁都不知道他去了哪里。一年之后，周而比来到了我的房间聊天，"他说……一直想辞职过自己想过的生活，也就是想带着小叶去西递住下来画画。他一直没有勇气这样做，总担心会引起社会和熟人的议论，甚至打乱这些人的生活。可他真正把自己隐居起来，想看看自己离开后到底会发生什么，却失望了。前一段，他回到了我们所在的那个城市，夜里首先找了由副行长升任的行长，行长警告他最好不要再出现，现在银行运行比你在时还好呢；他又来到家里，妻子和儿子也不再接受他……"在这里，周而比离开后，才发现自己并不像感觉中的那么重要，那些特定的经验只是特定的位置带来的，如果说从信贷员到行长是周而比人生的重大变化，是一层"相对化"，那么离开则是又一层"相对化"，而在小说的结尾，我们才发现，周而比来访也只是我的一个梦，这又是一层"相对化"，在这重重"相对化"之中，"我"或周而比的人生又有哪些是真实的？又有哪些是恒久不变的呢？小说让我们穿透层层迷雾，思考这一重要的人生问题。

《缔结了就不会消失》写"我"参加一个代表团赴澳大利亚参观访问，在机场"我"遇到了一个秃顶男人，在旅途中也数次见到他，直到小说的结尾，才揭开了这个人物神秘的面纱，"那次旅行到现在已经半年多了。我再没有过那个秃顶男人的信息。但接下来发生的

事，我不敢肯定与这个秃顶男人有联系。三个月前钟主席和钱坤被
'双规'了，取道伦敦逃到悉尼的卞艳被引渡回国"。小说从一个独
特的角度切入了反腐题材，也让我们看到了人生的神秘莫测，小说
整体平静的叙事最后以戏剧性结尾，也显示了作者的艺术驾驭能力。
在《寻找花木兰》《我们无路可返》《缔结了就不会消失》中，我们
可以看到人到中年的独特况味，那是混杂着虚幻、梦境的真实人生，
也是将人生"相对化"的独特感觉与思考。

3

　　相对于《寻找花木兰》等小说，《桥墩儿》《梅花引》《一条狗的
前世今生》等作品更注重对当前中国乡村问题的思考。《桥墩儿》从
一个母亲的角度，写一个打工者的惨状，他到一个桥梁工地上打工，
跌落在正在浇灌的桥墩中，施工方为节省资金，没有抢救他，而是
将他浇注在桥墩中，几个月之后，他的母亲找到桥梁工地上，才得
知了这一惨况。小说写的是社会问题，但却选择了一个独特的角度，
没有重点关注这一事件的发生与解决过程，而是从一个母亲寻找儿
子的过程入手，着重描绘她的内心世界与心理活动，让我们从一个
新的角度，感受这一事件给亲人带来的巨大创伤，"九妮不相信兴

旺会被浇进桥墩里，虽然那半个解放鞋的胶皮底儿就嵌在桥墩里面，但她还是不肯相信。他怎么就会失足掉下去呢？不可能，肯定不可能！"——这样的描述令人震惊，也让我们看到资本为了逐利是如何泯灭了人性！而结尾处，在母亲的想象中，儿子站在云彩上向她飘来，又冉冉上升，试图以一种虚幻的温暖安慰这个老人的心，则让我们看到了作者笔端的一抹温情。

《梅花引》从叙述者"我"回乡的角度，切入了对一段乡村历史的钩沉。小说中的三弄叔善抚古琴，是他年轻时在地主汪家学会的，但在新中国成立后他作为村里的干部，曾批斗过汪家的后人汪国庆，并致使"那次游街之后，他就得了吐血病，两年多吧，他就不声不响地殁了"。也因此，"我"父亲很看不上三弄叔的为人处世，对他当下的遭遇并不同情，认为是一种"报应"，"我"也对他感情较为复杂。此次回乡后不久，三弄叔跳塘自杀了，而在此之前他家遭了不少变故，"三弄叔出殡那天，我赶回了村子里。他的丧事办得很潦草，这也是自然的事，因为他儿子死了，媳妇已经走了，家里一个人也没有了"。在这篇小说中，我们可以看到乡村中人物历史的复杂性，以及乡村中伦理道德观念的强大，他们并不会因为一个人一时的得势或失势而态度大变，他们相信天理人心，相信"举头三尺有神明"，这样的观念支撑着他们为人处世的标准。三弄叔因为"恩将仇报"虽然一时得势，却并不能得到乡村伦理道德的认可。我虽然敬佩他的琴艺，但也对他并不完全认可。"离开村子的时候，我看到三弄叔的新坟就矗在我们那片祖坟里，若隐若现。明年的这个时候，新坟就变成旧土了。寒日那天，我也会给他烧一沓纸钱吗？"这样的疑问，既是问自己，也是在问三弄叔，更是在追问做人的道理。

《一条狗的前世今生》的视角与《梅花引》相似，也是以"我"回乡的经历，串联起花婶一家与狗的关系，通过颇富传奇性的故事，反思当代中国乡村人与人关系的变化、人与狗关系的变化。小说中花婶家的那条黑狗一代代传下来，但在不同时代却与人有不同的关系，小说的结尾又涉及了一个颇具神话色彩的传说，让小说具有一种神秘性，也让我们思考一条狗的"前世今生"及其与人类的关系。

我们可以看到，《桥墩儿》《梅花引》《一条狗的前世今生》等小说虽然关注的都是当代中国乡村的故事，但作者总是选择一种特别的角度进入，这样的视角给我们带来不一样的乡村故事，也为平凡的乡村生活赋予了一种新的色彩。

4

从以上简单的介绍与分析中，我们可以看到，杨小凡小说的题材十分丰富，涉及当代中国各个阶层的生活，他主要以现实主义的笔法捕捉鲜活的中国经验，并将之转化为小说的艺术，在他的小说中，我们可以看到当代中国的新经验与新变化。

值得一提的是，当我们置身于时代生活之中时，很难意识到这个时代真正的独特性是什么，只有当我们将这个时代的生活"相对化"，从不同的角度把握其特征，才能真正意识到我们生活在一个什么样的时代。一个优秀的作家通过他的作品，可以表现出一个时代的集体无意识，让我们清醒地意识到这个时代的精神与情感结构。杨小凡以其对时代生活的丰富了解，向我们展示了当代中国经验的独特性，他将当代生活"相对化"，并以艺术的方式加以把握，为我们勾勒出了一幅幅中国图景。

李云雷

（著名评论家、作家、《小说选刊》副主编）

寻找花木兰

一年前，接到艾文化的电话时，我吃了一惊。

三十多年了，我们没见过一次面。中间收过他一封信，大约是他考取大学后。当时，我是给他回了信的，却没有再收到他的回信。后来，他大学毕业，从办公室给我打过一次电话，说他分到了省人事厅。这是他打给我的第一个电话，我依然记得他说话的声音，他一定是涨红着脸、暴着脖子上的青筋说的。他很激动。

那时，我刚从师范毕业分到一所乡镇中学，我弄不清他是如何知道我所在的学校的。上世纪八十年代中期，打长途电话不是件容易的事，得七转八转才能接到。那天，他的确很激动，大学毕业能分到省人事厅，前途自然很光明，他有理由激动。

这通电话后，他又"消失"了。后来，我到省城去，好像为着职称的事想找他帮个忙，曾试着给人事厅打过一次电话。接电话的人说，没有艾文化这个人。那时省城里的交通也不方便，没有出租车，公交车也少——其实，可能是我对他不敢抱什么希望，最终竟没有去找他。

一晃，又过了二十多年。大约是六年前，一个有点暖洋洋的春夜，我的手机不停地响，接通后，那边自称是艾文化。这是他打给我的第二个电话。那天晚上，他似乎喝多了酒，话说得颠三倒四，好像是说自己当了副处长，要我去找他。那个时候，我已经辞去教师工作在深圳混了十来年，有家自己的公司，有了点底气，但很少回去了。这次电话后，我还真动了要去找他叙旧的念头。但过几天打他那个手机，竟停机了。我为了生意上的事也没太多闲心去想他，然后又是几年过去了。

我们是小学三年级到初中二年级的同学，而且同桌四年。现在想起来有点不可思议，为什么升入初中后我俩还一直同桌呢？但事情就是这样，过去的时间越久，少年时的情形反而越来越清晰，像细雨中的树叶支支棱棱地鲜活。

应该是一九七四年正月，这个不会错，那时候每学年都是从春节后开始的。开学那天，麦地里的积雪东一片西一片还没化净，在太阳下闪着亮光；通往学校的土路刚化冻，水和泥连在一起，脚踩上去再抬起来都有些费劲，但我还是欢欢喜喜地来到了学校。上课后，班主任孙老师进来了，他后面跟着一个腼腆的孩子，细高细高的，脸也出奇地白，与白菜帮子有一比。同学们立刻静下来。这时，孙老师领着他一步步走到我的桌子前，用手一指，他就坐在了我旁边。

后来，我们慢慢知道一些关于他的事儿。他父母从城市下放到乡下，他就从城里小学转到了我们班上。刚开始，他有明显的优越感，不跟同学说话，就连跟我这个同桌也好像没说过话，似乎怕我们听不懂他的话一样。下课了，同学们都疯子一样跑啊闹啊，他从来不参与。偶尔，别的同学碰着他，他会一遍一遍拍打蹭到身上的土。那时，我们还不知道什么叫"洁癖"，就是觉得他怪怪的。他说话的声音也跟我们不一样，慢腾腾软绵绵的，像广播里的播音员。

这自然惹恼了我们，就都说他"烧包"。我们那儿，说一个人装大、不理人就说他"烧包"，这是很让人生气的事。开始两个星期，同学们还都不惹他，后来就不一样了。有天中午下课后，刘玉兰突然大喊："艾文化是右派羔子！"全班同学立即齐声喊："右派羔子！右派羔子！"喊着喊着，刘玉兰就走到他面前，伸手拧住他的耳朵。他的耳朵像一块橡皮泥，被拉得很长，很薄，我竟看到了耳朵上的几根红红的血管。当时，他竟没有哭，一句话也没说。

直到老师进了教室，刘玉兰才松了手。

半学期后，他突然变了个人。下课也开始打打闹闹，抓张三一下踢李四一脚的。那时候，男女同学一起闹腾，毫无顾忌，不像现在的孩子早熟。当时，刘玉兰还不叫"花木兰"，但她是班上最泼辣的女孩，比男孩子还野。可能因为她爹是生产队长，从小没有人欺负她，她的胆子就可着肚皮长的吧。

有一天，大约夏秋之交，反正大家都穿着单衣。下课了，同学们兔子一样跳出教室。刚出教室门，艾文化就大喊："我有糖果！"喊罢，一只手插在裤兜里，另一只手捂住那个裤兜，弯着腰就跑。

刘玉兰撒腿就撵，我和其他同学也跟着撵。学校是一座破庙，就前后两个院子，艾文化围着院墙一圈一圈地跑。刘玉兰快要撵上他时，他另一只手也从兜里掏出来，甩着两只细细的长胳膊转圈跑。其他同学就扯着嗓子喊："抓住艾文化！抓住艾文化！"他已经大张着嘴喘粗气，硬着脖子挣扎着向前跑，刘玉兰紧跟几步抓住了他。艾文化倒在地上，刘玉兰用一条腿抵着他的一条腿，手就插进他的裤兜里。然后，就听到他一声大叫："我的蛋啊！"那天，他捂着裆部哭了半节课。孙老师训刘玉兰时，刘玉兰说："他骗人，说兜里有糖果，我伸手掏进去，里面啥也没有，就抓住了他的蛋蛋！"全班哄堂大笑。

一年前，艾文化打的那个让我吃惊的电话就与刘玉兰有关。

那通电话里他依然像喝多了酒，吞吞吐吐，颠过来倒过去。但我还是弄明白了，他要到我老家所在的故原县挂职担任县委副书记。他问到我俩小学和初中的一些同学。他特别打听了女同学花木兰的情况。他说他要去寻找花木兰，帮她做点什么……他小学四年级时就喜欢上了花木兰，这些年一直不能忘记。他似乎对花木兰这三十多年的生活轨迹非常清楚，说得有鼻子有眼。但他找不到花木兰，希望我能帮忙找一下她的联系方式。当时我有点吃惊，一、他竟然一直惦记着刘玉兰；二、他既然对刘玉兰那么熟悉，为什么又找不到她的电话什么的呢？

现在想来，他对刘玉兰的暗恋，也许就是从她抓过他蛋蛋开始的吧。

一年后的春天，小小的操场边长满了一圈青草，还开着零零碎碎的花儿，有蓝色的、黄色的、粉红的，四散在青草丛中。中午上体育课，体育老师"黄大个子"教我们掷铁饼。第一次学掷铁饼，我们都很兴奋。黄老师做过示范后，就让同学们排好队，一个一个地试着掷。刘玉兰是体育课代表，第一个掷。黄老师对她很满意，表扬了她。轮到我时，铁饼拿在手上沉沉的，一掷就掷偏了，引起同学们的哄笑。然后，黄老师就让刘玉兰辅导我们掷，他倚在那个破篮球架子上抽烟。

轮到我第二次掷时，刘玉兰走过来给我做示范。我当时想她也不是要给我示范，肯定是想多掷一次吧。但我没有办法阻止她，她是体育课代表，黄老师又让她做辅导。刘玉兰握住铁饼，迈出左腿站稳了，抡起右臂，晃了几下，猛地甩了出去。几乎是同时，艾文化大叫一声倒在地上。刘玉兰掷滑手了，铁饼正好砸在他的左脸上。我们都吓坏了，有谁突然喊："艾文化死了！"黄老师跑过来，用手在他鼻子上晃了晃，又用手掰了掰他的眼皮，一屁股坐在了地上。

艾文化当然没有死，但他的脸却肿得像块高粱面饼子，紫红紫红的。后来，他的左脸至少有半个月都比右脸大和厚，最让我不能忍受的是他左耳朵开始不断地流黄水，黏在耳郭里。要是别的孩子被刘玉兰弄成这样，家长肯定要跳着脚骂几次。艾文化的父亲和母亲却没有去找刘玉兰的爹，听说还把艾文化骂了一顿："不长眼，咋偏偏就砸着你了？砸死都不亏！"不过，刘玉兰是感觉理亏的，她常常把一团雪白雪白的棉花塞给艾文化，让他擦耳朵流出来的黄水。有时，还偷偷地从家里拿东西给他吃。我好几次亲眼看见，她往他的书包里塞芝麻面饼，弄得我听课都没有心思。

更让我想不到的是，从这次铁饼事件后刘玉兰竟变了个人，突然安静起来，跟我们说话时声音也变轻了，见到艾文化时，她的脸还会红。

艾文化告诉我，刘玉兰常常找他一起玩。那时，下午是不上课的，孩子们也没事干，有的放羊有的割草，多半是边玩边干。艾文化与刘玉兰之间究竟发生了什么，都在哪里玩的，我现在也不清楚。他的耳朵流了一个夏天的黄水，秋天开学的时候好了。然后，我明显感觉到刘玉兰没有从前对艾文化好了。虽然，我那时并不明白是怎么一回事，但我还是莫名地松了一口气。

一九七六年春节过后，我们升入了初中。那时叫"连盘端"，就是大家从小学五年级都直接升入中学。这一年，事儿真是不少。先是说要地震，人们都睡在窝棚里；后来毛主席去世了，生产队和学校到处一片哭声；再后来，又说打倒"四人帮"了，学校也开批判会，牛头马面的四个人弯腰站在会场中间，我们在老师的带领下，举着拳头呼喊……到了春节，学校门口突然搭起了戏台子，唱起古戏来。我是第一次见这些穿着长袍戏装画着花脸的人，稀奇得很呢。后来，又在大队部唱过几次，戏台口两盏汽灯哧哧地冒着扎眼的白光，台上台下都欢天喜地的。

第一次看戏我就喜欢上了。想来这也是一种缘分，在这之前我是从没见过古装戏的。现在，我肯定是每过几天就要认真地听一场古装戏，当然是在电视上或者听碟片。妻子和儿子总不以为然，会笑我"提前进入老年期"，说我"未老先衰"的时候也不少。可我只是笑笑，在这方面他们与我是不能沟通的。

自从艾文化给我打电话说起花木兰后，我每次再看戏曲节目时总能想起刘玉兰来。刘玉兰学戏是很早的，古装戏在我们那儿重现不久，也许还不到几个月，再开学时就不见刘玉兰的影了。老师说她退学进了戏班，学戏去了。戏班就在离学校几里路的龙湾集上。她学的是豫剧，说是唱《花木兰》。从此，在我们同学口中刘玉兰就变成了"花木兰"。

要想欢，进戏班。想必那段日子，花木兰一定是开心死了。

上初二的那个冬天，放学时艾文化让我晚会儿走，他有事要跟我说。见他说话时声音软绵，面带神秘，我觉得他可能有大事要跟我说。果然，他说他们家要迁回城里，不在这儿上学了。我听后，感觉很突然，说来就来，说走就走啊！最后，他又红着脸求我道："今儿晚上龙湾集有戏，她在那里。你陪我去找她，好吗？"说实在的，那个时候我挺喜欢艾文化的，何况他要回城，从此就见不到了，求我办这点事，我没有多想就答应下来。

冬天，天黑得快，我俩到了集上天已经黑透了。但戏台那边的汽灯挂上后，立刻明亮起来。艾文化远远地站在戏台外面，让我去后台找花木兰。我知道他让我陪他来的意图，就不好推托，笑了一下向戏台后面走去。后台被一圈秫秸秆编的箔围着，里面不少人嘻嘻哈哈地画着花脸。我伸头向里面看了一眼，想找花木兰，一个画着红脸的男人就吆喝着让我离开。我又向里面伸了一次头，里面不少男男女女都画了脸，穿着戏装，根本认不出谁是谁。于是，我就回到了艾文化身边。

一通开场锣鼓，接着戏就开演了。我和艾文化转到了戏台前面，瞪着眼瞅戏台上的人。我俩都在找花木兰。由于心里想的全是花木兰，戏台上唱了什么根本没入耳。这场戏是《花木兰》，她演的又是花木兰，她肯定是要出来的。但我俩急得要命，恨不得她能立即出场才好呢。

感觉过了很长时间，艾文化突然拉紧我的胳膊。这时，花木兰一身红装，终于出场了。锣镲鼓笙伴奏声中，婉转多情的声音响起来："这几日老爹爹的疾病好转……"原来前面是加演，《花木兰》现在才正式开始。

艾文化一直盯着台上的花木兰，我分明看见他额头上渗出一层汗来，在汽灯白光的照射下闪闪发光。由于我俩的心并不在听戏上，后来又唱的什么，记不清了。唱到后半场，艾文化拉着我的手，绕到戏台后面。

艾文化让我去后台口那里等花木兰，等她从前台下来的时候叫她。我是有些为难，但敌不住他的苦求，就硬着头皮过去了。锣鼓声中，花木兰下场了，另一个演员上场了。就在这当口，我拦住了花木兰，急急地说："刘玉兰，艾文化找你！"她一愣。这时，艾文化就过来了。花木兰犹豫一下，站住。我向后一退，花木兰随着我向外走两步。艾文化从怀里掏出一包东西递给花木兰，小声说："我要回城了。这是甘草，你可以润嗓子的！"花木兰没有去接，想说什么还没开口，就听一个男人喊道："玉兰，准备上场！"

第二天，艾文化就离开学校回了城。花木兰呢，四处演戏，似乎很少回来。即使回来过，我那时在学校里，也不可能见上她。从此，我与艾文化和花木兰都再也没有见过面。要不是艾文化提起刘玉兰，我几乎忘记了曾经有过这么一个女同学。

那次电话一个多月后，艾文化的电话又打来了。他说，他已到故原挂职县委副书记了，而且还回了龙湾集一趟。他托人打听关于花木兰的消息，但没有找到她。只是听说花木兰跟戏班里一个老男人结婚生子后，又离婚了，好像这个孩子在前夫那里，十几岁就死了；后来，豫剧没人听，她改唱流行歌曲，又随一个大棚歌舞团到了南方，在街头演出；她又结过一次婚，生有两个儿子，又离婚了；再后来，说她在南方某城的夜总会唱歌，孩子就放在老家由她母亲养着；好像前几年她得了病，流落到一个小县城里……

艾文化在电话里这样断断续续地说，我一边听一边犯疑，他这次讲的好像跟上次有出入。但我也没多想，放下电话，就把这事给忘了。人总是这样，当自己的事还忙不过来时，肯定不会上心与自己没有多大关联的事。次贷危机以后，公司一直不死不活的，我正愁着呢。

没有闲心想别人的事，不等于自己天天忙碌和充实。那段时间生意确实不好，我无聊时学会了弄微博。微博的确是个好东西，五花八门的信息让我惊奇，这样自然就把郁闷的时间打发了不少。一个深夜，我又在泡微博，突然看到一条寻人的信息。在一张照片下面有两句话，说这个人得抑郁症失踪了，知情者请联系一个手机号。我看一眼照片，觉得竟有些像艾文化，但仔细看，又觉得与我记忆和想象中的他实在相差甚远。后来，我就把目光转到一条女星绯闻的微博上了。

时间过得真快，不知不觉一年就要过去，新的一年说来就来了。

街上都在卖春联了，我才想起又一年要过去。穷人富人，年不等人，年总是要过的。那天晚上我从家里出来，走到卖春联的摊子前，想找一副吉利的春联。

这时，我的手机响了，是个陌生号码，一接，原来是艾文化。他总能在我几乎忘记他的时候打来电话。

他仍然很激动，根本不给我插话的机会，声音不停地涌过来：这二十多年在机关快要憋死了，二十多年装孙子一样才混个副处；在县里当了副书记才感觉到什么叫人生得意……终于找到了花木兰，她已病丑得不成样子，过去那美好的感觉一点也没有了，真后悔见到她……毕竟喜欢过她，要为她做点事情；开始的时候给她一些钱，后来，她就让给她儿子安排工作……她有两个儿子，安排了一个还要安排另一个，何况天天来县委找，那阵势肯定是想与我结婚……

那天足足通话一个小时后，他仍没有想结束的意思，一直到我的手机断电自动关机，才算听不到他的声音了。我突然觉得自己也许不认识艾文化这个人了。这一切都是真的吗？我就像做梦一样。这次电话后，我开始害怕艾文化再给我打电话。我不知道这种担心从何而来，反正就是担心。

我在深圳十几年了，对四季的变化已经很麻木，对春夏秋冬的概念很模糊，只对阳历的月份敏感。三月过后，生意渐渐好起来，我的心情也好许多。那天，我谈了一个订单后心情很好，一个人坐在茶楼里想让自己安静一下。就在这时，手机响了，本不想接电话的，见是陌生号码，怕错过生意就接通了。没想到，打电话的竟还是艾文化。

这次他声音很低，有时低到要断的样子。他说：快被花木兰缠死了，她得了重病住在县医院里，不停地打电话过来，不停地要钱……真没想到，原来深爱的那个花木兰会变成这个样子……她确实是需要钱，但我的钱也不多，十年前就离婚了，那点工资还要给女儿抚养费……求你了，你是老板，能不能给她点钱，让她放开我……

怎么会是这个样子呢？我放下手机，心里很不是个滋味。

我想，也许艾文化所说是真，花木兰境况确实很不好，很需要帮助。当时，我决定拿一些钱帮助她，毕竟她是自己的小学同学，毕竟自己现在也算是有资产的人了。但冷静下来，一种担心便又生长出来：如果我拿钱去帮助她，会不会也被她缠上呢？会不会也被艾文化缠上呢？想着，想着，我心里就越发没有了底，最后就在犹豫中搁置下来了。

说实在的，我不是心疼几万块钱，我是怕被一种看不见的东西缠上。现如今，好心扶起倒在街上的老太太都能被讹上，何况花木兰和艾文化都是自己的小学同学呢。

于是，我就强迫自己不再去想艾文化和花木兰。他们能从我脑子里消失才好呢。

真是活见鬼了。艾文化这次电话后十几天，我又接到一个陌生女人的电话。听声音，这女人应该年龄不大，但声音里却透着一些风尘味，让我不敢确定她的年龄。电话接通后，她语速很快，带着哭腔，第一句话就问我艾文化在哪里。我有些莫名其妙，想问清她是谁，可她就是不给我插话的机会，像决堤的河水劈面向我涌来，她起伏的声音就像不时的水浪让我有些眩晕。但渐渐地我听明白了一些。

这个女人，准确地说应该是风尘场里的女孩。她说艾文化骗了她两年……艾文化跟她说自己是人事厅的处长，可实际上狗屁也不是……她说他承诺跟她结婚的，但现在又跟一个叫花木兰的女人混在一起……她要找到这个横刀夺爱的花木兰算账……

当她说得实在累了，略停下来的时候，我才能插上话。

我告诉这个女人，自己快三十年没有见过艾文化了。我问她是如何知道我的手机号的，又是如何知道艾文化与花木兰在一起的。这是我最想知道的。我不问还好，这么一问，这个女人的话匣子又打开了。她竟责怪起我来。她说，是从艾文化的手机上看到我的号码，艾文化常常说我是他最好的朋友……她知道艾文化与花木兰好上了，这也是艾文化自己说的……他就是个神经病……是个大骗子……

放下这个女人的电话，我真是心乱如麻，而且有一种说不出的恐惧感。艾文化、花木兰，还有这个女人，他们之间到底发生了什么？这个艾文化啊，越来越神秘，越来越考验我的想象力了。这三十多年来，艾文化到底发生了什么变故？花木兰与他又有什么纠葛呢？下意识里，我实在不想跟艾文化联系。后来，我想了想，觉得先打听一下花木兰的情况看看。

于是，我开始七拐八拐地给一些老家人打电话，想打听花木兰的消息。但奇怪的是，把几个人反馈来的关于花木兰的片段加在一起，竟出乎意料地与艾文化电话里说的相差不大。只是，这些差不多的事情都是多年前的信息了，她最近的情况，老家人比我知道的多不到哪里去。时间一过，我的好奇心又淡下去了。毕竟生意难做，我的公司还没有真正活过来。有时候忙来忙去一场空，心情烦躁无暇他顾；有时候忽然接到大单，也是战战兢兢，老想打个翻身仗。

两个月前，我接到一个订单，高兴之余忽然又有点犹豫。因为这个订单要到客户所在的 H 市去签，而艾文化就在这个省会城市 H 市。我不知道怎么好像都有点"恐艾症"了，难道我害怕见到他时他真向我要资助？虽然生意不顺，但是资助几个钱还是绰绰有余的。我觉得我是害怕那种压抑感。我宁愿去资助一个陌生的人，也不愿资助一个小时候的同学，让人难堪。在心里磨叽了两天，最终还是决定去。做出这样的决定基于两点，一是，不想放弃这单生意；二是，艾文化说他自己正在故原县挂职，如果真是这样的话，在 H 市碰到他的概率应该是很小的。再说，我心里还是有点说不清道不明的东西在作怪。

飞机降落在 H 市机场时，我心情还有点抑郁。但出了机场，想到有一单生意要谈，就不允许自己多想别的事情了。

生意谈得很顺利，很快就签了合同。那天晚上，我喝了不少酒。客户走后，我回到房间，抽过一支烟，心情便十分地好。现在才九点多，显然是睡不着的。于是，我打开了电视机。我有个习惯，每到外地总喜欢看当地的电视频道，这样可以更多了解当地的风情与信息。这样想着，七按八按就按到了这个城市的生活频道，上面正在播《梦想达人秀》呢。

这样的节目确实很恶俗，插科打诨装哕卖乖，但却有扑面的人间烟火味。烟抽了半支，也没把注意力全集中到电视上，有一眼没一眼地看着，也就是为了消磨时间。这样又过了十来分钟，突然画面上出现一个打扮入时的中年女人。我心里一愣，直觉她像一个熟人。这个女人是谁呢？我正在记忆里搜寻着，这女人就自我介绍起来。她说，她叫刘玉兰，艺名"花木兰"，现在是一家服装店的老板。

这人难道真是刘玉兰？我感到十分吃惊。但从她的面部轮廓和举止看，确实有点刘玉兰当年的影子。我屏住呼吸，盯着屏幕，支棱着耳朵听她和主持人在那里东一句西一句地扯着。到了她才艺表演的时候，她竟唱起了当年我们熟悉的《花木兰》选段。锣镲鼓笙伴奏声中，洪亮圆润的声音扑了过来：

> 刘大哥讲话理太偏，谁说女子享清闲；
> 男子打仗到边关，女子纺织在家园……

现在，我确信电视里的这个人就是我要找的花木兰了。而这时，我却有点儿不太相信这是真的，像在梦里一样。眼前的这个刘玉兰跟艾文化跟我讲的那个刘玉兰差别太大了。很快，另一位"达人"上场了，我眼看着花木兰又从自己眼前消失了。

我又抽了一支烟，心里有点怦怦跳。我忽然特别想见到电视上这个刘玉兰。但是她从电视上消失了，不就等于从世界上消失了吗？我到哪里去找啊？突然，我一拍脑袋，给电视台打电话啊。打了四次电视台的热线电话，总算通了。我说明自己是刚才节目中那个花木兰三十多年前的小学同学，想找她，想打听她的联系方式。电视台的接线女生肯定把我当成精神有毛病的观众了，当然是不肯把花木兰的联系方式告诉我的。后来，我把自己的手机号和姓名留下，希望能让花木兰跟我联系。接线女生说，你等吧。

我知道这句话，其实就等于拒绝，也许他们根本不会把我的电话告诉花木兰的，甚至他们根本不会和花木兰联系的。但我依然不死心地等待着。坐在电视机前干等电话是十分难受的一件事，何况这是一件我自己都觉得不靠谱的事呢。于是，我走出酒店，来到楼下不远的一条步行街上。

步行街上晃动的女人，就像一条条游在灯影里的鱼，杂色荧光中充满了梦幻般的迷离。我目光四散地打量着这些游动的女人和两边的店面，看着迎面而过的女性脸庞和前行的女人背影，酒劲儿好像突然发作，我觉得似乎有些眩晕。我一直在等着手里的手机响起来，可它就是一直不响。我心里很失望，又接着漫无目的地向前晃，不时向路边的门店里瞅着。

大约走了不到十分钟，就看到前面有一个"哥弟"的招牌。我被"哥弟"这两字所吸引，我平时很少见这个品牌，但今天却感到从没有过的亲切。快步走过去，一个小姑娘就笑着说："老板，进来看看！"我本来就是想进去的，笑了一下，就走进店里。我只是想进来一下，并没有想买什么，漫不经心地瞅着。在店里转了半圈，见姑娘并不十分漂亮和打眼，就准备出去。

这时，我的手机突然响起来了。见是一个陌生的号码，我没有立即去接，在心里祈祷了几秒钟。按下接听键的时候，我的手明显有些颤抖。手机通了，那边果然是一个女人的声音："你真是周大头啊？我是刘玉兰呀！"

啊！真是刘玉兰？！我脑子里一片空白。她果真是刘玉兰，也就是后来的花木兰吗？我觉得真的像是在梦中，一点都不真实。可当她说起同学时的事与人时，我才确信打电话的真是花木兰。难道艾文化这一年来的电话都是假的，或者，给我打电话的那个艾文化，从一开始就是我的幻觉？我与花木兰通话时，几次掐自己的手，一直怀疑自己不是清醒的。电话那端，花木兰很兴奋，说到了一些自己的经历。她不唱戏后是唱过歌，也离过婚，后来就到省城做生意了，而且现在有一个幸福的家。我一边听着，一边疑惑。她说的经历跟艾文化讲的还真有相同的地方，但关键的地方绝对不一样。

电话通了有十几分钟，她说她在上海进货，让我在省城等她，明天中午就能见面，一定要好好聊一聊。这时，我赶紧问她关于艾文化的事。我没有直说艾文化的那些电话，只是问她见过艾文化吗？花木兰显然想不起来有个叫艾文化的同学了，电话里只有电流在嗞嗞地响。我再三提醒后，她才咯咯地笑起来，"想起来了，想起来，就是那个被我抓过蛋，被我用铁饼砸过的小白脸！"

回到酒店，我一直不能入睡，就坐在沙发上不停地抽烟。这时候，我不再想刘玉兰了，我开始想艾文化。一定发生了什么重大的事情。我几乎一夜未眠。

天终于亮了。我洗了把脸，早餐都没吃，就打车找到了人事厅。

还没到上班时间，一个有点年纪的门卫睡眼惺忪的。我走上前，递去一支烟，小心地说："同志，我想问一下艾文化可在这里上班？"门卫转动着手里那支烟，想了一下，就说："没有这个人啊！"我急了，又笑着说："大哥，你再想想，有没有姓艾的，副处长，四十五六岁！"这个门卫转过脸来，看了我几眼，那支烟在他手上停下来。

我还想再问时，他突然大声说："啊，你是他啥人？"

"小学同学！"

"小学同学啊，你没听说呀？三个月前跳楼自杀了！唉，他女儿精神也有毛病了，经常来这里闹着要人呢。"说着，无奈地摇了摇头。

"他不是到下面挂职了吗？怎么会跳楼呢？"我急切地问。

门卫有些不耐烦，也有些不屑，皱着眉头说："嘿，咋说呢，我其实也不清楚，这个人一直怪怪的，听说是因为提拔的事得了什么抑郁症。一年多前就闹着要下去挂职，脑子都进水了，挂哪儿啊！"

我的脑子里一片空白，看着门卫，好像不明白他说什么似的。

门卫警惕地看着我，见我没有什么进一步的行动，脸色缓和了一些，说："你没事吧？其实我也不了解情况。但是，他三个月前自杀是真的。人不在了，啥都没了。唉。"

这时，冉冉升着的太阳照过来，我的眼里一片血红。

武松的爱情

看到这个标题，你肯定会说武松哪来的爱情？

与他发生联系的几个女人，潘金莲呀、王婆呀，都被他杀了，孙二娘也差点被他投进大铁锅里。不近女色不懂风情的武二哥，是没有儿女情长的。

可作为一个靠码字为生的人，是绝不敢骗读者的。都知道小说是虚构的，其实，小说最讲究真实，没有细节和情节那小说还算个×。一个不真诚的人是永远与小说无缘的。

这么说吧，在我的笔下，武松的爱情是真实发生过的。

只不过，我笔下的武松与《水浒传》《金瓶梅》《武松》里的那个武松不是一个人。但是，他们虽跨越千年、远隔万里却撕扯不断，这才是让我把这个故事讲出来的冲动所在。

这个武松是土耳其人，他的土国名字我记不清了，好像是叫维塞·非利克·伊马斯，或者是维塞·非利克·伊马词。当年这个二十五岁的小伙子，确实给我留下了深刻的印象。两年前他从土耳其向我求救，但我一直没有帮他找到金莲。也正是这种愧疚，让我好久不能在心里把他放下。

一直到现在，我都牵挂着他与中国姑娘金莲的爱情。不知道他与那个金莲后来见了面没有，抑或是真正花好月圆了？

多好的小伙子啊，怎么鬼迷心窍地爱上金莲呢！

认识武松，得从六年前那个冬天的俄罗斯—土耳其之旅说起。

俄罗斯人的慢节奏，那几天我是领教了。圣彼得堡国际机场下午五点半的飞机，到六点才让入关、安检。脱鞋、抽腰带后，大洋马式的安检小姐——也许是大嫂——慢慢腾腾地拿着扫描仪左一下右一下地戳着，她们还不时互相说笑着什么，全然不顾我们提着裤子的不便，甚至给我安检的那个胖女人还打了个响嗝，从她那丰满的双唇间竟喷出一股浓浓的罗宋汤味。

安检结束，我们才看到飞机晚点了，但什么时候起飞却没有提示。

我们一行六人就坐在铁椅子上傻等。过了快一个小时，都觉得无聊，就掏出扑克打起掼蛋来。我们掼了两局，广播才通知登机，已是当地时间晚上八点十五分了。飞机上的俄罗斯空嫂更是磨蹭得让人心里滴血，送过水后半小时又送咖啡，送过咖啡半小时才送餐盒。两个半小时后，飞机要在伊斯坦布尔上空下降了，她们还在送东西。我在心里祈祷着赶快落地，兴许土耳其人能爽快点，实在受不了俄罗斯人慢吞吞的磨叽。

未到出口处，我看到一个快两米高的土耳其小伙子举着接机牌，焦急地四处找寻。这就是我们的地接导游了。

我们走过去，这个高个儿小伙子弯下腰跟每一个人都握了手，然后才一字一句地说："我——叫——武松，欢迎——中国——客人，我愿意——给——你们服务！"

虽然武松的中文半生不熟，每说一个字都很吃力，但我们的心情还是好起来了。总算落地了，而且与导游接上了头，这对我们几个只会说中文的人来说，心里踏实些。于是，车厢里的气氛就活泛欢快起来。

"小伙子，你怎么叫武松啊？"同行的一位大姐笑着问道。

武松迟疑了一会儿，突然从座位上下来，弯着腰在车门前拿了一个"武松打虎"的架势。这小伙子还真有模有样。在我们的笑声中，他结结巴巴地背起诗来："武二英雄胆气强，挺身直上景阳冈，精拳打死山中虎，从此威名天下扬！"

没想到，他竟能背出王少堂扬州评话《武松》里开篇的四句诗来。我在心里想，不能小看这个土耳其小伙子。他一定到过中国，而且应该对中国文化是很熟悉的。这下好了，接下来的五天行程有话聊了。

我正想开口问他到没到过中国、汉语在哪儿学的，他却吃力地开始介绍伊斯坦布尔的一些情况。

虽然，他的话不连贯，给人一种东一榔头西一棒槌的感觉，但倒也有趣。车子在光影驳杂的大街上不停转来转去。武松一会儿停下来介绍，挠着头与司机叽里呱啦地说上一阵子，然后再转过身接着给我们介绍。我判断，他与司机一定是迷了路，或者根本就不太熟悉路，如是三四次，车子才在一家旅馆前停下。

这是一条老街道，逼仄的街道两旁高高低低地挤满一层、两层、三层、四层的新旧不一的建筑。一男一女两个人从街尽头走过来，像两根柱子一样，显得越发高耸。三层的旅馆小而局促地被两层和四层的建筑夹在中间，但门脸倒是整洁干净。

电梯很小，一次只能挤下四个人和行李箱。电梯上我在想，土耳其人个子这么高，旅馆怎么这样小呢。进了房间这种感觉更是突出，房间真小，也就十几平方米，但里面的陈设却干净清爽；房里只有光线阴暗的一个落地灯和一个床头灯，这与俄罗斯阔大的房间和白昼式的灯光形成了鲜明的对比。我想土耳其一定是个务实而节约的民族。

本想与武松交流一下自己的感受，但他却微笑着让我休息，他说还要去安排明天的行程。

按照行程安排，第二天我们要去参观索菲亚大教堂和蓝色清真寺。

吃早餐的时候，武松笑眯眯地坐在餐厅里等着。见我们都下来了，他就招呼着我们吃早餐。早餐厅是从一楼的后门拐出去的，餐厅足有五百平方米大，真没想到旅馆这么小却配了个这么大的餐厅。餐厅中间成堆的面包、奶制品、烤肉，像超市的堆头，各种腌菜、水果、蛋糕、饮品更是让人眼花缭乱。听说过土耳其的美食世界闻名，但没想到这么豪气和刺激人味蕾。

面对眼前这些美食，我一时不知从何吃起。武松看出了我的迟疑，就走过来小声地说："茶，红茶！"

没想到他这个"茶"字说得这么标准和饱含北京味儿，我对他笑了笑，心存疑惑。直到后来他在车上告诉我们，他到中国学到的第一个字就是"茶"，以及由茶所引起他后来与金莲的故事，我才理解为什么他把这个"茶"字读得这么标准。

我选了红茶、面包和烤肉，在一个靠窗的角落坐下来。武松也走过来，坐在我的对面，专注地看着我拙笨地用刀子切着坚硬的烤面包。阳光透过玻璃打在他的脸上，脸部就一半亮一半暗，木刻画一般，给我一种不真实的幻觉感。

我们开始低声交流起来，话题是从他的名字武松说起的。

他有些不好意思地说，六年前的圣诞节那天，他在一个高中同学家里看到一部叫《武松》的电影，电影是香港拍的，是从他同学的一个华人朋友那里传过来的。电影中，武松在景阳镇连喝三十碗酒，然后来到景阳冈打虎的画面，让他突然对武松崇拜起来，一心想到中国找武松学中国功夫。

他告诉我，从那天起他就决定要到中国，要学武松，而且给自己起了个中国的名字——武松。

武松真正到中国来，是二〇〇八年春天。那年夏天，第二十九届夏季奥运会在中国举行。

说到这儿时，武松脸上露出了孩子般的不好意思。

他说，那年他二十二岁半，大学毕业后刚做了一年半中学物理老师；有天夜里他做了个梦，梦到自己在北京。第二天，他就对妈妈说要去中国。妈妈当时就哭了，指着天上说："你要到月亮那边去吗？那边没有耶稣和真主，谁来保佑你啊！"

武松没有听从妈妈的劝阻，也没有听从三位姐姐的劝阻，就偷偷地办了旅游签证。签证下来，妈妈和姐姐分别给了他钱，又在小城的清真寺里做了场祈祷，就送他登上了飞机。

时间过去了几年，武松回忆起那段经历时，还一脸的兴奋和骄傲。我当时想，真是文化上的差异，在中国如果一个孩子突然这样做，那一定会被认为脑子进了水或被门挤了。父母该有多担心啊。

武松是个敬业的导游。他说自己是去年考取中文导游证的，那次整个土耳其只考取了六十五人。我相信他说的是真话，虽然我对他的中文水平不敢苟同，顶天了也达不到中国的小学水平，但他有对中国和中文的热爱，这一点就足够了。

早餐后，我们驱车前往索菲亚大教堂和蓝色清真寺。

车子停在老皇宫旁的广场上，喷水池对面就是雄伟的索菲亚大教堂与蓝色清真寺。

索菲亚大教堂周围的四座宣礼塔，像是穿上了"马甲"，不伦不类地和清真寺混在一起。但我还是觉得，在伊斯兰国家历经一千多年战乱，改换宗教信仰后，这座基督教教堂依然昂然屹立，真是奇迹。

刚一下车，武松就指着教堂给我们介绍起来。他风趣地说，当年奥斯曼军队占领伊斯坦布尔，烧毁了拜占庭的皇宫，面对庞大的索菲亚大教堂，奥斯曼的苏丹很是看重这座"战利品"。但奥斯曼又不能容忍基督教教堂的存在，于是对它进行"整容"，给它穿上"马甲"，变成为一座清真寺，成为奥斯曼帝国的胜利标志。

当我们对宗教的冲突提出质疑时，武松又笑着说："君士坦丁堡可以改名为伊斯坦布尔，索菲亚大教堂改名索菲亚清真寺也是可以的。"

这是一座用巨石搭建而成的教堂，大厅内高六十四米。一千五百年前，罗马帝国的工匠们用了什么样的起重设备，又是如何建造了这么大跨度的建筑？相比之下，中国古代的砖木建筑就很难历经战乱与腐蚀而流传下来了。

　　教堂内部被改造为伊斯兰教清真寺的样子。在几十米高的墙上悬挂着六个直径有十多米的大圆盘，上边画着以阿拉伯文字为主的图案。武松说，那是伊斯兰教教主穆罕默德和他的几个大弟子的象征，中心意思都是说"万物非主，唯有真主"。

　　这里的讲坛有些怪怪的，说不清方向是向哪儿。武松告诉我说，清真寺的讲坛一定是向西的，朝向麦加的方向。但索菲亚这个巨大建筑物的方向不能改，改变讲坛的方向也颇费功夫。但改变后的讲坛总让人不舒服。后来，苏丹何密一世下令在它对面重新建一座清真寺，那就是蓝色清真寺。

　　参观过蓝色清真寺，我们依然兴致很高地在车上谈论着。武松能听懂一些，脸上漾出一些自豪来。但几分钟后，他就竖着大拇指说，中国文化更牛！尤其中国文字，每一个小方块字都很有意思。这时，同行的一位李兄就指着我给武松介绍说："他是作家，文化深得像地中海！"武松显然对"作家"是有认知的，立即谦虚地走到我座位前，要我教他汉字。

　　他说，汉字太难学了，自己总是记不住，但又特别想学。我想了想，就从汉字的象形、指事、形声、会意、转注、假借六书，结合具体的字给他讲起。这一招还真管用，很快他就明白了"木"字旁的一般都是植物，同一部首的读音都差不多，比如"风、枫、疯、讽、砜"读音都差不多。

到了吃饭的地方，他首先下车，当我走出车门的时候，他竟弯下那高高的身子给我鞠了一躬。

武松这么知道感恩是我没有想到的，更没有想到的是从这一刻开始他就把我当成了老师，而且对我颇有那种一次为师终身为父的信任。

中午休息过，刚上车，武松就从包里掏出一本《新华字典》，靠在我的座位后背上向我请教。见他如此喜欢中国文字，我也就认真地给他解释了一些问题。

他真是如获至宝般地高兴，说在北京联合大学汉语培训班上了一年半课，老师都没把这个方法教给他。如果那时知道了这种捷径，这本字典上的字他就差不多都学会了吧。他的表情既带着遗憾又满含着庆幸。而且说，晚上一定要请我吃饭。

同行的其他五个人都觉得武松太可爱了，开始拿他逗趣。但他一脸的真诚，每个人的话他都认真听，而且像课堂里的小学生一样重复着学说。

这时，李兄说："武松，中国有八十多种语言，你不能光学认字，还要学不同民族的方言。"

武松挠了挠头上的鬈发，就走到李兄面前去请教。李兄一时局促，不知道教武松什么。旁座的王姐就说："来，我教你一句亳州方言！"

武松显然不知道亳州。车上的人就告诉他那里是老子、庄子、曹操的家乡，但他依然头摇得像拨浪鼓一样。当说到是花木兰老家时，他惊讶地高声说："啊，我看过电影，花木兰替父打仗！"

这时，王姐在蓝色清真寺的门票上写了一句话：

人老奸，驴老滑，兔子老了鹰难抓。

王姐一字一句地教，武松也一字一句生硬地学。一车人都被逗乐了，车厢里便响起一声接一声"人老奸，驴老滑，兔子老了鹰难抓"的嬉笑声。武松很快就记住了，然后就让王姐给他讲这句话的意思。武松听完后，也乐得哈哈大笑，又竖起大拇指说："中国话真好！中国话真好！"

李兄便笑着说："武松，以后你见了老年人就说这句话，人们保准喜欢！"

武松狡黠地一笑，然后说："俺知道，这是形容老人的话。"

车厢里一阵笑后，王姐又开始逗武松："啊，你怎么知道的？"

武松想了想，然后说："我肯定，《武松》里的王婆就是个坏老女人！"

没想到武松对评话《武松》这般了解，李兄就说："武松，你能不能给我们说一段《武松》啊？"

武松又挠了挠鬓发，想了好大一会儿，开口说："我背一段《杀嫂祭兄》吧！"

我有些吃惊地看着武松，心里想，他真的会吗？这时，武松凝望着窗外，背了起来：

二月二愚嫂正在楼上窗前挑花，突然天上一块乌云将阳光掩下。愚嫂把竹帘卷起，用叉杆挑上，不料叉杆失手，坠落街坊，误打走路官人头巾，因此两下递叉杆调情。

慢着，那走路的官人是谁？可是淫棍西门庆？

正是！

后来又怎么样？

到了下午时分，对过茶坊王干娘到此，请愚嫂过去做寿衣，愚嫂次日到了茶坊做寿衣，干娘办酒，代愚嫂暖手。不料酒吃在肚中，昏昏沉沉，不知人事，就睡在她床上；不料一觉醒来，已失身于西门庆。啊呀，二叔，谁知都是王婆的圈套，她在酒中放了昏迷药去，愚嫂怎知？

武松当然背得磕磕绊绊的，但却有板有眼。车厢里笑声不断。

但我却对眼前这个土耳其小伙子心生敬意，而且感觉越来越看不透他。他这么迷恋武松，背后一定另有故事或另有隐情。也许是职业习惯吧，我决定试着走进他的内心。

下午参观老城中心的大巴扎。

这是世界闻名的室内商场，由六十五条街道组成，迷宫般的四千多个商铺经营地毯、盘子、银器、灯饰、古玩、围巾、手工瓷砖画、香包、土耳其之眼、红茶、狮子奶酒、软糖、各种干果、钱包、皮衣等等，让人看得眼花目眩。但我对这些却没有兴趣，我一直跟武松聊着有关他在中国的故事。

当天晚上，武松执意要请我去酒吧聊天。我开始是推辞的，一是不喜欢那种场所，再者也有些累了，就说在房间聊吧。武松说两个男人在房间怎么聊天呢，聊天就要去酒吧，而且一直强调他要请客。我笑了笑说，那我们 AA 制。武松耸了耸肩，然后说，中国没有 AA 制的，我请客是感谢您教我认字。

我们打了辆车，很快就到了伊斯提大街。

穿过街面上一道不起眼的门，坐上狭窄的电梯，我觉得 360 酒吧肯定是个小酒吧。电梯一直向上，酒吧坐落在一座公寓大楼的顶层。到了酒吧，我真的很吃惊，伊斯坦布尔五彩的夜景竟然尽收眼底。

我们找了个安静处坐定。武松点了杯鸡尾酒，我点了杯啤酒。

话题首先从汉字聊起。武松对中国汉字有些着魔，而且把我当成了中文专家，掏出那本《新华字典》让我给他讲通假字是什么意思。我知道要想让他听明白，就不能讲得太精确，只能简单地告诉他两个字可以互相通用。他似乎很快就听明白了。第一杯酒快喝完的时候，他突然问我，"两情若是久长时，又岂在朝朝暮暮"是什么意思？

这个武松，对中国文化还真是着迷。当我告诉他这句诗的含义时，他开心地笑了，我感觉霓虹灯下的他笑得很灿烂。他说，这是他的女朋友金莲今天刚刚发给他的短信。

接着，他既兴奋又害羞地给我聊起他的那个中国女朋友——金莲。

他说，到中国第一天就认识了金莲，是她给他找的语言学校。她对他很好，不仅教他语言，陪他逛街，还带他去过扬州。他们俩认识半个月后就确定了恋爱关系，而且住在一起。说起那段日子，武松显得很幸福，不时地说金莲是真主送给他的礼物。

我听着就觉得有些蹊跷，咋那么巧呢，难道真是缘分天定？第一天就碰到了，而且名字还跟武松带点联系。于是，我就问他，你喜欢武松当然知道潘金莲是一个什么样的人，而且是怎么死的。我喝过一口啤酒，有些开玩笑地说："你一个叫武松的人怎么会爱上金莲呢？"

武松静静地听着，喝了一大口鸡尾酒，似乎听明白了我的疑虑。

他放下酒杯，并没有回答我，却打开自己的手机。他在屏幕上划拉了两三分钟，才把手机递给我，然后说："你看这一段就会明白，金莲肯定是爱武松的！"

我接过手机，见是他百度出来的《金莲戏叔》：

> 金莲急了，就把火筷儿朝炭篓子里一插，手一抬，就把自己面前这杯酒朝起一端，跨步绕炭火盆走到武松旁边，不容分说，左手把他一搂，右手把这杯酒朝他嘴里送。
>
> 金莲想到这个地方，开口便叫："二叔，你休要装假，我知道你早有愚嫂在心，你把这杯酒吃了吧！"

我看后，突然笑了。东西方人的思维真是不同，他竟然把这段文字理解为潘金莲爱武松。更何况，他也不是真武松，金莲也不是潘金莲。这是哪儿跟哪儿啊？真是不可思议。

武松并不理解我的疑惑，或者说他根本就没有注意到，他依然不停地说他与金莲在一起的快乐事情。比如喝北京豆汁、吃北京烤鸭、看香山红叶之类。我对此并没多大兴趣，而是关心他到底爱金莲什么，金莲又为什么爱他。

于是，就问："你到底爱金莲什么？"

武松先是一愣，又习惯性地耸耸肩，然后端起酒杯说："着迷做爱时她的叫声和神态！"

怎么这样说呢？难道性爱是男女之爱的最主要的部分？

我本来觉得再问下去有些不恰当，但还是又开口问："你知道那个金莲喜欢你什么吗？"

这时，武松脸上起了疑惑，他又耸了耸肩，摊开两手说："当然也是做爱啊。她天天黏着我的。"

两个人的感觉仅靠性维系吗？我喝了一大口啤酒，不停地摇头。武松看着我，有些不解地问："怎么了？难道这不能说明我们是真爱吗？"

"你觉得仅有性爱能靠得住吗？何况你们分开两年多了，又远隔万里，怎么能保证身体不出轨？"我不解地质问。

武松有些急了，站起身，晃了晃手中的酒杯又坐下，然后才说："我们都对着安拉发过誓的。真主做证！"

这时，我知道在爱情观上我与武松的认识是难统一的。于是，就岔开话题谈土耳其文化。

但武松的谈话兴趣依然在金莲身上，他对我们刚才的对话并没有任何计较，或者在他眼里根本就没有什么好计较的，谈兴一直很浓。

那天晚上，武松喝了不同的几杯鸡尾酒，很快就有些醉意了。

本来就不准确的汉语听起来更是东一句西一句的，让人很难理解他要表达的意思。但最后我还是理出了一些头绪。他说在北京联合大学一年半后，拿到了汉语证书，然后就决定回土耳其挣钱。挣的钱都随时转给金莲，让金莲存着在北京买房。等房子买好了，他就再回中国与金莲结婚。

说到结婚，他突然哼起了土耳其本土歌曲。我不知道表达的是什么意思，但从那深情的曲调猜想，一定是首情歌。但我对他与金莲的爱情却充满担心，甚至想到会不会是一场骗局。

离开 360 酒吧，我们又打上一辆车。武松对司机说了几句什么话，不一会儿车子就到了蓝色清真寺前面的街道上。

他打开车门，指着灯光照射下的六根宣礼塔，一字一句地告诉我，按规矩只有圣城麦加的清真寺才能盖六根宣礼塔，但建筑师有苏丹何密一世"黄金的"命令，就建了六根宣礼塔。

车子到了旅馆门前，武松下了车，但仍然言犹未尽的样子。我让他赶紧回去休息，明天还要去恰纳卡莱。武松耸了耸肩，突然严肃地又说，蓝色清真寺五千人祈祷的场面太震撼了，可惜不能带我去看了。

车子在窄窄的街道，呼地向前冲去。

但我看到武松伸到车窗外的右手，仍然不停地向我摇着，五彩的灯光打在他的长长手臂上，像一支晃动着的奇异火炬，欢欣而热烈。

人对时间的感知是有弹性的。在熟悉而沉闷的环境中，往往感觉时间特别长，而在陌生和快乐的地方时间过得就特别短。

不知不觉中，在土耳其五天游历的行程就要结束了，仿佛看一场电影那么快。

要离境的头天晚上，照例是一场聚餐。

我们一行六人与武松一起，在伊斯坦布尔老皇宫旁边一家餐馆聚餐。出国前带的古井贡酒还剩一瓶，这显然是不够的。于是，我们就又喝了两瓶红酒和十几瓶啤酒。

酒确实是好东西，水的外表火的性格，一般人只要多喝了几杯就会兴奋。其中，最突出的表现就是话多、动情，很快就把饮者之间的心理距离拉近了。

武松这天却有点反常，他的话反而比前几天少了，端起酒杯与我相碰的时候，我能感觉那种不忍离别的感情，而且心里像装着什么事要托付我一样。

聚餐快要结束了，武松果然有事要托付我。他从随身的包里拿出一个首饰盒，小心地打开，灯光下我看到是一枚土耳其蓝绿色宝石戒指。戒环是黄金的，戒面凸起成弧面形，镶嵌在上面的宝石就显得格外气派。

我猜想，这一定是托我带给金莲的。

武松合上盒盖，双手郑重地递给我。然后，他有些不好意思地说，这是他母亲花钱买来送给金莲的；这能给金莲带来幸运和快乐。他举起酒杯跟我碰了一下，并没有喝，而是又接着说在土耳其这是男女定情信物。

我不知道这枚戒指价值几何，但武松对金莲的这份情意和他对我的信任，让我无论如何是不能拒绝的。为了武松对我的信任，为了解除心中的疑虑，我答应下来。我正想看一看那个金莲，到底是一个什么样的姑娘呢。

我接过戒指盒，重重地又跟武松碰一下杯，然后把杯里的酒一饮而尽。

武松把金莲的电话和地址留给了我。然后，又告诉我说他已跟金莲联系过了，飞机一落地，她会跟我联系的。

飞机落地北京时，已是晚上六点十分。冬天的北京城夜幕蒙蒙，与土耳其相比真是两片天空。到了高铁站附近的古井假日酒店，大堂明亮的灯光照耀下，这种强烈的反差感才算消除。

开始吃饭的时候，我的手机响了，金莲说她已到了酒店的茶吧！

我让金莲过来吃饭，她客气地说已经吃过，让我安心吃，她喝杯茶等我。从她温婉而爽快的语气中，我觉得这是一个懂得分寸和知性的姑娘，心里暗暗为武松高兴。

为了不让金莲久等，饭还没有吃完我就起身离席。同行的李兄开玩笑说，到底是美人胜过美酒！其实，大家都知道我是想早一刻把武松的情意，转达给他心爱的金莲。但他们仍然不依不饶地让我喝了三杯离席酒。我愉快地接受了，这是为武松，也是为金莲。

刚踏上茶吧围栏的台阶，一个娇小时尚的姑娘就站起身来。我知道这便是金莲了。

迎面看过去，她上身穿米色粗棒针毛衣，黑色的打底裤外搭一印花短裙，与长短适中的深黄色外套混搭在一起，裙裾的直线自然地把腿的挺拔勾勒出来；除此之外再没有额外的装饰，盘起的黑发经水晶发卡一绾，发丝自然垂落，划过耳际；白皙红嫩的左耳，隐约可见白金小耳钉；脸庞带着似有若无的微笑，淡蓝的灯光下，显得清秀典雅、甜美可爱。

简短的客套后，我掏出武松送她的戒指盒递给她，并郑重地告诉她："武松是个好小伙子，对你情真意切！"

金莲并没有立即打开戒指盒，而是唇角上抿，略略笑一下，然后才说："我也是喜欢他的。"

我笑了一下，然后说："你不看看这枚戒指吗？是上等的土耳其蓝宝石。"

这时，她才打开戒指盒，只扫一眼就又合上，并没有一些女孩那种欣喜和激动。从这个动作中，我似乎看出她的矜持与节制。直觉告诉我，这是一个有深度和内涵的女孩。

接下来，我们聊了一些关于她与武松的话题。她的答话内容几乎和武松与我说的相差无几。武松回土耳其是为了能挣更多的钱，她目前在通州一家楼盘做销售经理，他们的计划是在北京买了房就结婚。

中间，我问她为什么不到土耳其去。现在的女孩谁不想嫁到国外啊。

她说武松就是因为喜欢中国才来的，何况去那里手续也很麻烦。我觉得她说得有道理，心中的疑惑便随着交谈而消失。真是姻缘前世定啊，多好的一对啊。我由衷地对他们表示祝福。

临别的时候，我说，请服务生给我们拍个照留做纪念吧。我是想留个证据给武松，毕竟是转送一枚价格不菲的宝石戒指。她略一停顿便明白了我的真意，站起身，手托着那个戒指盒，笑着说："能跟您合影真荣幸！"

之后的半年，我偶尔会想起武松和金莲。每当想起他们的时候，心里便生出一种挺好的感觉，为他们高兴，为他们祝福。

由于商务的繁杂，我渐渐就把他们淡忘了。只是偶尔提到那次土耳其之行，才又突然想起武松和金莲来。武松的房子买好了吗？他来北京与金莲结婚了吗？

与武松毕竟只有几天的交往，与七七八八不得不交往的商界朋友相比，这件事的分量在我脑海里真是无足轻重了。

这样一晃过了四年。

一个冬日的早晨，我刚起床，一通越洋电话就打过来了。我突然下意识地想到武松，而且认定是他打来的。

他没有来北京吗？

我想了几秒钟之后，按下接听键，手机里传出来的果真是武松有些生硬的汉语。

他不好意思地说这么早打扰我，实在有些对不起。他虽然说话有些拘束甚至是有些紧张，但我还是感觉他的汉语毕竟比四年前流利多了。

他说话有些快，显然是有些激动。我终于听白了：他说跟金莲失联半年多了，怎么都联系不上，怕是她出了意外。而这段时间他妈妈生病住院，又不能立即来中国，想请我帮他在北京找一找金莲。

金莲会出意外吗？我觉得不太可能。

于是，就问武松房子买了吗。我是想如果他把买房子的钱都寄过来了，也许他信任的金莲就是个骗子。现在的人真是不好说，女人骗人的时候都比男人藏得还深呢。

武松说一年前他就挣够了钱，他们在通州买了一套两居室；他本来准备办签证来中国的，但手续老是办不下来，接着，他妈妈就生病了。

怎么会突然失联呢？我又问武松，你看过买房的合同吗？他没有想过要看，金莲也没有给他传过去，只是告诉他以每平方米不到两万的价格买了房。

我到哪里去找金莲呢?

北京这么大，一个人放进去像一粒尘埃，何况我又不在北京，更不了解金莲的其他信息。但面对焦急的武松，我还是答应说一定托朋友帮他在北京打听打听。我知道，这只是一句安慰武松的话。

挂了手机，我突然想起在伊斯坦布尔那天，武松说起的那个关于"茶"的故事。

那天，武松告诉我，飞机在北京落地后他直接打的到了天安门。正在他不知道要做什么时，一个女孩用英语请他去喝茶。

刚到一个陌生环境，他是有警惕的，但最终还是随这个女孩穿过南池子大街，来到一个小院的茶馆里。女孩给他上了茶，问了他一些情况和到北京的打算。他并不知道是个圈套，就把想来北京学汉语的想法和盘托出了。

喝了两杯茶，天已暗下来，武松决定去找个宾馆住下来，起身要走。这时，服务员拿来了账单，要他付两千元人民币。他在脑子里换算一下，这两杯茶就要近千里拉，显然是敲诈。他用英语争辩时，那个女孩已经离去，过来的是两个很胖的男人。他知道是上当了，就扔下两百里拉，夺路而去。

也许这两个收钱的胖男人，见武松身高体壮，并没有继续追。

武松走出那个喝茶的小院不远，就碰到了金莲。金莲手里拿着一本书，正站在一棵树下，似乎在等人。

武松说，他觉得读书的人应该不是坏人，就想问一下哪里有酒店。正在这时，金莲主动过来微笑着跟他用英语打招呼，并带他到了如家快捷酒店。

第二天早上，武松又在酒店门口碰到了金莲。金莲说她要去北京联合大学那边，她正在那里读在职研究生。于是，他们就认识了，而且，金莲介绍武松进了那里的汉语培训班。

武松那天有些开玩笑地说，他到中国学到的第一个字就是"茶"，那可是两百里拉的代价。但我现在联想起来，觉得金莲极有可能与第一个骗武松去喝茶的女孩是一伙的，而且是一个隐藏更深的骗子。

后来，武松又给我打了两次电话，问找金莲的情况。我不好直接告诉他可能金莲是个骗子，但我又真的没有找到一条关于金莲的信息，只能劝慰武松不要太着急。甚至，我还无耻地说你们都对真主安拉起过誓的，要相信真主的神力，金莲不会出大事，你们会有好结果的。

快有两年了吧，武松没有再给我打过电话。

有一次，我想起这件事的时候，突然想起去恰纳卡莱特洛伊遗址听到的那个故事：特洛伊的王子帕里斯偷走了斯巴达国王墨涅拉俄斯的妻子海伦，于是阿伽门农和阿喀琉斯带领的希腊联军同赫克托耳手下的守军展开了十年的战争；木马计摧毁了坚不可摧的特洛伊城墙，希腊人里应外合，攻破了特洛伊城，临走又将繁华的特洛伊城烧个精光。

为了一个女人，征战十年，古城尽毁。这个世界上，因为女人而起的祸乱真的太多了。相对而言，武松失去的也许仅仅是金钱。我在心里这样安慰武松，也是为自己开脱，并不想让自己陷入这种不愉快的思考中。

于是，慢慢地我就把这件事又给忘掉了。

但，半年前的一个晚上，我刚要入睡，一个北京的座机号码打过来。我以为是某个朋友的电话就接了。没想到的是，电话那端竟是武松。

武松沮丧地告诉我，他到北京联系上了金莲。金莲把他买房的钱退给了他，但把升值的五百万拿走了，并拒绝与他结婚。

当我问他金莲为什么拒绝与他结婚时，他说金莲不喜欢他说汉语，而是希望他说英语或土耳其语。他也试着改变过，但最终还是喜欢说汉语。他很苦恼，真是弄不懂中国姑娘的想法。

我心里一阵高兴，甚至为自己对金莲的判断而内疚。世间毕竟有真情在，人们哪能都像我结识的商界朋友那样呢？但我转念又想，金莲是不是在做一笔投资呢？是预谋呢，还是怎么回事？我觉得自己看不透，也想不透金莲了。

似乎是为了验证一些什么，我劝武松再去找找她，也许只是一场误会。他说金莲回了扬州，现在又失去了联系。

我说中国的好姑娘多着呢，何必一棵树上吊死啊。他却说，我对真主安拉发过誓的，今生非她不娶，这怎么能改变呢！

武松后来再没跟我联系过。他去没去过扬州？找没找到金莲？

我也没有主动联系过他。但我还是常常想起这件事，以至有几次想起来的时候，竟不能释怀。

每想到这件事，我眼前总浮现蓝色清真寺里那上千人祈祷的画面：寺内铺满了伊索匹亚朝贡的地毯，气氛庄严肃穆，加上四处都泛着一层隐隐的蓝光，使人仿佛置身于真主安拉的温暖怀抱中。

我仿佛看到了武松的背影。甚至，幻化出他与金莲举行婚礼的场面！

知青小金

上海知青小金他们进村的那个晚上，我记得清清楚楚的。

那时，我虽然只有四岁多，但记忆却是真切的，甚至，那天晚上我就记住了他们四个人的名字：金春文、沈联防、汪亚伟、安白芹。

小金多次怀疑我说瞎话，说我根本不可能记住他们来的那个晚上。但我总是一点一滴地讲述那天晚上的细节，而且用母亲的话回敬他们：三岁不记，四岁记，五岁过了混沌期。

我怎么能够忘了那个晚上呢！

那天晚上，天阴冷阴冷的，云也很厚，是那种就要落雪的阴云。全村六十多口人都聚在村部里的牛屋前面。牛屋里燃起一堆火，队长大种叔吸着纸烟，一口一口地吐着烟雾，黑炮叔一边用弯木棒子翻着火堆上的柴，一边气呼呼地说："又来四张嘴，咋填严呀！"

大种叔猛地吐出一口浓烟，大声骂道："啥熊人！毛主席他老人家把四个上海娃子派来了，全村人就是掐着脖子不吃，也不能短了他们的口粮！"

　　火堆旁边蹲着站着的男人和女人，都安静下来，没有人再吭声。

　　这时，屋外突然响起狗叫声，接着，就有人喊："来了！来了！"

　　大种叔从唯一的矮板凳上站起来，快步走出去。屋外的人立即闪开一条路，等他走出几步后，才敢叽叽喳喳地跟着他走向村头。

　　到了村口，天更黑了，人们自动地站在路两边，摆出一个夹道。我们十几个孩子就站在最里面，虽然谁也看不清谁，但从每个人的呼吸中却能感到大家都很激动。

　　去接他们的是我父亲。我当然更激动，有几次都想骄傲地喊几声，但最终还是没敢大声喘气。

　　突然，吧嗒、吧嗒的牛蹄声，由远及近、由低到高，越来越响了。

　　这时，大种叔高声大气地向着牛拉的板车说："都来了？"

　　我父亲也高兴地说："都来了！"

　　牛拉的板车走进人群，村民们鼓掌后，声音高高低低地说："来了！——来了！——来了！"

　　跟在板车两旁的四个人，也都开口说："来了！"

　　"快进牛屋烤把火！"大种叔从我爹手里接过牛缰绳，牛蹄的响声更大更快了。

　　板车在牛屋门前停下。板车两旁的四个人，跟着大种叔进到屋里，年纪大的人和我们小孩子也拥着进屋了，屋外仍站着黑压压一片人。

大种叔搓了搓手，也许是冷了，也许是激动，反正他开口的腔调与平时不太一样："学生，喝剩茶不？"

四个人互相看了看，又看了大种叔几眼，就说："不喝。不喝。"

"噢，那，你们都报个名吧。以后也好称呼。"大种叔看着他们说。

这时，一条黄狗从小脚奶的裤裆下突然蹿出来，贴在了那个瘦得像麻秆、戴着金丝眼镜的学生裤腿上，哼哧着鼻子嗅了两下。小金啊的一声大叫起来："狼！狼！"

大种叔抬脚把黄狗踢翻，屋里的人都大笑起来。

"哪来的狼！这是狗。"大种叔说罢，笑声更大，连屋外的人也跟着笑起来。

大种叔拉着这个吓得发抖的学生，安慰着说："别怕。你叫啥名字啊？多大了？"

他扶着扶眼镜，嗫嗫地答："我叫金春文。十六岁了。"

"啊，那以后就叫你小金了。还是个娃子呀！"屋里的人都有些吃惊地看着小金。

接着，剩下的三个人一一报出了自己的名字：沈联防、汪亚伟、安白芹。

安白芹是最后一个开口的。她说自己十八岁时，小脚奶一把拉着她说："多稀罕人的闺女啊！比画上的美人还俊哩。"

这时，大种叔就对着小脚奶说："娘，天不早了。今儿个就让小安给你做个伴吧。"

接着，大种叔把人群扫了一圈后，就把小金安排在了俺家，把汪亚伟、沈联防安排到黑炮叔和大庆叔家。

我爹接到指令后，就挤出门外，一边走一边说："我知道哪个是小金的行李！"

这时，我就拉着小金的手，大声说："走，到俺家！"

我与小金的缘分，从此就开始了。

小金进我家院门的时候，天上开始唰唰地落起了雪粒子。

娘说："这老天爷咋落起雪了呢。"爹在前边背着小金的行李，声音很大地说："好啊，老天爷真长眼，雪是麦的被窝，正要着呢！"

"就你黑墨嘴子，冰天雪地了，这上海娃子咋过呢？"娘骂爹一句。

爹不以为然地应道："上海不下雪？厨屋暖和，住厨屋，住厨屋！"

我家厨屋是两间向西开门的东屋，一间烧灶做饭，一间拴着羊。娘进屋后，摸索着把墨水瓶改装的油灯点着，厨屋里突然亮堂起来。

这时，爹和娘都开始忙活起来。爹把羊牵到堂屋，搬来我和哥哥夏天睡的网床。娘把只有姥姥来时才用的牡丹花洋布被子抱过来，仔仔细细地铺好。

此刻，小金站在厨屋里，束着手，不知所措地四周瞅着。

"喝剩茶吧？"娘亲切地问小金。

小金赶紧说："不喝了。"

"你这孩子，都到家了，还外气啥。喝点吧，暖暖身子。"娘说着，就去掀锅盖。

小金又说："真不渴。不喝了。"

这时，爹把尿盆子放在网床跟前，开口说："那就这，叫小金歇着吧。从上海到咱这儿，人困马乏地折腾两天了。"

我和爹娘走出厨屋，院子的地上已经一片白了，冰凉的雪花直往脸上扑。

哥哥已经在地铺上睡着了。可我躺下来却一点睡意也没有，心里仍想着见到小金的一幕幕场景。

困意漫上眼的时候，却听到娘跟爹低声说："这娃子真是，一天了，也不喝碗剩茶。真怕他挨了饿呢。"

"睡吧，兴许他带的有肉罐头，正吃着呢。"爹应了声。

肉罐头？虽然我没有听说也更没有吃过，但我却认定那一定是用肉做的特别好的东西。口水便不自觉地流出来，强迫自己闭眼睛，可就是睡不着。

后来，我想起床，偷偷地去厨屋看看，但怕娘骂我馋，最终还是没去。

那天晚上，究竟什么时候睡着的，我记不清了。只记得，雪飞到窗棂上唰唰的声音越来越大、越来越大，后来又越来越小、越来越小……

第二天醒来的时候，天上还纷纷扬扬地飘着雪花。院子的地上、院墙上、树枝上、柴垛上、花狗的身上、缩在屋檐下的麻雀身上，都被白雪包裹上了。

雪断断续续地下了半个月，一直到春节这天夜里，都没有真正停过。

天也越发地冷，草屋檐下挂着的"琉璃"越来越粗，以至把屋顶的草都坠了下来。爹每天早上扫雪前，一边骂着，一边用长长的桐木棍，打屋檐下的"琉璃"。但树上由化雪而成的"琉璃"却没人问，把树枝压得低低的，每棵树都像一把撑开的白伞，煞是好看。

小金被冻得不轻，一是他从上海来的时候带的棉衣并不多，再者，他们也不会像我们一样跺脚、搓手啥的。

记得，第二天生产队男劳力在牛屋里开会时，大种叔让小金他们蹲在中间的火堆边，他们却被烟味呛得咳嗽着往后退。屋里的人都哧哧地笑。大种叔严肃地说："笑个熊，这些学生刚来，接受教育得要些日子呀！"

那次会后，好像生产队就没怎么干活，每天中午只有男劳力上一次工，打扫打扫村街上和牛屋院里的积雪。有几次晚上也开会，开会的样子每次都一样：大种叔先说几句，然后是小金他们四个人分别读一段报纸，最后就是拉呱、吸烟，临到大种的儿子建设来叫"回家喝茶"的时候，会才散去。

吃了腊八饭，就把年来办。办年，半年，一个年要把一年的收成用去"一半"。那时虽然农村很穷，但过年这事却一点也不会马虎的。

小金他们来的那天已是腊月二十了，各家都开始办年货了。熬糖、做麻叶、蒸馍、生产队杀年猪、斩糖、炸丸子、煨海带、贴春联，一村的孩子和大人都在雪中忙碌着、欢喜着。

小金还是住在我们家里，其他的三个下放学生也一样住在另外三户人家。

那年，我家过了个从没有过的肥年。公社给每个有下放学生的人家，发了十斤麦面和三斤猪肉，好像还有一条鱼、两瓶酒吧。

小金虽然人瘦得像麻秆，可脑子聪明着呢。

娘做各种东西的时候，似乎他都能插上手，而且还丁是丁卯是卯的像模像样。这可让我娘好夸，逢人便讲："上海来的学生就是能，干啥像啥，毛主席他老人家咋还叫他们来接受教育呢！真是想不通。"

我爹听到后，就阻止说："你们娘儿们家家，整日围着锅台转，懂个×！"

过了正月初一，家家都开始来客了。

村里也就十几户人家，谁家来了客都找小金他们去陪客，早上东家中午西家，争不到的还不高兴。过了初五，干脆就硬拉着小金他们去串场，在这家桌子上坐一会儿，刚喝两杯酒，夹两筷子菜，就又被等在院子里的另一家人拉走了。

村里有喝年酒的习惯。从初六这天晚上，每家都会摆一桌子留下来的年菜，请村里各家的男主人来家，说说话、猜猜拳，热闹一晚上。

小金他们自然不会少的，吃了这家吃那家，每天都红着脸回来，有好几次都是被人架到我家的。他显然是喝醉了，有时哭，有时笑，有时唱歌，有时背毛主席语录。

第二天醒来的时候，他就不好意思地对着我爹说："叔，我昨天又喝多了。"

"你这孩子太实诚，夜儿黑里喝得真不少。喂你水，你都不知道张嘴了！"娘就在旁边笑着插话。

在乡下，过了正月十五，年就算跑远了。正月十六这天，小金从我家搬走了，搬到由仓库腾出来的"下放学生屋"里去了。

这三间仓库盖在牛屋的东旁，坐东朝西，一出门就是堆积牛粪的大粪坑。三间房子用秫秸箔隔着,东间是安白芹单住,西间是小金、沈联防、汪亚伟三人住,正中那间支着一大一小两台锅灶,新做的柳木案板旁是用土坯、木板搭的吃饭桌子。

这房子与牛屋的东山墙紧挨着,两个山墙之间就是厕所。

小金搬过来后,我还是喜欢他,常常来他们屋里与他们四个人黏在一起。他们有时欢喜,有时反感,甚至有时用上海话骂我,赶我离开,但我仍然喜欢围在他们身边,哪怕是远远地望着他们,心里也感觉到美美的。总之,他们的一言一行一举一动,都让我心生欢喜和向往。

站在他们屋里,能听见隔壁牛屋里牛和驴响亮的喷鼻声,饲养员老赵用木棍在饲料槽拌草料的"嗵嗵"声。有时,找不到吃食的猪们也会进到牛屋,拱吃牛的饲料,老赵就会大喝一声:"咄!"并挥舞拌料棍去打那些贪吃的猪,猪们"哼哼"尖声叫着夺门而逃。

老赵是单身汉,脾气大得很,他望着四散逃远的猪,怒气未消,站在牛屋门口声音很响地恨恨骂:"剁死你个丈人!"

小金他们就哈哈地笑,问我"剁死你个丈人"啥意思。我也不知道,就搔着头皮,转身跑出去。我想去问我爹,但我爹要么不理我,要么也说不出来个道道:"剁死你个丈人,就是剁死你个丈人!"

出了正月,地里的雪化完了,村里的男劳力都上沟工,去挖龙湾河分出来的两条沟。小金他们四个下放学生,也都去了。可没过几天，小金就累倒了，不能再去挖沟，就与村里的娘儿们一起，干点秧红芋苗、烟叶苗、炒牲口料的事儿。这些老娘儿们就取笑他，说他的腰杆瓤得跟面条子一样，连女娃的腰也比不上。

有几次，小金委屈地流泪了。我娘就说："小金这娃子有胃病，何况还没成人呢！"一起干活的妇女就哈哈地笑。

小金除了跟妇女们一起干活，还负责给其他三个下放学生做饭。

那时的饭也没有什么可做的，他们屋子里，只有一草囤红芋片子、一袋子红芋面、半小袋玉米面。

虽然，我娘教过他好多次了，但他总是做不好。

早饭红芋片子稀饭，就是把红芋片子砸碎放在锅里煮，再和点红芋面放进去煮成糊状。中饭是红芋面饼子和红芋片子稀饭。红芋面没有黏性，做红芋面饼子不能用擀面杖擀，只能先用手把面团轻轻按扁，再用左右手掌来回将它拍扁成饼状后贴在锅边。稀饭煮好了，饼子也熟了。

我那时，几乎天天自告奋勇给小金烧火。有时，看他硬是把饼子做得像半圆的太阳，心里就替他着急。

小金会做"辣子"。我在灶前烧火，他用筷子串两个干红辣椒，在蹿出灶膛的火苗上，翻转着燎烤，把辣椒都烤得微焦后，吹吹上面的灰，趁热搁在蒜臼子里，加点粗盐砸碎就行了。有时，他会再倒上一点刚出锅的糊涂，辣子就又成了辣糊酱。

红芋饼子蘸辣椒,越吃越上膘。我们村里人都这样说,也都爱这样吃。

但沈联防、汪亚伟、安白芹却并不太喜欢这样吃。尤其是他们端起糊涂碗时,总是埋怨小金做的饭不好吃。小金也不吭声,默默地吃着。

我想,这与小金一点关系也没有。他们连糊涂都不会喝,红芋片子糊涂热而黏,得嘴贴着碗沿子转着喝,可他总是嘴对碗的一个地方喝,能不热吗?

一明一黑过一天,一热一冷过一年。时间过得真快,转眼,小金他们来到村里有三年多了。虽然,我六岁开始在大队小学上学,但那时下午不上课,小孩子又没有什么活儿做,我与小金他们四个人还是接触最多的。

现在想来,真是有点意思,他们留给我最多的记忆还是与吃有关。

记得,是小金他们来村里的第二年春节,村里人家喂的鸡,开始丢了。

最先丢的是西院二奶家的那只芦花母鸡。这只母鸡应该有六七岁了,打我记事的时候就有了。

早上,天还没亮,西院二奶就开始在村街上骂。二奶一个人单过,她男人和儿子在一九六〇年时都饿死了,她在村里最爱骂人,没人敢招惹她。

她坐在村街口的地上，面前放一个木墩子，手里拿着菜刀，骂一声，就用菜刀在木墩上剁一下，声调有高有低有疾有缓，刀在木墩上剁的节奏、声音和腔调配合着，整整一天没歇。

村里从来没丢过一根木棒，何况一只鸡呢。人们就私下里怀疑是小金他们四个下放学生偷的。村长大种叔也去小金他们的住处看过，但没有一根鸡毛，也没有一丝肉腥。于是，他就开会说："谁再瞎胡吣，我撕了他的嘴。他们是毛主席派来的好学生，咋能偷鸡摸狗呢！"

大约过了一个月，东头黑炮婶家两只秃尾巴花母鸡又丢了。

这可不是小事，一家人吃盐、点灯的煤油、针头线脑、黑炮叔吸的纸烟，全靠这俩母鸡下蛋换呢。

早上鸡出窝后，黑炮婶急急地跑到村街中心，扯直嗓子骂开了：我——×——你——娘——哪个小舅子做的——偷俺的鸡了——

这一声高腔拉开序幕。接着，她变着花样地骂开了：偷鸡贼不得好死——谁偷鸡 × 谁家十八辈祖宗。

她一边骂，一边双脚蹦跶，像跳高一样骂起来；也许是蹦累了，她就拍着屁股骂，一边骂一边把屁股拍得啪啪响……

村里人更怀疑是小金他们偷的，可一点证据也没有。但村里人对他们四个下放学生的态度明显变化了。

　　我觉得小金是不可能偷的，决心给他洗清白。于是，就远远地跟着沈联防、汪亚伟他们两个人。

　　那天后晌，天下起了蒙蒙雨，生产队歇工半天。我见沈联防一个人向村前的龙湾河走去，就远远地从玉米地里跟着他。

　　沈联防走到河堤前，手里拿起一根树枝，把河堤前的几只鸡往河里轰。鸡们就咯、咯、咯地叫着飞到河中。不一会儿，河里的鸡又游过来，沈联防蹲在水岸，一伸手就抓住一只水淋淋的鸡。

　　我的心提到了嗓子眼，想大喊一声"偷鸡贼"，但没敢吭声。我想看看他到底把鸡拿到哪里去。

　　接着，沈联防把鸡揣进怀里，顺着河堤向东走去。

　　原来，他偷了鸡是去邻村的知青点吃，怪不得他们屋里一点肉腥也没有。

　　我从玉米地里跑回村子，就去找小金。

　　小金正在屋里吹口琴，我进去跟他说有事，让他出来。他出来了，我就把沈联防偷鸡的事告诉了他。这时，他突然转回屋里，出来后拉着我，小声地说："咱俩是好朋友，你可听我的话？"

　　我不解地答："听啊，你说啥俺都听！"

　　"这事你千万保密，不能向外说！"小金紧张得脸都红了。

　　"为啥？说出来，你们仨就清白了！"我更不解地反问。

　　小金皱着眉头想了想，又说："你说出来，他会倒霉的！再说了，捉贼捉赃，你又没抓住，一个小孩子说的话没人信！"

"我亲眼看到的！"我对小金的话更不理解了，强辩地说。

"咱俩要是好朋友，你就别对外说。一定保密！"说着，小金从口袋里掏出五颗糖果塞到我手里。

我不知道小金为什么会这样，但我最终还是没有对外人说。

后来，村里的鸡不停地丢，开始还都骂，后来竟没有人再骂了。只是每次丢鸡后，村里的大人都会神神秘秘地小声说几天话。

那年冬天，梁山家的一条狗也丢了。记得那天晚上，大种叔在我家厨屋里，跟我爹说："他是祸害，得把这个冤爷送走！"

我偷听到了，但不知道什么意思。第二天，刚出正月，沈联防就离开了村子。说是去淮北矿上挖煤窑去了。

沈联防因为偷鸡摸狗，第一个被招工离开了。从此，我再也没有见过他。

他走后，小金蒙头睡了两天。我去看他的时候，他说感冒了。

病好了，继续看庄稼。小金身体瓤，豌豆、小麦、玉米、红芋、芝麻快成熟的时候，他就被派去看庄稼，平时就跟妇女们一道做活。

村里的规矩很特别：没结婚的大闺女是金身子，刚结婚的小媳妇是银身子，生了孩子的女人就成了猪身子。大闺女没出嫁时，无论冬夏都裹得严严实实的，连衬衫袖口都一天到晚扣得死死的；只要嫁为人妇，生过孩子，立马就可以光脊梁干活、敞开胸奶孩子了。

妇女们在干活中间休息，还常常玩"扒头顶裤"的游戏。

夏秋季节，一帮妇女干累了，刚坐在地头要休息，就会有人突然开口说："扒！"

这时，大家就会围住一个女人，把她的上衣脱掉，露出长长的奶子和白花花的肚皮；然后，有人就会解开这女人的裤带，把裤腰往上提，其他人把这女人的头往下压，一直把这人的头套在裤腰里才算结束。有时，也会玩装裤裆的游戏。就是掐一把麦或抓一把土，硬把一个女人按倒，装进裤裆里。

每到这时，小金就害羞地躲开。开始的时候，这些妇女会拿小金开玩笑，动嘴不动手。后来，泼皮的妇女们开始打小金的主意了。一个眼神扫过去，就有人会从背后突然抱住小金的腰，另几个人会把一个小媳妇的上衣扣子解开，把小金的脸往这小媳妇胸上推。

小金那时还不到二十岁，害羞得很，脸红得像刚下过蛋的母鸡。但他也没有办法，有几次他提出要与男劳力一起干活，可队长大种叔都不答应。总是说，你这小身板甜瓜瓢一样，累坏了，我可担待不起！

小金也提出过喂猪，似乎也没有被批准。

记不清从啥时候起，生产队开始喂猪了。

生产队里做事总要比一家一户闹得大些，先是在牛屋院的前面垒起了一个长方形的猪圈，再把它分成一个一个的格子，每一个格子里盖一个小棚子；棚子前面又挖一个大坑，是让猪夏天打泥用的，坑的前面就是一个水泥、石子糊成的食盆子。

开始喂猪时，是让黑炮婶负责喂的。黑炮叔是会计，这种轻闲的活儿当然得由她来干。队里的其他妇女只有气在肚子里，都不在嘴上说什么，谁叫自己不暖会计的被窝呢。

队里先买了十头猪，不到半年就死了两头。谁也没敢说黑炮婶啥，只是叹息这猪真没福气，在生产队里可比在一家一户滋润多了，咋就死了呢。可过了一年，其余的八头猪也都不长膘。

这时，村里的人就都有意见了，意见来自黑炮婶家的三头猪，长得泥捏的一样。于是，队长大种叔就不让黑炮婶再喂了。

商量来、商量去，有人提议让得顺喂。

得顺五十出头，按辈分我只叫他哥，但他是去年刚从白湖劳改农场服刑回来的巫先生，是可以通神的，四里八乡的妇女得了邪病，都会来请他去通神。他常常借给邻村妇女看病时下迷魂药，然后大行好事，时间长了败露后就入狱了。他现在就一个人，家里也不喂猪，不会把猪食往家偷的，是个合适的人选。但最终还是被黑炮叔给否定了：听说，得顺年轻时干过水羊，谁能保证他不干母猪呢！

这么一说，就没人再说让得顺喂猪了。如果他真的把那头母猪干了，生出头人猪咋办？

中间，也有人提议让小金喂。但又有人提出，小金把自己的衣服都洗得发白，他能受得了那猪屎臭吗？最后，大种叔拍板了：让玉泉这闺女喂！

玉泉还没说婆家，平时背毛主席语录背得最快，她喂猪一定会让猪长得快。可这一回，村里的人再一次失望了，虽然没有死猪，但队里的猪仍没有她自己家的长得快。

这时就有妇女留她的小心，终于有一次看到她趁别人都下地做活时往自家拎猪食。事情出来后，玉泉就有些受不了，开会批斗她那天，她突然从会场站起来，一口气跑到村子的水井边，一抬腿跳了下去。

这时，坐在外圈的小金第一个向井边跑去。他到了井边，立即抱着水车往井中下的铁管子，下到了井中。当人们赶到的时候，小金一只胳膊搂着铁管子，一只胳膊抱着玉泉的上半身。

玉泉被捞上来了，没有人敢再说什么。一个还没出嫁的闺女，谁都怕有个闪失自己担当不起。

后来，公社干部给小金送了大红花和奖状；再后来，我常常看见玉泉跟小金在一起，而且，有天晚上在村前的玉米地里，玉泉还抱住了小金。以我与小金的关系，我是不会对别人说的。这些都是后话了。

这件事后，小金开始喂猪了。他是上海人，总不能把猪食往上海拿吧。现在，小金成了最好的人选。

小金也提出了自己的要求：把这八头壳郎猪都卖了，新买猪崽，新打锣鼓新开张。生产队里依了小金的话，又买来十头猪崽。

猪崽买来后没几天，小金又提出到别的生产队去学习一下经验。大种叔开始不同意，后来就同意了。世上没有生而知之嘛，大种叔让喂牛的饲养员老赵，替小金喂了十天，让他出去参观学习。

小金回去之后，第一件事就是用白石灰水在猪圈的墙上，写上"快吃快长为革命"几个大白字。

天底下，牛鬼蛇神都得听毛主席他老人家的话，何况猪呢。

队长大种叔转着圈把字看完，笑着说："小金，你是毛主席他老人家派来的学生啊，要天又给你摘了半个，猪要长不了膘你就别想走了！"

小金很有信心地答道："请队长放心，猪崽不长膘，我永远扎根在村里！"

这些猪崽也真给小金长脸，半年不到就都长到七八十斤重。为此，大种叔不止一次表扬过小金，还让他参加了一次下放学生标兵会。

转眼间就到了夏天。平原的夏天雨下得特别勤，不几天村西的沟里就涨满了水，青蛙开始不停地叫。小金就是不能听见青蛙叫，青蛙一叫他心里就痒痒，就想吃青蛙的肥大腿。

他又把专门从上海带来的糖，拿了出来，在村子里的孩子们面前晃来晃去。今年，比往年加了码，一只青蛙换两颗糖。

他把青蛙剥了皮后，就用清水煮。煮好了，自己并不独吃，而是请邻村的下放学生一道来吃。

汪亚伟已到大队小学当老师了。他回来时又带回三个知青老师。加上安白芹和邻村的两个人，总共七男一女，八个知青。

他们吃的时候，不是专门专心地吃，而是先坐在门外边围成一圈，有人拉二胡，有人吹笛子，有人唱歌。小金只吹口琴。圈里的猪听到这些声音后，也哼哼叽叽地叫。叫着叫着，就像听着童谣的孩子一样，全睡着了。

那一段时间，小金他们聚在一起吹拉弹唱，圈里的猪到很晚的时候才能吃上食。有时，小金他们玩的时间长了，忘了喂了，半夜的时候猪就开始大声地叫，而小金早已睡着了。

入秋后，抓不到青蛙了，小金又从别的下放学生那里学会清炖麻雀了。他除了自己逮，仍然用糖跟村里的孩子们换。当然，糖果已不是从上海带来的那种了。

这时，圈里的猪比夏天时并没有长多少膘，只是变得灵活了，不再像过去那样懒了，整天在圈里拧着尾巴转来转去。

有一次，小金正在与别村的下放学生喝麻雀汤时，两头猪比赛似的，像狗一样轻巧地从圈里蹿了出来。不久，这些猪就都学会了，全部能像狗一样从圈里飞跃出来。村里的妇女一见小金就笑："你喂的猪，比马戏团里的狗还灵巧！"

小金并不作声，有时也笑笑。

事情终于还是发生了。

队里开始挖沟的时候，小金趁着村里的男劳力住在工地上，就到别的公社下放学生点去串联了。这事，他在夏天就对我说过了，要到别的公社去走走，打听一下他们都是咋招工、回城的。

三天后，他再回来时，圈里就只剩一头猪了。最可气的是，这最后一头猪见他回来，也一蹿，从圈里飞了出来，向田地里跑去。

生产队追查起来，小金并不怕，他说夜里猪让人偷走了。

队委会开始埋怨小金，后来一想，就觉得也不能光怨人家下放学生，猪肯定不是他弄出去的，一定是有坏人趁队里的男劳力都去挖沟，就下手了。这种事不像丢了点庄稼，整整十头猪哩。

第二天，就从公社来了工作队，调查此事。

小金又承担了给工作队做饭的事。

工作组在村里调查了半个月，也没有调查出来个头绪。小金因这次失误，被责令在全体村民会上做了检讨。那天，他念检讨的时候，声音很慢，带着哭腔，念着念着，竟大声哭了起来。检讨会就不了了之地散了。

从此，村里决定不再养猪了。

小金又继续跟妇女们一起干活，但身体却更瘪了，走路都踩不死个蚂蚁。一直到他春节从上海回来，才像还了魂一样，慢慢精神起来。

春天，麦子返青了，小金又被队长大种叔支派去看麦子，让麦子别被村里的鸡、猪糟蹋了。

那年春天，我家几乎没有什么粮食了，每天都是烀红芋，连红芋糊涂都两三天才喝一次。我的胃就酸得厉害，一直吐酸水。

榆钱儿长出来后，娘就让我爬树去撸，然后，抖点面，蒸了吃。槐树开花了，娘又让我爬上去撸槐花，蒸了吃。当然，每次蒸好后，娘都会让我端上一小碗给小金送去。他也最爱吃这些蒸的东西。

树上的花都吃完了，每顿又只有吃红芋了，我的胃又开始酸了。

而这时，爹总是让我挎着粪篮子，去捡粪。

挎着粪篮子，我的胃一阵一阵地抽着，酸水没有了，吐出来的都是酸沫。刚出村口，胃又开始抽了。这时，我就特别恨爹，胃都酸得吐醋了，还让我去捡粪！

平时，我眼不停地往四处瞅，看有没有狗啊人啊拉下的屎。可那天我的头被胃酸抽得一晃一晃的，就没有心情。走着，走着，还是看到了一泡狗粪。这是怎样的一泡狗屎呀，只是一团绿色的麦叶堆在一起，上面是有些发干的白沫，在太阳下放着水光。我知道，这条拉屎的狗一定没跑多远，说不定又钻到麦地里去吃麦叶了。

这时，我才注意到身边的麦子都抽穗了，心情陡然间好了点儿。

麦子熟了，就有几天白面面条吃，两腿就轻松起来。

再往前一看，麦地中间的豌豆花全开了，望不到头的一大片。我不由自主地向麦地深处蹚去。

村里怕孩子们偷吃豌豆，每年都把豌豆种在麦地中间。我走近豌豆花和麦地接在一起的地方，首先看到两朵花，一朵朝着我张开薄薄的粉白的嘴唇，正在对我笑着，好像有吟吟的笑声入耳；另一朵淡紫色的花却扭头遮面，也正在对我笑，虽有些害羞，总掩不住笑颜。

这时，我的饥饿感上来了，觉得这花一定能吃，就像牛一样扑过去，猛吃几口，但又迟疑下来。暖融融的阳光照在我身上，我就有了些睡意，再想起什么的时候已躺在了花丛里，眼的上空全是白色紫色的微笑，胃里全然没有了酸味，整个身体里都汩汩流淌着花的清香……

等我再站起来时，花上面浓浓的香味就飘动得更快了，酽酽的空气在千万条光线的搅动中，从我的脸上、手上、耳朵上荡来漾去的；我长吸了一口香气，抬眼向前面望去，白的紫的花像花海里的波浪，一起一伏地向我涌来，涌来；可一转眼，花的波浪又掉转了头，从我身边一起一伏地向远处漂去。

我的目光随着波浪向前走去。突然，看到远处有一朵像面盆一样大的白花，在阳光下一高一低地动得最欢。我中了魔一样向前跑去……跑着跑着，猛地停了下来。

我用手狠劲地揉了揉两眼，再抬头看时白花就不再动了，一个女人慌乱地提起裤子，惊惶地望着我。我想转身跑走，两脚却灌铅一样抬不动。这时，大种叔也提着裤子慢慢地站了起来，他两眼凶凶地盯着我："你，你看到啥了？"

我望一眼已蹲在豌豆花里的安白芹，在嗓子里咕噜着："我，我看花，看花，不，不，我想吃花……"

"你，你，你吃吧，我不问你，别说这事。"我吓得蹲了下来。大种叔和安白芹，一前一后消失在花里了。

我再看见眼前的花时，花儿已经不是一波一波地向前涌了，像是地底下有无数个人挤在一起摇晃着。我突然感到无比饥饿。于是，就疯了一样猛地用手攥了一把花，用劲拽了下来，迅速地填在嘴里，咽下去，再拽一把，咽下去，再拽一把……

这时，小金走了过来。

他蹲下来，小声地问我："你刚才看到啥了？"

"我，我看到队长和安白芹脱裤子了！"我吐出嘴里的豌豆花。

小金长叹一声，突然扯着嗓子大声说："你是饿晕了，什么事都没有！"

我一时傻在了那里，脑子真的晕晕的，像刚刚睡迷糊一样。

这年夏天，安白芹被推荐上大学，离开了村子。现在，一起来村里的四个下放学生，只剩下小金一个人了。

入秋的时候，小金又病倒了。一直在床上躺着有半个月，吃药打针就是不退烧。我娘每天都会让我把单做的一碗面条给小金送去。

有几次，我碰到了玉泉在小金屋里，给他烧水。看着小金躺在床上的样子，我心里就替他抱不平。人家都调走了，为什么要把小金留下呢？

一天晚上，我给小金送饭回来就问娘："小金为啥不上调呢？"

娘叹着气，小声地说："唉，听说他爷是上海的大资本家，逃到美国了。估计他一辈子就窝在咱村里了。"

我不太理解娘说的话，但也没敢多问。那天晚上，我很晚才睡着。

入了冬，小金才算好起来，但仍是病恹恹的样子。落第一场雪的时候，大种叔就允许他回上海了。

那个冬天，我过得特别没有意思。我常常在他住的屋子前转悠，夜里也常常做梦，有几次真梦到了小金。梦里的小金，还是躺在床上病歪歪的样子。

第二年正月底，小金回来了，带来了十几个铝盆和一些塑料针线盒，每家都送一个盆，每个妇女都送一个针线盒。最让我高兴的是，他专门给我带回来一个印着"好好学习，天天向上"的铅笔盒。

他说："你要上五年级了。送个礼物给你！"

这一年发生的事真多。

春天，周总理死了。接着，朱总司令又走了。入暑的时候，又发生唐山大地震。村里的人都不敢在屋子里住，就睡在用塑料布搭的窝棚里。

小金似乎也没有再看庄稼，而是仍然跟妇女们一起干活。

我放学之后，还是常常去找小金玩。他就给我讲地震的知识，什么地震前青蛙会叫啊，井水会向上翻啊。他也吃胖了许多，而且开始抽烟了。平时，看不出他高兴，还是不高兴，就那么木木的样子。

晚上，天热睡不着，我就去找小金玩。有时，把我娘烀的毛豆、嫩玉米什么的，给他送一点。他虽然也搭了塑料布棚，可很少在里面睡，只有下雨的时候才在棚里睡，平时还是睡在他屋里的蚊帐里。

有天晚上，月亮都升老高了，娘才把白天偷来的毛豆烀熟。我端着一小碗去送给小金。我敲门叫他的时候，他停了一会儿才出来，而且关上门对我说："咱坐地震棚里吃吧。屋里热。"

我们来在地震棚里，坐了一小会儿，我就走了。

我觉得小金有点不对劲，好像他屋里有人似的。我边走边想，肯定玉泉在他屋里。我在心里就恨玉泉：你长得这么胖，屁股跟洗脸盆那样大，你凭啥去找小金呢？

不知道玉泉是不是在屋里，反正那天晚上，我在心里恨透了玉泉。

又过了两个月，村里的大喇叭里突然放起了让人想哭的声音，毛主席走了。第二天，村里人在小金住的院子里，用柏树枝、黑布、白布搭起了灵棚。全村人都戴着黑袖章，跪在毛主席像前，哭得死去活来。那些天，每日早中晚三次集体哭，一次比一次哭得痛。

第一天，小金也哭得厉害。开始，他跪在地上哭，哭着哭着，就倒在了地上。第二天，大种叔就不让小金在灵棚前哭了，说上面有指示，像小金这样的人不能参加哭灵。

但小金还是哭，只是他回到屋里，跪在墙上贴的毛主席像前，一个人独自哭。有天晚上，我想找他说说话，可刚走到窗棂前，就看到他跪在地上，一边哭，一边用手拍着地。那声音像受了极大委屈的孩子。

没过几天，又粉碎了"四人帮"。

这一次，小金发挥了用场，他负责在牛屋西山墙上，画"四人帮"的像。这四个人被他画得真丑，像鬼一样。每天上工前，大种叔都带着全村人，在画像前指着这四个人痛骂一番。

这一年，终于过去了。

但是，接下来的一年给我留下的印象，似乎比上一年还差。

我说这个"差"，主要是和吃有关的。从春天开始，家里的粮食就极少，更不要说吃到油和肉了。记忆中，每天都是想吃上一点好吃的东西。

那时，真没有什么好吃的东西。记得是一个风很大的中午，小金把我叫到他屋里，拿出一盒鱼罐头。他用刀把铁盒子别开，我们俩美美地吃了一顿。吃过后，他跟我说："嘴里都淡出水来了，找机会抓只鸡吃！"

小金现在也没有以前讲究了，与村里的男劳力几乎没有两样。只是他那副眼镜和身上穿的劳动布裤子，才让人知道他是上海来的知青。

几天后的一个下午，我真的抓到一只公鸡。我用绳子把它勒死后，偷偷地送到了小金的屋里。那天夜里，小金把鸡毛煺了，开了膛，放在锅里煮。他把锅盖压得严严的，生怕一点香味跑出来。

那真是一个美好的夜晚。月亮透过窗棂照进屋里，他吹灭灯，我们就着月光，一人拿一个鸡腿啃了起来……

因为怕人发现，小金没让我再抓鸡。但我俩在吃上已达成了默契，我找到好吃的东西，总会给他留一些。

那时我在村里被称作"吃精"，能吃和不能吃的东西几乎没有我没尝过的。我最爱吃荤的，天上飞的地上跑的，只要能捉到，我都要想法捉到。

入夏了，我就捉知了，捉蚂蚱。我最喜欢吃那种全身发亮的油蚂蚱，用锅炒熟后通体焦红，再撒上几粒盐味道好极了。每次捉到几串蚂蚱，我都交给小金，炒熟后一起吃。油蚂蚱被捉惊了，蹦得快而远，我就想了个绝招，用青草的汁把手先染绿了，然后再把手伸过去，油蚂蚱就一动不动，有时还直着两根须向我手边蹦。那年夏天，我和小金几乎天天吃知了和蚂蚱。

到了秋天，好吃的虫子就更多了。我们就开始吃那种黑里透红的蟋蟀。这种蟋蟀肚子里全是子儿，炒熟了有一种入骨的香。但这种蟋蟀最难捉，它不仅蹦得快而且会钻洞，但我照样能捉到不少，我和小金常常吃得满嘴油光光的。

冬天里，唯一能吃到的就是麻雀。但麻雀实在太难抓，几乎就没抓住几个。我和小金都馋得要命。

一入冬，村的男劳力都去上河工了。村里就只剩下妇女、老人和孩子。当然，小金还是留在了村里，与妇女们一起做些杂活。

那天中午，小金和妇女们在牛屋院里摘棉花时，刚出生半月的小牛犊，突然口吐白沫倒在了地上。妇女们都站起身来，围着牛犊看。黑炮婶就说："这牛犊疯了，活不成了，杀了吃吧！"

"是啊，活不成了！"

"全村一年都没见荤腥了，杀了！烀一锅！"

妇女们叽叽喳喳的，都要杀这头倒在地上的牛犊。

可饲养员老赵不同意，大声骂起来："破娘儿们，就知道嘴馋，杀牛得经公社批！"

黑炮婶在牛犊身上踢了一脚，然后说："它都死了。你个××的，是想独吞，还是想埋地里啊？"

"一个疯牛犊子，村里的大人小孩都一年没沾荤腥了，不杀它杀你！"大种婶也这样骂老赵。

"对，对，你是想独吞吧！"

"现在就剥！"

"现在就剥！"

妇女们都疯了一样大喊。

小金这时就回到自己屋里拿出了切菜刀。黑炮婶见小金拿出了刀，一挥手大声地说："小金，好样的！"

炒牲口料的铁锅里飘出肉香时，两个扛着长枪的民兵，就哼哧着鼻子跑了过来。小金一动也没动，用眼慢慢地把站成圈的孩子和妇女们瞅了一遍，然后使劲地哼哧了两下鼻子，就向圈外走去。

妇女和孩子看着小金被民兵带走后，疯了一样向冒着热气的铁锅扑去。

三天后的下午，小金是被用板车送回来的。

民兵走后，村里的妇女拥到他屋里，见他的脸肿得发面馍一样，身上也沾满了血迹，都抹起了眼泪。

那天晚上，人们走后，我和玉泉整整守了一夜。小金只喝了两次热水，一句话也没说。

小金在床上躺了半个多月，村里的妇女们，轮流从家里端饭来给他。玉泉每天晚上都去，而且都是很晚才回家。

后来，村里的妇女就开始议论玉泉，说她是看上了小金，癞蛤蟆想吃天鹅肉——痴心妄想。我在心里也很看不起玉泉，总觉得她与小金是不配的。人家是上海学生，细皮嫩肉，还戴着金丝眼镜，学问大着呢。你玉泉算啥，胖得像冬瓜一样，又没上过一天学。

但我们都看错了。

第二年正月底，小金回来后就与玉泉打了结婚证。他们光明正大地结婚了。玉泉搬到了小金的屋里，两个人亲亲热热地过了起来。

从此，我就极少再去找小金玩。有时，看到小金的背影都远远地躲开，不想跟他打照面。

这年冬天，玉泉生了儿子。白白胖胖的，一点都不像小金的模样，倒是与玉泉像得很。小金给这小孩起了拗口的小名：盼沪。

快过年的时候，小金带着玉泉和盼沪，回上海过年去了。

他们出村口的那天，村里的妇女们，一个个都阴着脸，阴阳怪气的。有的说，别看现在笑得欢，笑来笑去一股烟；有的说，真没想到这柴火妞心眼子这么多，到底是把小金给搂住了；有的说，啥人啥福气，丑闺女也能嫁上骑马坐轿的；有的说，小金总归要回上海的，有了娃也不一定能拴住人家的腿。

我听着这些话，心里很不好受，说不清道不明的不舒服，总觉得小金不会与玉泉过一辈子。

事情果然如村里妇女议论的一样，第二年秋天，上面来政策了：所有的单身上海知青都可回城！

不久，小金就与玉泉离婚了。小金自己回了上海。

当村里的人当面背后笑话玉泉时，玉泉总是很有底气地说："小金会回来接俺娘儿俩的！"村里的妇女就哧哧地笑。

甚至，常常有人会说："别做梦了，赶紧找个人嫁了吧。你一个带着孩子咋个养活啊。"

玉泉明白这些妇女的意思，她们是在看她的笑话、出她的丑呢。不是想看笑话吗，我偏不给你们看。有什么可看的呢，就是小金现在走了，可我们毕竟夫妻一场，而且有孩子。再说了，一个乡下女子能给心仪的上海学生睡一夜也值了，更不要说光明正大地结婚，还有了儿子。我有什么笑话可让你们看的。

玉泉在心里想，你们不是要说三道四吗？不是要看我的笑话吗？我正眼都不瞧你，更别说跟你们理论了。

一年过去了，又一年过去，盼沪快七岁了，小金到底还是没有来接他们。

入冬，农闲的时候玉泉带着盼沪去了上海，她说去找小金。

这回，村里的妇女又议论开了。有的说，那大上海，她斗大的字不识一升，哪里找去；有的说，找到了又如何，想要你娘儿俩早来接你了；有的说，肯定早跟洋学生结过婚了，去了也结不出个啥好果子。

正月初十，玉泉一个人回到了村里。

全村人都来到小金住的屋前，打听找到没有，打听儿子咋没有了。西院二奶跺着小脚骂开了，一会儿骂小金这个蛮子没有良心，一会儿骂玉泉傻，人没找到，倒是把儿子给弄丢了。

开始，玉泉一声不吭。后来被人问急了，就忽地站起来，大声说："都走！都走！我找到小金了，儿子留在上海上学了！"

说罢，放声大哭起来。围观的人，都觉得无趣，就一个一个地走开了。

又过几年，村里开始分责任田。玉泉非要两个人的土地，她说盼沪在上海上学，但又没啥证明，最后村里走了折中政策，给她分了一个半人的地。玉泉就一个人种一个人收，孤孤单单地过着。

开始的时候，邻村一个光棍老往玉泉地里跑，表面上说是帮她收种，心里的意思谁都明白，那就是想与玉泉在一起过活。每次，玉泉都不依不饶地把这个光棍骂走。

后来，也有人来给玉泉介绍男人，劝她改嫁，但她都把进门人赶出了家门。连她的哥来劝她，都被推到门外面。时间长了，人们就觉得玉泉不可理喻，再没有人理她了。

又过了几年，农村人开始进城去打工。玉泉把地交给她哥，非要去城里打工。她哥劝不住她，最终依了她。

玉泉离开村子，十几年再没回来过一次。

村里人又议论开了，说她一定是在城里嫁人了，也有人说她可能得病或者出了意外，在不在人世都难说。这样，议论来议论去，最终没有再提及她，好像村里从来没有玉泉这个人一样。

五年前的那个中午，村里人彻底把玉泉忘了的时候，一辆轿车开进了村里。车子停在小金那个坍了的屋子前，一个戴眼镜的年轻男人从前门下来，转身拉开车后门，玉泉从车上下来了。

村里的几个老人围过来，他们仔细地看了看，确认这女人是玉泉后，都惊得张开了嘴："你，你是玉泉！"

玉泉笑了笑，拉着黑炮婶的手，指着身边的年轻人，开口说："这是盼沪。他从美国回来了，接我去呢！"

黑炮婶望着玉泉和盼沪，好大一会儿才开口："那，小金呢？"

盼沪低声说："爸带我去美国的第二年就病逝了。"

突然，黑炮婶大声哭起来："我的孩子呀，你咋恁没有福啊……"

英　雄

1

赵五一被关进了看守所，钱万木打十几个电话，我才接到。

他确实急得不轻，可我也是事出有因啊。不常开手机，对我来说也是很无奈的。

不接陌生的电话，是防电信诈骗的撒手锏。陌生的电话或手机号码一律不接，再高明的诈骗也难以挨身。

作为资深律师，我的不少客户都是主动找上门来的。尤其是三年前，我自愿加入"江淮法律援助志愿者站"，公布了自己的手机号。当初参加这个组织时，心里的想法确实很复杂，甚至夹杂着不可告人的私心。人嘛，就是这样子，有钱了便想得到大名，获得名望后便想把名望转化为更多的钱，正所谓名利互根互生互相依存。现在想来，当时加入这个志愿者站，一是想获得一些浮名，从而接到更多的案子。当然，在自己力所能及的范围内为弱者提供一些法律援助，也是真心的想法。自己是农村出身，亲戚也多是农民，他们渴望法律援助的现实让我不能无动于衷。这就是出身决定立场，屁股决定脑袋吧。

手机号码公布后，名声确实传播得远了。有时，一天就能接到几十个陌生的电话，这是我没有预料到的。打来的电话很奇葩，有卖房子的、有通知中奖的、有推销壮阳药的、有卖茶叶的、有让上各类总裁班的、有要求捐资助学的，还有卖毒品的，真让我心惊胆战。当然，有时也能接到一两个要求帮助打官司的、要工程款的。我实在是受不了这种骚扰，就学当公安局局长的朋友一样，把手机语音提示设为"您拨打的电话已关机"。不明真相的人，拨通手机听到这个提示后，就会挂断。只有熟悉的人才知道电话是通的。不仅如此，先前公布的这部手机虽然这样设置了，但也只是在心情好的时候才开一两个小时。

钱万木就是在两年前我刚开手机时打过来电话的。那天早上我心情不错，边吃早饭边打开这部关了几天的手机。刚启动，铃声就响了。我立即问：你谁呀？听得出来，手机那边自称是"钱万木"的人很是惊奇、恼火，甚至委屈：手机关机怎么通了？打你电话都半月了，一直说关机。律师怎么也骗人呢？我真的需要法律援助啊！

就这样，我与钱万木成了朋友。

钱万木出生在药城农村一个木匠世家。据他说，从他太爷那一辈就是方圆几十里有名的木匠。盖新屋合梁檩、闺女出嫁打嫁妆、人死了打棺材，只要与木头相关的事，差不多都有他父亲的身影。手艺在身吃遍天下，这样的手艺人，在农村自然比别人家富裕和风光。钱万木正是受了父亲影响，初中没有上完就背着木匠篮子，跟在父亲后面走村串户地闯荡。但钱万木手艺学成后，却没有了用场。九十年代后，几乎没有人家再打家具，死的人火化后用个匣匣装着骨灰而不再用棺材了。真是时过境迁，钱万木骂骂咧咧地去了城里，手艺不养爷，自有养爷处。

钱万木来到省城的建筑工地，转悠了两天，心里便大好起来。自己的木匠手艺虽然大材小用，但终归是有发挥之处。现如今，盖楼都是用钢筋水泥先浇出梁柱构成框架，再用砖砌墙。要浇铸这框架结构的梁柱，首先要用三合板在钢筋上支好模子，然后才能浇模。支模是大楼主体结构的关键一环，而且是个技术活。钱万木有十几年木匠手艺底子，很快就摸出了支模的诀窍，看图、上板、敲板、固定，不仅比别人快而且模子支得严丝合缝。

他的手艺很快被大包工头老刘看中。半年后钱万木就成了木工的领头人。手艺就是钱啊，钱万木带的人越来越多，挣的钱也越来越多，两年后就成了开着车夹着包的包工头。但随着他工程越做越大，麻烦也就来了：大包工头老刘拖欠工钱！

正是这个时候，他找到了我。律师出面，加上与当地政府部门的人沟通关系，工地所欠钱万木七十多万的支模钱终于解决了。后来，我们便成了朋友。一则，是他签合同时都请我把把关；二则，他的质朴打动了我。现在竞争真的很激烈，人与人暗中都在较着劲儿，真诚就只在表面了。而我与他在一起是放松的，没有一点利益相争，有时聊聊天、喝杯酒，才觉得是人生的一种享受。

这天晚上，都十一点多了，钱万木突然给我打来电话。我开口便说：兄弟又拿到大活了吧，忙得连哥都忘了。他却苦笑了一声，支吾了一会儿才开口说：哥，我遇到大麻烦了，实在是不找你不行了！

什么麻烦啊？我判断可能是开发商跑路，又拿不到工钱了吧。

但这一次，我猜错了。

2

钱万木说，刚把赵五一七十多岁的老娘哄进如家酒店住下。

这一个多月来，他真是被赵五一他娘给缠疯了。他走到哪里，她就跟到哪里，哭哭啼啼的，不吃不喝，非要见儿子赵五一。赵五一被关进看守所里了，怎么能说见就见，说出来就出来呢？但他娘不依不饶，说赵五一是钱万木从村里带出来的，这下被关进去了，你怎么带出来的就必须怎么让他回来。

钱万木实在没有办法，就吓唬赵五一的娘说，你这神经儿子砸了日本车还砸伤了人，不仅要坐牢还要赔钱。我正在给他筹钱呢，不然连我也要被抓进去。现在好了，你来了，他是你的儿子，公安要知道你来了，就会先把你抓进去。赵五一他娘猛一听这话似乎有点害怕，但她很快就听出来是钱万木吓她的。让他们来抓吧，我一个孤老婆子正不想活了呢。也正是从钱万木说这话后，她竟不再吃东西，坐在钱万木的小区里如泥塑一样，一动不动。

在村里，论辈分钱万木得叫赵五一他娘"奶"。这个老奶奶可真不好缠，别看她说话细得像蚊子叫，但倔着呢，在村里是有名的犟女人。这一点，钱万木是有记忆的。那年，他与赵五一还在同一班读小学二年级，赵五一的父亲给生产队淘井时闷死了。淘井怎么能闷死人呢？村里人都说赵五一他爹太没本事，心里难受还不叫。其实，现在知道那口长时间不用的井里面积了瘴气，属于中毒。赵五一他爹死后，他娘就一直坐在公社大门口，非要上面给赵五一他爹封个烈士。公社书记开始不干，但赵五一他娘就这么每天都去，一直这样去了两年半，上面把那个鲜红的烈士牌钉在她家院门上时，这事才算了结。

现在，她唯一的儿子赵五一被抓进看守所了，她肯定不会罢休的。钱万木看着眼前的情况，肠子都悔青了。当初怎么就答应把赵五一带出来了呢？

去年正月初十，赵五一他娘来到钱万木的家。钱万木安排好去工地的人，正准备第二天回省城，赵五一他娘来了。她说：万木啊，五一从煤窑回来快一年了也没个活干，像头闷驴不吭不响的，他又没成个家，我怕他一个人在家憋坏了，你就把他带走吧。

赵五一笨手笨脚，没有任何手艺，只会出大力，他到工地上能干什么呢？钱万木很是犹豫，就说我工地上要的都是会手艺的木工，五一不会干呀。赵五一他娘就说，亏你与五一从小在一个学堂上学呢，他不会手艺，可他不惜出力，俺就不信工地上不需要搬搬扛扛的人。上小学的时候，他没少欺负赵五一，现在赵五一又混得这个熊样，也许是良心发现吧，钱万木不好再推辞，就点头答应下来。

但让钱万木万万没有想到的是，这个熊人竟跑到大街上砸汽车，还砸伤了人。

在电话里钱万木把情况大致给我说了些，但具体细节和如何解决肯定得见面谈。我与他约好第二天见面的时间和地点后，就在百度上找一个月前砸车的那段视频。

一个月前，在黄河路砸车的事我是知道的，但我没有在现场，只在当天的新闻报道中看到了几个画面。我清楚地记得人群中被举得高高的几幅标语：全民爱国，抵制日货；哪怕华夏遍地坟，也要杀光日本人；宁可大陆不长草，也要收回钓鱼岛。整个黄河路塞满了男男女女，看得出人人都情绪激动，像喝多了酒一样兴奋。那天新闻的主题是说要理智表达爱国热情，打砸抢是扰乱公共秩序、损害他人财物的犯罪。在主持人的播报中，电视也播发了一个农民工跳上一辆日本轿车猛砸的画面。

难道那个农民工就是赵五一？我有点不太相信。从钱万木电话中的讲述，我判断赵五一应该是一个从小就处处背运、性格内向、胆小怕事的人，他怎么可能突然间就成了砸车的英雄呢？这样的反转让我产生了兴趣，我要认真探寻赵五一砸车的真相。

从百度上找到了几段手机视频，虽然有长有短，但每一段都有赵五一的画面。

第一段视频是举着手机录的。身着灰扑扑迷彩服的赵五一，右手举着一尺多长的摩托车 U 形锁，左手拉开红色日本车驾驶室门。女司机不肯下车，车周围的人高声叫骂着呼喊着，突然赵五一把女司机上半身拉出车门，举起 U 形锁向她背上砸去；女司机上半身从驾驶室里歪出来。随即，车周围的人齐声高喊着向里挤，赵五一和那个女司机被挤上前去的人淹没了。

第二段视频是平拍的。在人们的欢呼声中，赵五一手举 U 形锁、脚蹬着车前轮，他想爬上引擎盖，但由于引擎盖上没可抓的东西，两次都没有成功。这时，有两个年轻人分别推着他的屁股和后背，猛一用力，赵五一胸脯贴着引擎盖爬了上去；引擎盖很滑，他晃了两下才站稳。当他高高地站在引擎盖上，人们再一次欢呼，赵五一像发疯了一样，恶狠狠地向车盖砸去，U形锁一次次高高举起，人群就发出一阵阵欢呼声……

看着视频，我心情复杂得很，按钱万木所说的平时闷瓜一样的赵五一，怎么突然间换了个人像英雄一样了呢？从他那红红的脸和夸张的动作，我判断他肯定喝了不少酒。这也是钱万木电话里告诉我的。他说，赵五一平时不喝酒，一瓶啤酒就醉，加上他脑子不正常，砸车肯定是可以不用负行为责任的。

话虽这样说，但又如何证明呢？我为了更多地了解那天的真相，继续研究起视频。视频里砸车的场面并非一个，有五六处人们砸车掀车的画面。但关于赵五一的只有三段。最后一段的角度是仰拍，赵五一被十几个人托了起来，抛向空中，接住再向空中抛去。画面中的人群情激奋，赵五一大笑着，像凯旋的英雄被人们抛向空中，接住，再抛上去……

这一刻，赵五一心里想的是什么呢？后来又发生了什么呢？

我再没有找到相关视频。

3

钱万木告诉我，赵五一六岁前聪明伶俐着呢。

赵五一的爹是生产队的饲养员，一人照管着四头牛、三匹马、两头驴和一头骡子。那天收工后，赵五一的爹给灰青草驴梳脖子上的毛，赵五一不知怎么想的就去拉驴的尾巴，也许是那驴拉了一天犁烦躁得很，一蹄子踢在了赵五一的头上。赵五一被踢倒在地上滚了一丈多远。人们都以为赵五一不行了，他最终还是活了过来。但从此他的脑子就混沌了，而且开始流鼻涕，一年四季都流个不停。

又过了两年，赵五一才入学。由于他一直淌鼻涕，而且只用右手背擦，鼻子下面整天鲜红鲜红的，右手背也红得像猴屁股一样。钱万木说这都不打紧，关键是他整天一身腥臭的鼻涕，没有人愿意跟他坐在一起。老师没有办法，就在教室的最后一排角落里给他放了小桌。即使这样，教室里仍然充满着臭味。下课的时候，不少同学就用纸飞机、纸团之类东西投射他。他常常是抱着头趴在课桌上一动不动。

不少老师也不待见他，只有班主任柴老师对他好些。柴老师是城里来的下放女学生，大圆脸，长辫子，嘴唇厚厚的，但她从不嫌弃赵五一。柴老师上语文课时，赵五一都坐得直直的，眼睛瞪得老大，十分认真的样子。可柴老师提问他时，他站起来，只会憨憨地笑，一个字也答不出来。教室里便会哄然大笑。

按钱万木这么说，赵五一的脑子肯定有些问题。我心里便有了一些希望，一个精神有问题的人是可以不负行为责任的。但这毕竟只是钱万木一个人的证言，我当然要更多地去找一下其他人，尽可能地提供更多的证据。

来到赵五一所在的工地时，快十二点了。这个叫"帝景豪庭"的城中村改造工地，被沾满灰尘的黑丝网围着。靠近北面的入口处，有一个花格尼龙布搭成的饭棚。戴着安全帽从脚手架上下来的人，灰头灰脸，有的人连手也不洗就坐在木板钉成的矮桌前，捧着宽面条吸溜溜地吃得起劲；也有人面前放着卤鸡蛋、鸡架骨烩萝卜之类的，举起啤酒瓶仰着脖子向下灌。四十多岁的男老板，不吭不响地收拾着东西，脸大腰细的女老板倒是嬉笑，一边忙一边招呼着走过来的人：老板，大骨面还是啤酒啊？

我终于等来了钱万木说的赵长顺。赵长顺与赵五一是本家兄弟，而且有七八年都带着赵五一四处打工，对赵五一最了解。他是我要重点走访的一个人。

赵长顺吃了两碗面，点着我递过去的烟，向地上重重地啐了一口痰，才开口：唉，怎么说呢，这个熊人！

　　赵长顺开始也不想带赵五一出来打工。但他们是堂兄弟，推脱不掉啊。这七八年，他带着赵五一上过采石场、去过窑场，干得最多的还是建筑工地。赵五一笨手笨脚的，只能砸个石头、搬个砖坯、拎个灰桶，技术上的活啥也学不会。三年前，赵长顺本来想去南方的玩具厂换个不出力的活，但赵五一干不了啊。没办法，他就带着赵五一去了晋城一家小煤窑。

　　煤窑在山沟里，就一个洞口，简陋得很，从外面看根本不知道是座窑。洞口上支着一个棚子，里面趴着台发动机，发动机连着绞车，绞车顺着轨道下去就是黑黑的矿洞了。炮工在洞底炸下一堆煤来，赵长顺和赵五一他们就装车，车装满了拉到洞口的坡下挂上缆绳，人在车把上站稳，按响电铃，绞车便吱吱呀呀地向上拉。

　　一车煤两块钱，一夜十二个小时快了能拉九十车，一天能挣一百八十块钱。交了伙食费、保险费杂七杂八的，一个月能剩三四千块钱。赵五一胆子小，他站在缆车上不敢向下面黑咕隆咚的深洞看，就只能在下面装煤。虽然钱少点，但一个月也能挣三千多。他心里很高兴，不止一次地给赵长顺盘算说，干他个三年就能娶房媳妇了。

　　可刚干不到一年，就出事了。那天夜里，赵长顺刚把一车煤送到洞口，就听见电铃响，洞底出事了。赵长顺吓得软在了煤堆上，以为赵五一给闷下面了。还好，半个小时后赵五一就被缆车吊了上来。赵五一平躺在工棚的地铺上，虽然昏迷，但还喘着气。原来是洞上面掉下来的一块煤石砸着了他的裆部。

赵五一醒过来的时候，见自己两个卵肿得像牛蛋、老二像吹鼓的气棒足有铁锨把粗，就哇哇地大哭起来。后半夜，老板赶来了，见叉开两腿躺着的赵五一，大声地骂道：哭个熊，不就是裆里这点事吗！我以为闷死人了呢。

半个月后，赵五一的裆部消肿了，人没事的一样。但他不敢再干了，拿着老板甩下的三千块钱要走人。

赵长顺说到这时，又向地上重重地吐一口痰，猛吸了一口烟才接着说：就这熊人。烂眼子肯招灰，木头脑子好惹事，你砸哪门子汽车呢！

我还想跟赵长顺了解一下赵五一那天喝酒的事，赵长顺却说这事我不知道，你找旁人问吧。我说你是他哥呢，这事对赵五一很关键。赵长顺说不知道的事俺不能瞎说，再给你瞎谝谝，我后半晌的工钱都要被扣。说罢，起身走了。

这时，吃饭的人都走光了。老板娘听到我问赵五一喝酒的事，就接过话茬，说那天他确实喝酒了，连喝了三瓶雪花啤酒。

老板娘回忆说，那天下午她刚收拾好，正想坐下来喘口气，赵五一气昂昂地过来了。他也没坐，就站在老板娘跟前说：拿啤酒！老板娘吃惊地"咦"了一声：赵五一你中邪了吧，这刚开始上工你就来喝啤酒？再说，以前从来也没见你喝过啊！

赵五一瞪着她不再吭声，而是把手伸过去。老板娘说那天他一连喝了三瓶啤酒，喝罢就有些摇晃地走出了工地。

看得出来，老板娘对赵五一被抓还是挺心疼的。临别的时候，她对我说，赵五一那天肯定不正常，喝了三瓶啤酒后还站着不走，两眼直勾勾地瞅着我的胸，让人怵得慌。看得出他心里窝着一股邪火。

这个赵五一，那天到底为啥窝火呢。这个也很重要。

4

要了解真相，必须会见一下赵五一本人。

会见室里，赵五一见到我感到很突然。他知道我是受钱万木的委托为他辩护后，并不心甘情愿地配合。要不是看着身边的两个狱警，他说不定扭头就走。

会见开始，我问：赵五一，那天你是怎么到街上去的？

我从工地出来，见满街黑压压的人，就奔了过去。

你知道街上的那些人在干什么吗？

走近了才知道。他们在骂日本人，说日本人要抢咱国家的钓鱼岛。

你怎么砸车了？

我挤近那个车前，有个人递给我一把大锁，大声喊：英雄，给你武器，砸了小日本的车！

你为什么拉开车门砸那个女司机？

那女人不出来呀！有人喊她是日本娘儿们。

画面上显示你爬了几次都没有爬上引擎盖，你是怎么上去的？

俺当时腿发抖，车又太滑，老上不去。后来，被人推着就上去了。

问到这时，我心里犯嘀咕了。从赵五一的答话中看出，他对当时的事记得十分清晰，似乎并不像钱万木所说的脑子有问题，也不像喝多了酒神志不清。这可怎么办呢？我看了看狱警，只好继续问下去，看能不能问出一些有利于辩护的话。

赵五一，我再问你，你当时站在车盖上砸车的时候，心里是什么感觉？

他歪一下头，想了一会儿说：我那时的脑袋空空的，人像站在云彩上要飘起来一样。

后来，你被人们抬着不停地抛向空中时，你脑子里想的什么？

我第一次被人撂向空中时，看到了一个女人的一对大奶子。后来，我就想这女人的奶子咋就这么白、这么大呢？

说过这句话，赵五一不好意思地低下了头。

这时，我心里一喜，从这句话看来，他的脑子是不正常的。于是，我就接着问道：赵五一，后来怎么样了，你还记得吗？

他想了想，有些生气地说：城里的人不爷们儿，后来他们就把我摔在了地上。

你当时的感觉是什么？

就是头轰轰地叫。后来，我听见人们喊：起来！起来！你是英雄！再后来，我就手拄着地慢慢地起来了。

后来，你是怎么离开人群的？

我起来后警察就来了，拎着警棍怪吓人的。人都跑了，我也随着人群跑了。

你从大街上回来的时候，你还记得吗？

记得呀。有一个年轻人还给我一罐啤酒呢。我就边喝边走回了工地。

我又问他去大街上时是不是喝醉了。赵五一却说：我没醉，以前没有喝过酒，不知道啥是醉。

这样问下去不是个办法，赵五一的答话并不是我想要的。于是，我改变方式，采取拉家常的方式试图跟他聊天。

我说：赵五一你知道钓鱼岛在哪里吗？为什么恨日本人？

赵五一想了好大一会儿，才开口说：我从小就恨日本人。电影上放的日本兵对咱中国人，不是放枪打就是刺刀杀，还睡中国的女人，能不恨吗？

后来，他又说中国现在肯定还留有不少日本鬼子。

我对他这话感到很可笑，但从这句话可以证明他的脑子肯定是有些问题。于是，我就接着问：你怎么知道现在中国还留着一些日本鬼子？

赵五一又想了想，很是气愤地说，从他小时候就知道这事。有一天夜里，他去邻村看电影，电影放完回来的路上他被三四个人按在地上打了一顿，头都被打出血了。他清楚地记得那几个打他的人嘴里不停地喊"八格牙路、八格牙路"，不是日本人咋这样喊。

看来，赵五一从小就把欺负他的人当成日本鬼子了。

站在他身旁的两个狱警，也不由自主地笑起来。其中一个说：这小子明显缺根筋！

赵五一听到狱警这样说自己，脸上一怒，但随即就低下了头。

会见时间就要到了的时候，我问赵五一对砸汽车后悔吗。

让我没有想到的是，赵五一似乎很清醒地说：有什么后悔的？砸日本车是爱国，连现在同屋的犯人都说我是大英雄，对我可好了。

会见结束后，我觉得似乎有了一些希望。

赵五一这些话，在法庭上是可以证明他脑子不太正常的。但为了把举证做得更扎实些，我决定第二天再继续走访一些人。

5

第二天晚上，我在赵长顺的帮助下，约见了与赵五一挨着睡的王热闹。

王热闹三十出点头，人很活络，话也多。在工地外的小馆子里，两瓶啤酒下肚，他就把我当哥们儿一样地讲开了。

他很是不服气地说：赵五一这个屄人咋就成了英雄呢！

在王热闹眼里，赵五一是连屁都放不响的人，笨手笨脚，百无一用。他在工地上干了快两年，还只能扛壳子板、下壳子板，连根钉都不会钉。人家大工一天能挣六百多，他就挣一百五，就是个出傻力的料。

后来，聊到那天赵五一在工地上的事，王热闹却大笑起来。

用他的话说，也真是巧了，关门夹 × 该着赵五一倒霉。那天下午刚上工，赵五一开始下壳子板。刚下了两张，第三张就砸了带班工头张大头的背了。张大头脾气暴得像炸弹，一句话没说地走过去，一脚就把赵五一踹坐在地上。赵五一被踹痛了，起身后随手捡起根短木棍就要反抗，这下可惹毛了张大头。张大头飞起一脚又把他踹倒下去，嘴里大骂道：你个屄人，要想死我立马送你上西天！

赵五一坐在地上，不敢再吭声。张大头还想再踹，被人拉住。后来，张大头就对着赵五一骂，让他滚得远远的。赵五一起身后，继续下壳子板。但张大头仍不依不饶地骂着让他滚出去！

在众人的劝说下，赵五一才离开。

那天晚上，王热闹喝了五瓶啤酒。结束的时候，显然醉意很浓了。也许，他是出于对我请客的感谢，临别的时候突然小声对我说：赵五一这小子，砸汽车前去嫖女人了！

啊，你怎么知道的？我有些吃惊地问。

王热闹靠近我的耳朵神秘地说：他自己说的。那天晚上，他看着工棚里电视上放着他砸车的画面，兴奋得说漏嘴了：老子车子砸了，女人也嫖了，英雄！

我递给王热闹一支烟，问他：你知道在哪里吗？

王热闹诡秘地一笑说：还能在哪里，工地不远那个洗头房。专门伺候俺们这些农民工的，一张红票一炮，年纪大的那个女人三五十块钱都让骑的。

这又是一个新的线索，我决定第二天去那个洗头房问问。

洗头房的老板娘并没有我想象的那样难以接触。看得出来，她们与当地派出所是有默契的。大白天，我一进门，她们就浪笑着说：你就放心吧，啥时候来查，他们通知的。

我与她聊着，试图让她回忆赵五一是否来过，她却警惕起来。

当我把五百块钱递过去，说明是想了解一下赵五一是否来过时，她犹豫一会儿，紧接着就放开了。

这个胖老板娘回忆说，那天她记得特清楚，因为是砸汽车那天嘛，而且后来又在电视上看到了赵五一砸汽车，所以，对他印象特别深。

她说那天下午三点多钟嘛，迷彩服上一层灰的赵五一突然推门进来了。他一嘴酒气地说：给我找个俊的，我要睡。

老板娘望一眼赵五一，觉得这个人不正常，又见满嘴酒气、一身灰，就推托姑娘都午休了，不接客！赵五一不干了，从裤兜里摸出两百块钱摔在桌子上：老子今天就要睡！

干皮肉生意的不就图个钱吗。老板娘见赵五一态度坚决，钱又摔在了桌子上，想了想就去楼上叫人。开始是小红先下楼的，见是满身灰的赵五一，说嫌脏不愿意接。赵五一就生气地嘟哝说：卖×的还嫌俺脏！老板娘装着没有听清，就领着赵五一上了楼。

那天是丽娘接的赵五一。丽娘都快四十岁了，人又胖，只要有钱赚是不挑人的。

老板娘说大概过了半个小时，赵五一低着头下楼了。老板娘问他：哎，玩得咋样？

赵五一咬着牙说：肥猪一样，老子都硬不起来。

据老板娘说，那天晚上见赵五一上了电视，她就给丽娘开玩笑说：你今天睡了个大英雄啊!

丽娘却猛地一笑，葵花子喷出老远。又笑了一阵子，才说：这个
尿人砸车怪有能耐。在老娘身上吭吭唧唧半天，老二还面条子一样，
把老娘急淌了也没办成好事!

看来，那天赵五一上街前，心情一定沮丧到了极点。

这个赵五一，为什么会是这样呢? 也许那次煤窑事故，真的使
他成了废人。

从洗头房出来的路上，我脑子里还是赵五一与丽娘在床上的
画面。

这与他后来发疯似的砸车，一定是有联系的，但这个情况却不
能在法庭上举证。

那天，我心里也很复杂。可怜赵五一吗? 细想想，也不全是。

6

赵五一他娘不相信钱万木在找律师捞赵五一。

钱万木就给我打电话，让我见一见她，给她说一说情况。不然，
钱万木走到哪里，她就跟到哪里。

我正在工地的饭棚走访那个卖饭的老板娘，想了解赵五一从街

上回来后的一些情况。接到钱万木的电话，我说晚上就去如家酒店见赵五一他娘，正好也要找她了解一下赵五一平时的情况。

老板娘一边择着菜，一边跟我聊。当她听到我跟钱万木通话聊赵五一时，就停下了手中的活儿，很认真地听着。我挂了电话，老板娘直了直腰说：这个赵五一啊那天真是反常得很，像是鬼魂支使着一样。

那天下午五点多钟吧，赵五一手里拿着U形锁晃晃悠悠地走过来。走到饭棚前的时候，在老板娘面前站住，说要瓶啤酒。老板娘觉得他有点不对劲儿，就说：五一你丢了魂一样游荡一下午，也不在工地上干活，不到开饭点不卖啤酒。赵五一气呼呼地嘟哝一句：小日本我都砸了，我还怕你！说着就向工地走去。

赵五一到工地又干什么了呢？这个线索很重要。

我决定再找王热闹他们了解一下。

快要收工了，我在工地找到王热闹和赵长顺。据王热闹说，赵五一拎着U形锁来到工地，也不说话，四处找人。王热闹问他找谁，他说找张大头。看手里拿着U形锁的架势，是要找张大头报仇的。这时，赵长顺就过来说：你个浑球，中邪了吗？回工棚躺着吧，张大头正要赶你走呢。

赵五一梗着脖子不说话，还在四处瞅张大头。赵长顺就又骂道：浑球，我的话你也不听了可是？给我回工棚去。

赵五一对堂哥赵长顺的话还是怕的。见赵长顺真生气了，就挥着那把长 U 形锁，大声地骂了句：小日本我都砸了，我还怕你张大头！

赵长顺没听清他说的啥，就问王热闹。王热闹笑着复述后，赵长顺气得不轻，边拆着模板边骂：这浑球中魔了。

王热闹回忆说，那天赵五一晚上没吃饭。王热闹他们吃过饭回到工棚时，赵五一还在地铺上睡着。后来，有人就打开了电视机，电视上正播黄河路下午闹事的新闻。人们都伸头想听听到底是咋回事。突然，就有人喊了声：赵五一，赵五一，电视上砸汽车的是你吗？

工棚里一下子静了，电视里赵五一站在汽车盖上挥着 U 形锁，一下一下地砸。这时，赵五一也从地铺上站了起来，看到电视上的画面，他先是一愣，然后就大声喊起来：打倒小日本！打倒小日本！

工棚里的人，都被电视里的赵五一和喊口号的赵五一弄蒙了。这时，赵五一又拿起那个 U 形锁，向工棚门口走去。

赵五一疯了，赵五一疯了！工友们都吃惊地说。

见赵五一要向工棚外走，赵长顺急坏了。他走过去，抢起右手在赵五一头上扇了一巴掌。赵五一被打愣了，转身望着赵长顺。赵长顺就骂道：你这浑球，惹下滔天大祸了！

安静下来的时候，王热闹他们就说让赵长顺连夜把赵五一送回家。不然，公安明天肯定要抓人的。赵长顺一时也没了主意，气得老用手拍打地铺。

赵五一却一点也不害怕。他说：我跑什么？我砸的是小日本的车，我是英雄！

这时，赵长顺忽地站起来，骂道：你个××的，我叫你英雄，明儿个警察抓起你，你就成狗熊了！

见他拎着鞋要打赵五一，王热闹他们就把他拦下了。

细节越多，越能证实赵五一那天精神不正常。如果赵五一他娘能再提供点儿有用的东西，就更好了。

我从工地走出来，就去如家酒店见赵五一他娘。

赵五一他娘快七十岁了，从外表看是一个很正常的农村老太太。

当我问她赵五一平时脑子是不是有点问题时，她很激动。她说：俺五一脑子一丁点毛病也没有，他就是闷点儿，平时说话少，可他是哑巴吃饺子——心里有数。

我说：我是钱万木请的律师，正在取证。如果能证明赵五一平时脑子不太清醒，他就可以被放出来。老太太却不认这个茬。她说：在乡下可不能随便说谁脑子有问题，五一都快四十了连个人家也没说上，要是说在城里打工把脑子弄毁了，那以后还咋整？

谈话似乎很难进行下去。我就把会见赵五一的录音拿出来给她听。

老太太听得很仔细，生怕漏掉一个字。录音放完后，老太太很长时间没有说话，看得出她在心里盘算着什么。

后来，老太太只说了两句：这孩子！这孩子跟他老姥爷一样打日本人！

我还想再跟她交流一下，她却说自己累了，让我先走。

这老太太，真有点让我捉摸不透。

7

开庭前一天就下起了小雨，第二天雨依然没有停。

我和钱万木、赵五一他娘及证人赵长顺、王热闹，提前来到了法庭。但受害女司机和她的代理律师，比我们来得还早。法庭旁听的人并不多，受害女司机的家人，几家媒体的记者，总共不会超过二十人。

赵五一被法警带到法庭时，一眼就望见了他娘。他想转身去跟他娘说话，却被两个法警制止了。他看一眼空旷的旁听席，似乎很失望。但被押到被告席时，人却又精神起来。

审判长按照法庭流程逐一查明当事人是否到庭，宣布案件来源、合议庭组成人员，告知被告人享有的权利，讯问赵五一是否申请回避，宣布法庭纪律，之后进入法庭调查阶段。

公诉人宣读完起诉书，法庭开始讯问。

我一直观察着赵五一的反应。他的表情明显很亢奋。

讯问一开始，赵五一的答话就让我很吃惊。我意识到先前做的准备，也许发挥不了太大的作用。

法官：赵五一，你为什么要拉开车门砸女司机？

赵五一：日本人占咱的钓鱼岛，她还开日本车，她跟日本人一条心。

法官：钓鱼岛事件跟开日本车有什么关系？

赵五一：咋能没有关系？日本人都占咱的钓鱼岛了，她还开日本车。

法官：你手里的 U 形锁是哪儿来的？

赵五一：我不知道是谁递给我的。

法官：你砸车时心里想的是什么？

赵五一：我就是想狠狠地砸。俺要报日本人的仇。

法官：你知道毁坏他人财物是犯法的吗？

赵五一：砸日本造的汽车还犯法？

法官：赵五一，你能肯定当时你的脑子是清醒的吗？

赵五一：我肯定是清醒的。要不，我咋能去砸车呢？

法官：你上街前喝酒了吗？你确定没喝多吗？

赵五一：喝了啤酒。可是，我一点都没醉。

……

出示证据的环节，当法庭播放赵五一砸女司机、砸汽车的画面时，他瞪着双眼像是看一场从没有看过的电影一样，兴致很浓，一点后悔和害怕的意思都没有。

辩护的时候，我重点陈述了赵五一脑子有问题，而且那天上街前他喝了三瓶啤酒，神志不清。

在我播放证人证言的时候，赵五一脸上的表情不以为然。

当赵长顺和王热闹当庭对我的录音语言进行补充时，赵五一很是不高兴，中间不停地插话说：你们就是看不起我，我脑子有问题？你们才有问题呢。

法官制止了赵五一的插话。

我顺势说：法官先生，难道赵五一现在的表现还不足以证明他脑子有问题吗？

法官不回答我的话，而是让我拿出医院证明来。

调查阶段结束，进入法庭辩论。

公诉人发表公诉词后，被害人女司机发表了言辞激烈的控诉意见。当到赵五一陈述时，他却对主审法官说：判我坐牢你们会后悔的，总有一天要翻案。我是抗日的英雄！

由于赵五一这种态度，接下来，我的辩论就再没有引起法官的重视。

辩论很快结束了。

审判长宣布休庭。

控辩双方向法庭移交证据，当事人在笔录上签字，合议庭在合议室进行评议。

这期间，我看到钱万木气得咬牙切齿的，他恨不能走上被告席，踩赵五一几脚。

赵五一的娘呢，脸上却很兴奋，她似乎为儿子赵五一在法庭上的表现感到很满意。

我是彻底失望了。我想，由于赵五一在法庭的答话，我的举证肯定不会被法官采信。赵五一啊赵五一，你让我怎么说你才好呢。

继续开庭后，当庭做了宣判：赵五一犯扰乱公共秩序罪、故意伤人罪、毁坏他人财物罪，三罪合并判处有期徒刑六年零四个月，赔偿医疗费、汽车修理费合计三万七千元。

宣判完毕，赵五一回答法庭说：不上诉。

走出法庭，雨下得更大了。我走到赵五一他娘跟前，有些歉疚：老太太你也看到了，赵五一他不配合，我也没有办法。

老太太却说：世道变了，俺儿是砸日本车的英雄，敢作敢当，早晚有一天会翻过来的。

钱万木气得不轻，在雨幕里说：英雄？一家子神经病。

　　警车拉着警笛，开出了法院大门。

　　老太太站在雨中，两眼盯着远去的警车，一动不动，任凭雨浇在身上。

　　我赶紧走过去，把雨伞罩在她头上。她抹了一把脸上的雨水，但眼角却又有水流出。

　　这时，雨越下越大，而且起了风。

大悲咒

南无喝啰怛那哆啰夜耶……

香雾缭绕、木鱼笃笃、钟磬叮当、铙钹嘌嘌中，众僧诵持《大悲咒》抑扬有度的梵音，由远及近从空真寺里飘出。

慢慢地慢慢地，白镜如就感觉到这诵持的声音越来越高，一忽儿，声音就把他包围了起来；他的整个身子开始发麻，继而慢慢地发热；接着，一种暖融融的热流从他身体里飘出来，整个人慢慢开始向上向前飞去……

一会儿的工夫，白镜如就来了空真寺山门前。

大殿里，诵持《大悲咒》的梵音又起。白镜如让自己定了定神，正要抬腿迈进山门，杏黄海青外搭着红色袈裟，颈项上挂着一串洁白砗磲佛珠，足蹬紫色芒鞋的归一大师就从殿内走出，一直向山门外的白镜如走来。白镜如放下了刚抬起的右腿，立在了林风飒飒的山门外。

归一大师继续走过来，在距离白镜如七尺远的山门内停下。他双手合十，口诵南无阿弥陀佛圣号后，才低着眉说：施主，为何又来敝寺？

我出家心已定，纵有千山万水也挡不了我的皈依路。白镜如坚定地说。

阿弥陀佛，你一个堂堂市长，主宰五百多万人，如何六根俱净归隐山林呢。罪过，罪过。归一大师又双手合十，口喃阿弥陀佛。

大殿里的《大悲咒》诵持声时高时低，白镜如的心越来越沉静了。他也双手合十，注视着归一大师说：大师，你听这《大悲咒》诵的，一切所求若不果遂者，不得为大悲心陀罗尼也，唯除不善、除不至诚。现在我心已定，大师不遂我愿，我就跪死在山门前！

白镜如说罢，扑通一声在山门外跪了下来。

阿弥陀佛。归一大师连走几步，迈过山门石槛，来到白镜如面前，伸手拉住他。白镜如跪在地上用着力，归一大师竟没有拉动他。

归一大师双手合十，开口道：阿弥陀佛，佛门慈悲，老衲虽不能答应为你剃度，但你疲惫过度，现在先去寮房休憩吧。

白镜如抬眼望着归一大师，坚定地说：大师不应我，我就跪在山门。

归一大师见白镜如坚定不起，便开口道：老衲观你喜怒哀惧爱恶欲七情甚旺，恐与佛门无缘，你且自重吧。阿弥陀佛，阿弥陀佛。

说罢，转身向寺内走去。

白镜如见归一大师离去，不仅没有失望而且心中暗喜，他想归一大师也许已经动心，现在开始考验自己的坚定心了。

白镜如与归一大师是有交情的。他第一次进这空真寺是四年前了。自此，他每年必定要来两次。第一次是怎么来的呢？白镜如回想起来。

四年前的那个夏秋，白镜如正挣扎在水深火热之中，整日提心吊胆的，不得安生。三月中旬重机厂发生了大规模的上访和卧轨事件，接着，董事长方修德就被省纪委带走。那时，白镜如虽然只是副市长，但他分管工业，市重机厂就是通过他的手卖给方修德的。方修德进去后，白镜如就做好了也进去的准备。然而，令白镜如没有想到的是方修德果真是条汉子，在里面对白镜如他们之间的事只字未提。半年后，方修德因侵吞国有资产和受贿罪被判处无期徒刑，但白镜如却没受到任何牵连。当然，后来白镜如觉得这也是他考虑周全的结果。他是让方修德从加拿大的一个贸易公司把钱转到他女儿账户上的，女儿能消费，但并不知内情，妻子楚云更是毫不知情。

方修德移刑监狱改造后，白镜如才算把心稍稍放下。十一长假，他找机会请了假，借了一辆车，独自来到了紫云山散心。在这之前，他并没来过紫云山。只知道这是一座风景不错的小山，里面有一座古寺。进得山来，他便被这里的风景和古寺吸引了。

　　紫云山踞长江北岸，自麓而巅群峰耸拔，盘旋而上，远眺长江
滔滔，俯视沙湖、陂湖、白湖、巢湖波光万顷，雄峻秀丽；沿石径
继续上行有桥，四周绿树，翠竹成荫，桥下溪水叮咚；转翠桥左侧
山坡，修竹百余亩，亭亭玉立，微风吹过婀娜多姿，犹如少女翩翩
起舞，媚态宜人。登临顶峰，环顾群山，皆居其下，上有浮云紫雾，
下有群峦叠翠；山顶高耸入云处有一块平地，上有一片庙宇：空真寺。

　　空真寺始建于唐，重修于宋，后因几经兵乱，屡修屡毁，复建
后大雄宝殿金碧辉煌，精雕细刻的龙凤、花鸟近千样，形态各异。
大雄宝殿左右有两口古井，名"双眼泉"，相传此地形如雄狮，泉乃
狮眼，不可填废，一经填废则住人多患疾病。院后有泉，名"觳觫
泉"，汲水仅足一壶，又称"一壶泉"，泉水不溢不竭，清澈甘冽，
最宜烹茗。寺前有万工池，池面数亩，水清见底，据说当年挖池时
费工万名。寺前十步处生长古榉两株，树高数丈，胸围九尺，枝叶
繁茂，宛如华盖，相传是清顺治年间空真寺住持朗星和尚所栽。

　　这天晚上，白镜如住进了山腰宾馆里。

　　冲过澡后，他来到餐厅，要了四菜一汤，一个人独自饮了一
瓶古井贡十六年原浆。按说，他是没有这个酒量的，平时最多也就
六七两的量，可那天晚上他感慨特别多。想想，方修德正在狱中服
刑，自己女儿在加拿大无忧地读书，妻子楚云无事大妈一样与女友

们沉浸在麻将桌上，他心里真是既庆幸又恐惧。假如方修德把送他的那三百万招了，自己哪还能在这里自饮呢。想到女儿，想到楚云的结局，他更后怕了。

这半年来，他真是很后悔，很怀念以前干干净净做官轻轻松松生活的日子。但他知道再也回不到从前了，自己的罪孽自己是清楚的。收钱就怕第一次开了头，自从为女儿留学收了方修德的钱后，他就再也控制不住自己，对自己信任的人送来的钱几乎就没有再拒绝过。

每收到一笔钱，他的心都恐慌几天。他觉得自己是被一种力量紧紧地拉扯着，挣不脱也拒不了。难道仅仅是钱的诱惑吗？不，也绝不仅仅是钱的诱惑！白镜如端起酒杯，静静地想了想，还有一个重要的原因那就是现行的法律规定受贿十万元就可判极刑，那一千万一个亿最终不还是判极刑吗？现在想来，一种赌的心态从第一次收方修德的钱时就产生了。

望着窗外夜风中沙沙作响的风竹，白镜如想到了自己的童年和母亲。

他的童年是贫困和不幸的。父亲在河工上被塌方砸死那年他只有七岁，母亲就带着他和小妹孤苦地生活着。母亲是要强的，虽然生产队分的粮食不够吃，但绝不允许他去偷地里的一点东西。他清楚地记得那年麦子就要收割的时候，家里已经断了两天粮食，每天只能用野菜糊填肚子。而他发现生产队里的春红芋已经可以吃了，就偷偷地扒了四个回家。母亲下工回来，见到这四个红芋，气得流泪，非让他头顶着红芋到村街上承认错误。他不肯，母亲就拿根绳子说，你要不去，我就吊死给你看，生一个做贼的儿子，我没有脸面活人!

白镜如现在回想起来，脸还热辣辣地烫。

那天他最终没有拗过母亲。吃午饭的时候，他还是头顶着那四块红芋来到村街上。那一刻，他真想找条地缝扎进去，甚至希望自己咔嚓一下死了才好呢。童年的那次羞辱他从来都没有忘过，这也是他从一个农民的儿子成为副市长的动力。但想想现在自己的作为，白镜如觉得真对不起快八十岁的母亲，甚至连自己都对不起。几十年来，他一步步的辛酸有谁知道啊？走到副市长这个位置后竟被那些花纸一样的钱毁了，毁得连回头和自救的路都没有。他就这样一边回忆着，一边喝着，无法自控。

山上的木鱼响了，石磬和铜钹的声音飘下来，接着便传来了和尚们晚课的诵经声：南无喝啰怛那哆啰夜耶南无阿唎耶婆卢羯帝……

白镜如虽然那时还不知道和尚们诵的是《大悲咒》，但他被这寂静山野里传出来的诵经声感动了，两行热泪不由自主地流出，顺着脸颊落在胸前。这一刻，他想到了出家，能出家做个和尚该是多清净和轻松啊。可转念一想，他便摇头苦笑起来。以自己现在的处境和身份，想出家谈何容易。即使有一万个想出家的心，也逃脱不了这人间的牵扯。他接着又想到不再回去，到更远的山里，即使没有庙宇，能自种自吃了却一生也好。但一切又都只能是此时的空想。

那天夜里，白镜如躺在床上久久不能入睡。他真的很后悔自己以前所做的一切。如果没有那些事，就靠他和楚云两人的收入，不也过得很好，没有现在的担心和害怕吗？他觉得自己身上背着一个炸弹，说不定哪一天这个炸弹就爆了，自己就会被炸得四分五裂。看看表，已经凌晨三点多了，白镜如的酒意越来越浓，便昏昏沉沉地睡去了。

太阳从山岚里升起来。一个身披红色袈裟的法师，破门而入。白镜如翻身坐起，惊恐地看着面前这个慈眉善目的法师。法师双手合十，口诵阿弥陀佛圣号后，目视着白镜如说：施主孽障深重，唯幡然醒悟方能度出苦海！

白镜如立即跪下，乞求着说：大师救我！我虽身负罪恶，可也一心向好，请大师指点一二！

法师如炬的双眼盯着白镜如，许久才又发话：老衲见你善念犹存，方来点化。

法师快说，法师快说！白镜如竟磕起头来。

俗话说，解铃尚需系铃人。祸福无门，唯人自招，善恶报应，如影随形，一切无非自作自受，自了自消，无人替得。大地众生，法性平等，禽兽亦可成佛，你何不顿然放下，立地成佛啊！法师捻着手中的佛珠，一字一句地说。

白镜如鸡叨米一样一边磕着头一边说：愿听法师明示！愿听法师明示！

那就过来吧，老衲为你剃度！随着法师一声大叫，白镜如的头发就被法师抓在手里，他一抬头，一把寒光刺骨的剃刀映入眼帘。

啊！白镜如大叫一声醒来。原来是个梦。他抹了一把脸，脸上的汗竟水洗一般。他坐起来，开了床灯，找到一支烟，点着。整整吸了三支烟，白镜如才平静下来。他回想着刚才的梦境，坚信是菩萨的点化。如果真是菩萨的点化，我也许还有救。白镜如就这样吸着烟，静静地坐到天亮。

天一亮，白镜如洗漱完毕就又上了山顶的空真寺。

进得山门，就见前面的大雄宝殿内香雾缭绕、木鱼笃笃、石磬叮当、铙钹嚓嚓，和尚们正在早课。

白镜如穿过殿前的大铜香炉，正要继续进入大殿。这时，归一法师从大殿里走了出来。

白镜如心里一愣，眼前这个和尚怎么与昨天梦里的人一模一样？正在他吃惊间，归一法师双手合十默念过阿弥陀佛圣号后，才开口说：这位施主一大早过来，有何事，请讲！

白镜如进山门前并不知道自己要做什么。被法师这么一问，竟脱口说：想捐点钱。

阿弥陀佛！法师双手合十念过后，两眼沉静地说：施主是想供养常住还是想做佛事？

白镜如真的不知道这些专业名词，一时竟无语相对。这时，法师又说：佛氏门中舍一得万报，有求必应，愿施主六时吉祥，蒙佛庇佑。真是与佛有缘啊，阿弥陀佛！

白镜如从包里掏出一沓没有开捆的钱，向眼前的法师递去。归一法师并没有去接，而且笑着说：请施主自行放到功德箱吧。

白镜如把一万块钱放到功德箱后，归一法师就把他引到了客厅。

归一法师问白镜如从何方来，何种职业，尊姓大名。但白镜如支吾着并不正面回答。

这时，归一法师笑了，笑过之后，他望着白镜如说：观施主定有解不开的心结，不过，你不要给我说，我只送你一句话，那就是只要看破放下，便定可有一番不可思议的境界。

白镜如不太明白归一法师所说的这句话，就请他再解释一下。

归一法师捻着手中的佛珠，笑着说：凡事要靠悟性，要看因缘，用不着老衲多解释了；今天施主业已回头，这便是放下的开始，放不下就看不破，看不破就放不下。菩萨会救你，你自己也开始自救了。施主定能逢凶化吉，心愿圆满。

说罢，归一法师双手合十，念了句阿弥陀佛。

白镜如从紫云山空真寺回来后，心里轻松多了。他决定按归一法师的指点，从此金盆洗手，一分一文都不贪不占，再不给自己加一分罪孽。

没有人知道白镜如去空真寺的事，更没有人知道他心里所想，只是见他又多了一些自信和轻松。妻子楚云最先觉察到白镜如的变化，她试探地问了几次。白镜如笑而不答，她也就只好作罢。二十多年了，他从不把自己工作的事告诉楚云。楚云也习惯了。

让白镜如没有想到的是，市长外调了，自己竟作为候选人在人代会上被选为市长。

同僚和下级向他祝贺时，他心里却想到了空真寺和归一法师。也许菩萨真的显灵了，念他回头心诚而免了罪孽。于是，他决定要找机会再去一趟空真寺。

作为一市之长，要想有单独行动的机会可真是不太容易。一直拖了半年都没有找到脱身的机会。这期间，他倒找机会去省城监狱看了一次方修德。

方修德从无期改成十八年后又减了两年，不出意外的话，在里面待上十年就可以出来了。看得出来，方修德在里面过得并没有人们想象的那么差。白镜如从他那被烟熏黄的食指和中指判断，他在里面还是很轻松的，最起码是有烟抽的。

会见结束时，白镜如压低声音说：修德，沉住气，出来后你的生活有我呢!

方修德笑了一下,然后说:在这里面我真的想明白了,万念皆空,一切皆身外之物。

你现在也信佛了?白镜如问。

方修德又笑一下,然后说:到了这个地方,什么都想得开。此身不向今生度,更向何生度此身,佛度今生啊。我天天在心里默念《大悲咒》呢。

白镜如心里一沉,然后又装出笑来:兄弟真没有要我办的事吗?你放心,我一定会帮你了却心愿。

方修德默想了一会儿,然后说:紫云山空真寺有尊真身和尚,以前我许过愿要给他镀金身的,可没来得及就进来了。

啊,空真寺!白镜如心里一惊,但随即又沉静了下来。他现在凡事都特别谨慎,当然不愿意让方修德知道自己也去过空真寺。他调整了一下情绪,然后才开口说:知道了。我会尽快找到这个寺,了却老兄的心愿!

白镜如虽然去了空真寺,但他并不知道寺里有一个真身不化的和尚。回想着自己去空真寺的情形及后来的事情,尤其是方修德会面时跟他说的话,他从心里信了佛缘。他想,自己也许真的与佛结了缘,得到了佛光的浴照。与方修德会面回来后,他在网上找到了《大悲咒》。他把《大悲咒》的音乐下到了手机里,一静下来的时候就打开，默默地听。每晚睡前，他一定要在心里默念三遍《大悲咒》。他深信这被众人诵念了千年的《大悲咒》，是一定能度化自己的。

终于找到机会。白镜如又一个人来到了空真寺。

这次来，他是虔诚而有计划的。他径直找到归一法师，在归一法师的客厅里，直接地说：我有一个商界的朋友，现在托我来了却他曾经许过的一个心愿，就是给果然和尚镀金身。

归一法师听白镜如这么一说，眼里一惊，马上就双手合十，念了句阿弥陀佛。念过之后，就说：施主有此大愿，定是要向佛修心了。

白镜如连忙说：这心愿是我朋友的。

归一法师见白镜如这般心切地解释，就笑着说：施主受托前来遂愿，功德亦然等同，佛经上说的"随喜功德"正是此意。阿弥陀佛。

接下来，归一法师就给白镜如讲了果然法师苦修的行持。

果然法师出身捕鱼家庭，六岁时，父亲去世。十二岁在空真寺出家，从此过起了每天晨钟暮鼓、拜佛念经的生活。他虽然没读过一天书，但目睹了父亡家散的凄凉，悟出了人生苦、空、无常之理。他白天一边劳动，一边背诵《大悲咒》。他念《大悲咒》能坐着念到睡着，睡着又能念醒，而且字字句句分明，一点不错，几乎要到三昧境界。他深敬观世音菩萨的大慈大悲，发愿要修行有成就，救度众生。

十六岁求受三坛大戒后，发誓参出自家的本来面目，并请寺内果智禅师成就他三项功德：用四十八根灯草为一束，共三束浸满香油立在头顶，燃灯供佛；在背上用香立着排成七层宝塔形图案，点燃香烧完后，背上有七层宝塔香疤图形，这是起七宝塔供佛；脖子上用一百零八颗香围起来烧成一百零八颗念佛珠。在头上燃灯供佛，由于燃烧面积大，引起头面浮肿，他坐禅七个日夜后，竟神奇地好起来了。

随后，果然法师生死心切，遍访名山大德，过着日中一食、胁不沾席的生活。曾随果智禅师到九华山住茅棚，并经过两个精进佛七，力求开悟。十年前腊月初十，在归一法师领四众弟子念佛声中果然法师坐化圆寂，后安奉入土在朗星塔前。五年后，归一法师再率四众弟子开缸，其肉身完好，神态如生……

在这之前，白镜如听说过有关坐化不腐大德和尚的故事，但并不以为真。当他随归一法师来到果然法师面前，一种神圣、神秘和震撼感把他压得喘不过气来。世间真有如此虔诚学佛之人，看来佛真能度众生于苦海。

白镜如当即向归一法师要了寺里的账号。

回去的第二天，他以化名给寺里转去五十万元。

钱转过后，白镜如心里感觉到了从没有过的安泰。从此，他每晚诵念《大悲咒》的次数由三次改为了七次，而且没有一天少过一次。同时，《大悲咒》成了他有空必听的唯一曲目，家里每天必播《大悲咒》的音乐。

白镜如确实变了个人一样，他工作认真，凡事公平；遇到送钱和行贿的事都会坚辞。但没过多久，麻烦便接连而来。有人举报他信佛，有人背后议论他拒贿是假装正经，上级和下级与他的心理距离越来越远了。

白镜如甚是苦恼，他不知道这是为什么。难道是佛对他的考验吗？这中间，他又三次来到空真寺，求归一法师点拨。虽然，他并没有告诉归一法师自己的真实情况，但归一法师每次的话都直抵他的内心。他曾几次说将来要剃度出家，请归一法师收他为弟子，但归一法师却只是微笑，从没有答应过。

白镜如虽然按归一法师的指点，心存善念、不做有罪孽的事，但事情还是找上了门。

菩萨生日那天，他去空真寺回来后，坏消息就一个接着一个来了。先是富海房地产公司的董事长邱杰被带走，接着规划局局长老常也被带走。老常被带走后，白镜如心里害怕起来。他知道这个邱杰在里面肯定会吐口的，虽然是三年前的事了，那时作为副市长的白镜如收了邱杰六十万。白镜如一直觉得邱杰这个人靠不住，但毕竟收过了，这几年连退过几次都没有退掉。

这几天，白镜如一直被恐惧包裹着。

怎么办呢？他想到了现在流行的失联，或者逃到加拿大女儿那里，可前两年他只想着向佛赎罪并没有做出逃的准备，而且就是准备了说不定现在也被边控，出逃无门。昨天夜里，他突然想到了自杀，半年来时有自杀的官员，与其被抓后人财两空身败名裂，真不如一死了之，保住钱财和妻女的后半生。

了断之心已定，白镜如心里突然轻松了下来。早上，妻子楚云出门了，他打开家里的音响，《大悲咒》的诵念声便弥漫开来。他坐在沙发上吸了一支烟，又吸了一支烟，当吸到第七支时，他决定要去浴缸里洗个澡，然后干干净净地离开。

卫生间的门没关。浴缸里放满了水。白镜如仔仔细细地把自己洗了一遍，他要把这几十年留在自己身上的脏东西都洗净了，才好走的。白镜如是在《大悲咒》声中完成这一切的。

白镜如觉得把自己洗干净了，就拿起准备好的刀片。捏着刀片，他的手颤抖得厉害，眼泪突然涌出来。他闭上眼，在心里把《大悲咒》默念了一遍，突然大笑起来，笑声迅速被客厅里《大悲咒》的诵经声淹没了。白镜如听不到自己的笑声，很是失望，一闭眼就把刀片划向左腕。

这时，客厅里传来的诵经声越来越高：南无喝啰怛那哆……

不一会儿，白镜如就来到了空真寺山门前。他这次抱定主意要了却一切，遁入空门。可归一法师转身而去，竟没有答应给他剃度。

大雄宝殿里《大悲咒》的诵唱声，越来越高，白镜如跪在山门前一动不动地等待归一法师的出现。

大雄宝殿里传出来的诵经声，时高时低，木鱼笃笃、钟磬叮当、铙钹嚓嚓，白镜如感觉自己被这声音包裹了起来。

声音穿过他的大脑，他身上便有了麻麻的感觉，明明有凉气从身上飘出，心里却感觉到暖融融的，他的心越跳越缓，人慢慢地飞起来，在诵经声中飞向空旷的远处。

人越飞越高，越飞越高，下面的山林已只剩一片淡绿了。

正在这时，白镜如突然听到妻子楚云的一声大喊：啊！老白！

萦绕在白镜如耳畔的诵经声骤然停了，他觉得自己立刻从高空中落了下来，他想睁开眼看一看到底发生了什么，可上下眼皮却长在了一起，任他怎么努力都没能睁开……

我们无路可返

现在回想起来，一个人的命运是这样不可自控，别人一个电话就可以改变你的一生。

大学毕业后，我因为发表了一篇小说，负责分配的老师打了一个电话，我被分配到县文化馆创作室。这在当时是让人兴奋的事。与我一起分配的金融专业的同学周而比，被分到下面一个乡的农村信用社里。那一刻，我觉得自己与同学周而比的命运拉开了差距，似乎用天壤之别来形容也不过分。一个在县文化馆当专业创作员，一个到乡信用社当信贷员，傻子也能知道这差别有多大。时光真是弄人，二十年后，这差别还真是天壤之分呢，只不过周而比是天，我却由天变成了壤。

唉，怎么说呢？真是不太好说，也说不出口。这些年我也不断地发表小说，但看小说的人却越来越少。尤其这几年，看小说的人也许真没有写小说的人多，出版书、卖书的比读书的还多，再加网络上风起云涌出现的写手，像我这样一个在纸媒上发表三流小说的作者，真是虽有却无。九十年代初期我还有一些作家的感觉，人们见了总会说某某是个作家，嘴里和眼里都还有些敬重。后来，随着文学越来越边缘化，我就被人说成是个木头脑壳，这年月还瞎写，千字三十元，写一天不够洗一次澡的。

反过来呢，分到乡信用社的同学周而比却峰回路转。随着市场经济的发展，银行越来越吃香，他竟一步步升为县信用社主任。县改市后，农村信用社也摇身一变成为农村商业银行了。也就是二十年的光景，他成了视金钱连粪土都不如的银行行长。随着我俩所从事的职业和自身的变化，我们这中间竟有十多年没有联系过。刚毕业那几年我在县里一门心思创作，他在乡里灰头土脸地收贷，见面也不容易。后来，他调县信用总社了，我却越来越没有声音，可能他也懒得和我联系了，就没有过几次见面。

过去说人是被逼上梁山的，现在想其实就是绝路求生。眼看着我再写小说不仅要自绝于读者，而且会自绝于家人和自己，写作这事真的再也不能让我有尊严地生活和活下去了，怎么办呢？绝处求生吧。最终在三年前，我接了一个写婚外恋加反腐的电视剧的活儿。这活儿更不是人干的，但我还是硬着头皮写了改了三十集。嘿，真是走了狗屎运，电视剧竟被几家电视台热播。很显然，我立即火了，活儿接不完，钱也挣多了，换了房买了车，虚名也一个个地挤过来，去年我竟被稀里糊涂地弄成了省影视艺术家协会主席。有句话怎么说来，穷在大路无人问，富在深山有远亲。我就体会到了。这两年，有了浮名后，官商学政各色人等都把我当成了朋友，更不要说像周而比这样的老同学了。

不知从哪天起，周而比和我恢复了"同学"的关系，几乎每天都能见面，而且成了无话不谈的知己。说实话，周而比真是市里的红人，也是市里的名人，在电视上报纸上三天两头地出镜和露脸，风光得很，烫手得很。这也难怪，现在钱成了通行证，谁不想跟钱在一起混呢。周而比是管钱的头儿，说触手可烫，一点都不夸张。

去年的某一天晚上，周而比的心情显然不好，就约我出来喝酒。我们两个人在二合居里喝了白酒喝红酒，喝了红酒又喝啤酒，"三盅全会"后，他终于醉了。人醉心不迷，就是想说话，想倾诉。我一喝多却不想说话，这正合了周而比的心意，我成了他的忠实听众。听得出来，他是十分苦闷的，而且还不是一般的苦闷也不是一时的苦闷。真是一家不知道一家，在人们眼里风光无限的周而比竟也有这么多块垒。

他说他累得很，市里领导要他这家银行多吸款多放款多交税扩大规模，他实在感觉累了，曾给市长表达过想退下来的意思，却被市长虎着脸骂一顿。市长说：你钱挣够了是吧？一年百十万年薪还有股份，人们都眼红着呢。你要真想离开，那社会上不会认为你是累了，会认为你钱捞够了，政府要对你审计。说是审计其实是审查，你应该懂的。这话很明显，还真退不下来，这似乎是一条不归路。

再说亲朋好友吧，都想找我贷款弄钱，可这钱不是我自己的，不帮谁谁翻脸骂娘，你不帮他反而成欠他的债了；真是弄不明白，我在乡下当信贷员没人肯理我，没人帮过我，现在都债主一样地来找我，真是弄不明白！

周而比的口头禅是"真是弄不明白"，说到这句话时他就激动，一激动就端起酒杯。

再比如说亲戚吧。兄弟姐妹妻弟妻妹，都伸手要钱，他们真把我家也当银行了。我辛苦挣点钱也不是偷来抢来的，救急不救穷，我怎么可能把钱都给他们呢。亲兄弟还好说，妻子那边就更不像话了，非说我外面有人，跟她家不亲了。

周而比真是把我当成知心人，说到这里虽然略有迟疑，但终还是给我和盘托出了。他又喝了一杯酒，接着说：以前我真没有情人什么的，她老是唠叨个没完没了，我心生厌倦时不知不觉竟真喜欢上了一个女的。这个叫小叶的女人像上帝派来等我的，我在她那里找到了自己想要的一切，仿佛回到了年轻的时候，一日不见就心慌得很，想得心里难受，人想人真他妈难受。周而比苦笑着说，小叶也有自己的事业，时间一长她开始不像从前了，不再有相见尽欢的感觉，似乎对我有些意见，但又说不出来。对她再好，她也不理解，有时总是向着反方向理解。关心她的行踪和工作情况，她说我不信任她；弄点有情调的事吧，她说我不务正业；就连她生气骂我，我强装笑脸哄她，她也认为是我没有男人骨气。可我一点办法都没有，我爱她已成为习惯，在心里就把她当女儿宠着，任她撒娇发嗔。这真是邪门。

那晚我确实很吃惊，真没想到周而比竟还有这么一面。原来每个人都有另一面。然而，再听下去我更是不敢相信自己的耳朵，周而比说他现在最大的梦想就是辞职，到皖南西递去，在那里买一个小院，带着小叶远离尘世的一切，专心去画画。在公众面前这样一个严谨正派的银行行长，竟要舍弃妻儿和拥有的名誉、地位、金钱远走他处，带着心仪的女人专心画画，真正地为自己活下半生。他这个想法，是我没有想到的。更何况我从没有听说过他会画画。我是从来不抽烟的，但我还是主动要了一支烟，质疑地问他真会画画吗。周而比对我的质疑一点也不诧异，他得意地接着说起来。他说，他在乡下那些年，真是快要憋疯了，竟报了一个书画函授班学起国画。他一直偷偷地画，画画成了他排解郁闷的唯一通道。他一直没有对外界说过，甚至妻子都不知道他在画画。这些年，他成了银行一把手，有了外出的自由和机会，就报了北京一个大家的国画研究班，每年去上几次课，参加几次活动，笔力大长。我真是有点半信半疑，到这时还怀疑他说的这一切是酒话。那晚，我回到家后，越想越觉得像做梦一样，刚才的那个周而比真是周而比吗？我觉得即使是周而比，他的那一切也都是酒话，不可信，也不能信。

虽然，虚构是一个小说家的看家本领，我也虚构了二十几年了，可我还是为周而比那天酒后的虚构感到震惊。我确信那天他说的一切都是虚构的，与我平时亲眼看到亲身感受到的周而比一点都不搭边。如果不是虚构，那一定是醉话，即使是醉话，我也服了周而比。他怎么就能虚构得这样丝丝入扣呢？成功的虚构是要内在逻辑的，没有逻辑力量支撑的虚构总会漏洞百出。但把周而比那天的话，认真分析一下，还真都能站住脚。一个成功男人背后也许就是这个样子，就是这样不堪。但我还是说服不了自己，我宁肯相信那是周而比的醉话，而不是真实的他。

从那晚起，周而比在我心里成了个谜，我忍不住要去破解。

接下来，我就专注地观察和搜集着关于周而比的一切。其实，对于周而比这样的公众人物，要想研究他还是十分方便的。每天只要注意看本埠电视新闻、本市晚报和去一些有档次的大酒店看看，就可以对他的行踪了如指掌。他们的秘密几乎是无处可藏。就像市委书记、市长和市里那些头头脑脑一样，每天的行踪都可以在电视新闻和报纸上看到，只要你稍留心就行了。

酒后第三天，我刚打开电视的本市新闻频道，就看到周而比西装革履地出来了。播出的是一条银企对接会的新闻，先是市长在讲

话，接着便是周而比与三家企业签订贷款额度的协议。周而比面带
沉稳的微笑，底气十足，颇有气势。这条新闻结束后，就是那个著
名的细脖子女主持采访周而比。周而比谦虚但很得体地说：我们银
行以实际行动支持家乡建设，回馈市领导和家乡人民的关心与呵护。
我以为眼前又出现了幻觉，就使劲地揉了揉眼，可电视上周而比还
在那里侃侃而谈。我突然怀疑是自己的脑子出了问题。那天晚上，
难道是自己喝多了，那些话并不是周而比讲的，而是自己虚构的？
或者，周而比说的根本不是那些话，是自己听错了？我郁闷极了，
觉得自己真的很可疑，该不会是被那帮牛 × 制片人和导演给折腾得
精神崩溃了吧。

我突然想抽支烟，可翻箱倒柜的，在家里竟找不到。后来我才
想起自己是不抽烟的。这时，我想立即见到周而比，想今天必须证
实一下是自己脑子出了问题还是真有另一个周而比。我拨通手机，
周而比接通电话问我有什么事。我从他说话的口气和手机传来的背
景声判断，周而比正在一个十分重要的场子里喝着酒。但我不管
这些了，就霸气地说今晚必须见他。周而比很得体和礼貌地说：好
的，你先到二合居去，这边结束我就赶过来。

此时的周而比很正常啊。我越发认为自己脑子出了问题，便犹
豫了起来，是去还是不去呢。现在，我好像不是为探寻周而比的真
实与否，而是为证明自己是不是有问题了。我掐了掐自己的手，感

觉到了清晰的疼痛感，我想我应该是清醒的。于是，就出了门。

周而比赶到二合居的时候，我自己差不多喝了半瓶"难得糊涂"酒。醉意已经袭来，但心里却越来越清醒。周而比显然也喝了不少，似乎也有了酒意。他坐下来，把杯子倒满，端起来与我碰过后，一饮而尽。显然他还没有喝好，又把剩余的酒倒在杯子里，大声喊服务员上酒。服务员肯定是认识他的，送酒过来时，善意地提醒他少喝点。周而比用微笑礼貌地表示一下感谢，转过脸对我说："老兄，有什么话碰了这杯再说！"

又半杯喝后，我感觉眼前晃晃悠悠地出现了两个周而比。赶紧揉揉眼睛，眼前还是一个周而比。肯定是刚才一口喝了那杯酒，眼里出现了重影。我放下酒杯，盯着周而比问："你敢说上次你说的不是酒话！"周而比对我的问话一点都不感到突然，那神情表明我这话在他预料之中。

他也放下酒杯，认真地说："我敢肯定，没一句是假的！"

"你敢肯定，你那晚没喝多？"我问。

周而比笑过，反问道："你敢肯定，你今天没喝多？"

我坚定地晃着头说："我敢肯定我现在是清醒的！"

"那我也敢肯定，我那天也是清醒的！"周而比回答道。

我盯着周而比的双眼："你可以把那天的话重复一遍吗？"说这话的时候，我想到了刑警队一个同学说的话，只要让嫌犯把同一件事重复说三遍，说谎的就一定会有漏洞。

"那我就再给你讲一遍！"周而比又给自己倒上了酒。

突然袭来一种恍若隔世的朦胧感。也许是灯光暗下来了，也许是酒精的作用，反正当时的情景让我感觉到很朦胧很陌生很可疑。

周而比右手夹着根烟，左手端着酒杯，在我面前娓娓而谈。我能辨别出来，他所谈的话与那次酒后谈的几乎一个字都不差。在听的过程中，我的酒意竟慢慢退去，但思维却忽而清醒忽而疑惑。似梦非梦，真假不辨。

"最近会有爆炸新闻！你等着吧。"走出二合居大门的时候，周而比正正经经地对我说了这句话。

"什么新闻？关于你的吗？"我追问。周而比显得很诡异，笑而不答。

这次酒后的第三天，果然出现了一条爆炸新闻：周而比突然不见了。

我听到这个传闻时已是周而比失踪的第四天了。周而比的电话打不通，打电话问他的妻子，也打不通。于是，我就给刑警队的那个同学打电话证实，那边吞吞吐吐地说："还不能确定，正在查找。最好别打听！"

接下来，关于周而比的传闻一个接着一个而来，每一个传闻都不尽相同。但大体上也就是那么几个：说他携款跑路到国外了，说他带着情人私奔了，说他身患绝症在黄山跳崖自杀了，说他被纪委秘密带走了。真真假假，难以识别。但有一点是肯定的，我最终打听出来，他的妻子被有关部门带走了。周而比啊周而比，你怎么会是这个样子呢？我百思不得其解，你到底有什么过不去的坎，为什么要走这一步，要弄出这么大动静呢？

周而比失踪的第七天，本市晚报刊出了一条公告：

周而比同志，请你见报后于7月7日前回行上班，逾期不归，后果自负。

乌龙市农村商业银行

2011年7月1日

当天晚上，本市电视台反复把这条公告播了三次。看着这条公告，我的思路慢慢清晰起来。最起码排除了他被有关部门带走这一说了。接下来，我又按周而比给我说的那个小叶的情况侧面打探，这个叫小叶的女子依然在自己的花店做着生意，并没有异动。这不仅否定了周而比带情人私奔的传闻，同时也让我怀疑周而比到底与小叶有没有关系。我觉得自己必须亲自见一下小叶，也许从小叶那里能知道一些真相。

要见小叶还是很方便的。她的"芳菲花屋"是全市最有名的花店，出售的均为当地少见的稀有花种，价格也不菲。第二天早上我就来到了"芳菲花屋"。小叶确是一个不俗的女子，淡妆素裹，举止得体，矜持的微笑中溢着自信，气质与兰花真有一比。我开门见山地说自己是周而比的朋友，想问一下她是不是认识周而比。小叶沉着地说："当然认识他，他是行长，常常电视报纸上见。怎么不认识呢。"

我有些暗喜，没想到小叶会如此说，于是追问："你与周而比是朋友吗？他把你们的关系都告诉我了。"

小叶突然一怔，立即就又微笑着说："你说的话我不明白。我熟悉他，但并不是朋友！"我知道再往下是问不出来什么的了。于是，我买了一盆兰草，悻悻离去。

这次之后没几天，社会上便没有人谈论周而比的话题了。好像他失踪的事没有发生过一样，没有人再谈论他，似乎他早已被人遗忘了一样。

现在的日子真的过得飞快，似乎比以前快了几倍，转眼间过去了半年多。正当我也快把周而比的事忘掉的时候，本市晚报上又刊出一则公告：

经有关部门审查，周而比同志任职期间遵纪守法、成绩显著，不存在经济问题亦无生活作风问题。其失踪原因

经有关部门和市精神病医院推断，疑似精神抑郁所致。特

此公告。

乌龙市农村商业银行

2012 年 5 月 1 日

这则公告一出，我本以为社会上又会掀起一波有关周而比的议论。结果却大出我所料，并没有什么人再议论这件事。我有些不太相信人的遗忘和冷漠会这样厉害，于是就试着给几个朋友打电话说这件事。但得到的都是敷衍和搪塞，他们觉得一个抑郁症病人走失是十分正常的事，有什么好惦记的呢。再说了，大家都这么忙，自己的事还处理不了呢，哪有闲心想这个周而比的七七八八。

我对这种世相真的很失望。但从此，我也坚信周而比是患了重度抑郁症失踪了。大家都这么说，而且抑郁症现在又这么普遍和突发，周而比这样的事也不值得再惊异了。于是，周而比也慢慢地从我脑子里淡去，只是偶尔想起那么一两分钟。这也许与我现在的处境有关，自从入了编剧这行当，天天被制片、导演和自己逼着，快疯了一样。

时光就这样一晃又过了半年。我在横店一家酒店里改剧本，极少开手机。前天下午，我的脑子木了一样，一点灵感也没有，准备休息一晚，于是打开了手机。让我吃惊的是，刚打开手机，就跳出

了一条署名"而比"发来的消息。而比? 难道是周而比! 我让自己镇静了几秒钟,才点开这条消息。声音果然是周而比的! 他声调缓慢地说:老兄,我没有死也没有病,我回到生活过的那个城市很多次,但都太失望了。还是我们哥俩喝酒痛快。这两天我就去找你!

难道真是周而比? 我感觉后脊梁一阵阵地发凉。停了好几分钟,我按下回复键给他回话。可连回了三条,一直等了一个多小时,也没有得到回话。再细查,这个叫"而比"的人已经不在线了。我觉得这事很诧异,心里老是打鼓,就一个人来到一家小酒馆。我想喝点酒,不然自己的这颗心总是不停地在加速跳。

我一边喝酒一边想,周而比真活在世上吗? 如果他不在人世了,为什么声音还是他的呢! 喝着喝着,我突然想起几年前在酒桌上一个朋友说的话。那个朋友在司法部门上班,那天他也喝多了酒,就得意地告诉我说,现在的科技超出人们的想象。他边喝酒边卖着关子说:"只要采集一个人一分钟的讲话,然后通过一个语音软件就可以复制出他的音调。然后再把要讲的内容输入进去,出来的就是他的声音了! "

当时,我对他的话是不以为然的,也许他是为了显示司法部门特有的神秘性才说的,如果是这样的话,那录音证言就可以随便制造了。回忆起这些,我心里更害怕了,难道有人采集了周而比的声音,然后故意制造出这段话发给我?

他们要干什么呢?

那天我喝得不少,但也没醉。我很清醒地自己回到房间,烧好水,记得还认真地刷过牙,才上床睡觉。

喝过酒入睡得快,好像躺下不久我就睡着了。可没过多少时间,我就听到有人敲门,声音虽然不大,我还是听得真真切切的。半夜女演员敲制片和导演的门,在横店这个地方是常常出现的,但却没听说过敲编剧的门。

当我确认是一个男人的声音后,就起身开了门。门外站的竟是周而比。

周而比肯定喝了酒,是那种酒意很重的半醉状态。我们坐在沙发上,周而比点着烟神情沮丧地给我说着他这一年多的事儿。

他说,他没有病,只是感觉太累,一直想辞职过自己想过的生活,也就是带着小叶去西递住下来画画。他一直没有勇气这样做,总担心会引发熟人的议论,甚至打乱这些人的生活。可他真正把自己隐居起来,想看看自己离开后到底会发生什么,却失望了。前一段时间,他回到了我们所在的那个城市,夜里首先找了由副行长升任的行长,行长警告他最好不要再出现,说现在银行运行比你在时还好呢;他又来到家里,妻子和儿子也不再接受他,他们说都已经习惯了这种平静的生活,离了谁都能过而且过得比原来还省心;他找到小叶,小叶说感情的事是说变就变的,何况我们这种关系呢,以前是要死要活地爱过你，可现在我不爱了，你说怎么办；他最后找到了弟弟和妹妹们，他们坚决不相信自己还活着，说各有各的家小，没有你并没有什么改变，如果你冤魂未散，择个好日子给你做个道场送一送还行，毕竟一娘同胞生的。

他妈的，这个世界原来离开谁都一样；以前还觉得自己是个人物，可现在看连尘埃也算不上！周而比说这话时，很是痛苦。他说他本来只是试一试的，可现在却返回无路了……

怎么会是这样呢？我也觉得眼前的周而比肯定不是活人，一定是魂魄。也许，他失踪后死得很惨，才阴魂不散来找我。我看着面前的周而比，越看越害怕，突然大叫了一声："周而比，你到底要干什么？"

这时，我跌在了床下。这是个梦吗？我定了定神，伸手摸到床头的开关，灯突然大亮。啊，原来真是一场梦呢！

我起身坐回床上，脑子里瞬间蹦出一句话：我们无路可返！

桥墩儿

　　九妮是个感性的女人，对春花秋月夏草冬雪特别敏感。

　　她记日子也有自己的诀窍，就是看月相。人有悲欢离合月有阴晴圆缺，月亮走到太阳和地球中间，人们就看不到月亮的影子了，这一天就是新月。新嘛，当然是未见才新，初一这天是不露月的；过了这一天，接下来，就会慢慢地露出弓着背的月亮，如少女的眉，这便是初三和初四了；再过几夜，月亮就慢慢长出来半边，这就到了上弦月，日期也就到初七初八了；月儿长得疯快，过了初十转眼间就会长满，不然到十六那天就长不成圆满，十五不圆十六一定是要圆满的。

　　这些年，村里的人越来越少了，乡下的夜也越来越静，静得破屋烂院里蛐蛐儿的叫声都刺耳尖利。月儿就要长出大半边来，九妮抬头望一眼夜空，心里猫抓狗挠一样地不安泰，在心里埋怨着儿子兴旺。真是没尾巴憨鹰，出去都快仨月了，连影儿也不露一下。工地上就是再忙，眼看着要到中秋节，回来不回来总得吱一声啊，真不知道娘心里的担忧吗？

空荡荡的院子里，只有九妮一个人。

她抬眼望着月儿，不知不觉中两边的脸颊一阵凉，用手一摸，却湿漉漉的。这日子过得算啥呢？老了老了却和月亮里的嫦娥一样孤单起来，还不如嫦娥呢，嫦娥还有玉兔陪着。九妮的男人叫建国，当过工程兵的，可却是个短命鬼，不到五十岁就撒手走了。九妮和建国只生了一个儿子叫兴旺。兴旺生下就有点憨，个子却长得老高，整天愣鹅一样笑笑的。兴旺可没少让九妮和建国作难，但到后来还是没有说上媳妇，成了光棍。时间长了，九妮也不那么伤心了，光棍就光棍吧，娘俩一起生活总有个伴。九妮现在最担心的是将来她走后，兴旺一个人孤单单的，咋过呢。

月儿在九妮的头顶上，一动也不动。

九妮像被月儿拴着的一头羊，在院子里一圈一圈地转着。拴住九妮的是月儿带来的日期，是儿子该回来的日期呀。九妮越来越生儿子的气，真是个憨人，一走就没影没踪。想着想着，九妮就咬紧了牙，牙就咯吱咯吱地响，她真是生儿子的气了。她从矮凳上站起身来，漫无目的地在院里走起来，不知道自己要干什么，胸腔像一只吹鼓的大气球，空空的，时刻都有爆裂的感觉。

月儿慢慢地升起，院子里不知不觉地蒙上了一层薄雾，竟有一丝凉意。这时，九妮想起院子外面晒着的芝麻叶还没收，就急急地走出院子。芝麻叶是专门为儿子晒的，他最爱吃芝麻叶面条，虽然生他的气，但他好的那口面条还是要给预备的。

芝麻叶晒过四天，本来就快干了，可露水上来后竟疲软下来。九妮弯着腰，伸长右胳膊，在秫秸箔上一下一下地向胸前拢着，牙齿在月光下一闪一闪的，这会儿她竟笑了起来。笑什么呢？她想起憨儿子吃芝麻叶面条那大口大口的稀罕样儿。九妮一把一把地向胸前拢着芝麻叶，心里还在笑着儿子：看你那吃相！

这时，一个人掐手扭脚地来到她身后，突然大声说："九妮，你偷笑个啥？"

九妮吓得一机灵，转过头来，见是七奶，就长出一口气，说："花婶子，你这是要吓飞我的魂啊！"

七奶笑了笑，得意地说："俺看你的魂是叫兴旺揪走了吧？"她顿一下，叹着气说："这孩子，也该回来了啊！"

"这个憨儿子，不回来正好，我一个人享清静！"九妮直起腰，小声地说。

"嘁，这是说啥话。兴旺这孩子就是你的命，我还不知道啊。"七奶望着头顶上的月儿，叹着气说。

七奶八十多岁了，现在也是一个人过。跟谁过呢？七爷早走了，儿孙们打工的打工，上学的上学，都鸟儿一样翅膀硬一个就飞走一个。这样的日子，也真够孤单的。九妮这样想着，心里就袭上一层霜一样的冰凉，她是想到自己现在一个人孤单的日子了。于是，就叹着气说："真没想到，原来那红红火火的日子会过成这个样，一到晚上全村就瞎灯灭火，倒显得月儿更亮了。"

七奶看一眼九妮，开口说："九妮，你还年轻呢，整天埋怨个啥。兴旺这两天不就回来了吗。哪像我啊。"七奶叹了一口气，又接着说："不说了，人老不经夜露，回了，回了。九妮，你也早回吧！"

九妮望一眼七奶，应一声，就又弯下腰，继续拢着秫秸箔上的芝麻叶。月光从西边照下来，九妮长长的侧影就生动起来，雕玉一样好看，还不愧是这村里的第一大美人呢。

六十出头的人了，还被村里不少人称为"九妮"，这是有来由的。

其实，原因也很简单，就是她年轻时长得俊。高高的个子，瓜子脸、高鼻梁、樱桃红小嘴，小细腰上缀着一对鼓鼓的奶子，不笑不开口的样子，比年画里的美人还漂亮三分呢。这样的美人坯子谁见谁想多看几眼，好像叫"嫂子""婶子""大娘"什么的都会把她叫老相了，五里八村的人当面背地都叫她"九妮"。刚嫁到白家屯时，听别人背地里叫自己"九妮"，她还不太高兴，已经结婚了，咋还叫俺当闺女时的小名呢！可慢慢地，她就习惯了，再后来，她最乐意听的就是别人叫她"九妮"了。

这几年，偶尔有人叫她"婶"呀"奶"呀的，如果前面不加上"九妮"两个字，她倒心里不高兴呢。谁说女人年龄大了就不讲美了，才不呢。

九妮不是那种长成的美人，而是生就的自来美。女大十八变越变越好看，这话其实不太实落，生出来就不周正，看你猴年马月能长成美人！九妮娘家在龙湾，两条河交汇成胳膊弯，村子就长在这个胳膊弯里头。碧清碧清的河水里，穿梭着白肚皮的鲢鱼和长腿的乌虾，岸边的垂柳和杂树婆婆娑娑，水鸟飞来穿去，真是让人着迷。这样的地界儿出美人，九妮长到十一二岁就长成了腰身。春夏秋冬无论哪个季节，只要她往岸边一站，整个龙湾立马成为一幅生动的画儿。河里的船家过来，抬头望见九妮，就会不自觉地停下正在摇着的橹，张着嘴向岸上看。停了橹的船，突然就一晃，船家才回过神来，握紧橹，感叹一声："唉，谁家有福能娶走这天仙般的闺女啊！"

花儿不言，蜂蝶自来。

九妮小学毕业后就没再进学校。这也是因为她太漂亮，学校里的男生背地里喜欢她喜欢得厉害，隔不了几天就会有一起为她打架的事儿。那时候上学也晚，九妮八岁才上一年级，小学毕业时都已十四岁了。俗话说美人长得快，十四岁的九妮就长成半开的花骨朵了，真是一掐一股水儿一样人见人爱。放了学，回到家里，十里八乡上门来提亲的人一拨接一拨。虽然媒人来提的人家都是百里挑一的，九妮还是气呼呼的，不给来人半点好脸色。她爹和娘也不待见来人，冷着脸子说闺女还小呢，很明显是把媒人往外推。谁请你们来了呢？俺这闺女还愁嫁啊。但媒人走后，爹娘也暗地里发愁：这么俊的闺女咋个嫁法？一般的人家，闺女看不上，可这满眼的乡下人谁能比谁强哪儿去呢？唉，太俊比丑还作难呢。嫁低了，怕对不起闺女，嫁高了嫁给谁呢，高不成低不就还真是作难。

其实，爹娘把心操多了，守着这样的闺女还作难啥。九妮十七岁那年，白家屯的白建国就被媒人领进了龙湾。

三年前入伍的白建国刚过二十岁，这次满三年回来，说是探亲，其实更重要的事是找对象。白建国一米七五的个子，宽肩、长腿、方脸、大眼，绿色的上衣缀着一对鲜红的领章，军裤下一双崭新的解放鞋，再加上那顶红五星的帽子，真是英气逼人。九妮的爹和娘搭眼一瞅，心里就乐开了花，慌乱着又是让座又是倒水，问寒问暖。白建国笔直地坐着，倒有些紧张，不时地抻抻上衣的前襟，好像是褂子打了皱一样。他的一举一动，都被在里屋偷看的九妮看得一清二楚。九妮心里得意了，看把你紧张的，还当过三年的工程兵班长呢。俺爹娘身上又没长瘆人毛，看把你吓的。

坐了一会儿，白建国起身就要告辞。这是相亲的规矩，坐一会儿让姑娘和她的爹娘看看，就提出来要走；如果爹娘看上了就会让闺女送送，姑娘要是没看上就不出来送，如果满意就会把男的送到村外。这送的过程，也是一男一女两个人说话的机会。白建国第二次提出要走的时候，娘就对躲在里屋的九妮说："妮，客要走了，出来送送！"

白建国起身，专注地听着里屋的动静。里屋的九妮却一声不发，白建国就有些急，看着九妮的爹，脸就红了。这时，娘又说："妮，听见吗？"里屋还是没有动静。白建国更不自在了，右手就握住左手，咔叭咔叭地响了两声。这时，九妮娘起身进了里屋。她进屋扯一把九妮的袖子，小心地说："真不送啊？那我让他走了！"九妮白一眼娘，嗔怪地一甩袖子，转身出隔山门，旋风一样飘到院子里。娘就从里屋里出来，笑着对白建国说："去吧，俺闺女脚步快，你可要跟上了！"

白建国心里肯定很激动，一时不知道说什么才好，竟突然一个立正，给九妮爹娘行了个标准的礼。九妮的娘又笑着说："你这孩子，你这孩子，去吧！去吧！"

白建国走出院子，九妮已走了有百十步远了。

白建国迈开大步向前追，走在前面的九妮分明感觉到他在追赶，也加快了速度。白建国望着九妮疾走的背影，心里美滋滋的。一根油亮的黑辫子搭在腰际，显得腰身很短，腰身短了腿就显长；步子走得急，腰肢就扭得欢；腰肢扭动，两个浑圆的屁股就格外惹眼。

显然，九妮是不想让白建国追上自己。白建国呢，见是追不上，干脆就放慢了点儿脚步，更加专注地边走边看九妮的背影。

龙湾村不大。不一会儿，九妮就走到村东的砖桥西头。九妮是不能送过桥的，停下了脚步，见桥对面走来一个人，就向右边的岸上走去。这时，她的脚步就慢下来，其实是在等白建国。白建国快步走过来，九妮就说："还部队上的呢，脚底下长铅啊！"白建国笑了，没吱声，抬眼盯着九妮的脸看。九妮被他看得不好意思，红着脸低下头，嘴里却说："又不比你多只眼，有啥好看的。"

白建国还是不吱声，他也确实不知道说什么才好，两只脚就不停在地上前后磨着。

这时，九妮不再说话，而是看那双动着的解放鞋：鞋是黑色橡胶底儿，帆布鞋面，鞋帮是黄色的，鞋面则是绿色，打着结的鞋带像只蝴蝶展着翅膀。白建国不停地动着两只脚，九妮就说："多大码的？俺给你做双布鞋。"

白建国说不清是紧张还是激动，竟开口说："不要做了。我就喜欢这解放鞋，准备要穿一辈子呢！"

九妮没想到白建国会说这种话，吃惊地愣住了。按这里的规矩，姑娘相中介绍的对象后就要亲自做一双鞋的。这鞋代表着姑娘的态度也代表着心意，千针万线的，不喜欢你才不会给你做呢。可他竟说不要自己做，难道是没看上自己？九妮生气地望着白建国。见她生气的样子，白建国知道自己刚才说错了话，连忙改口说："我不是那个意思！我是说最喜欢解放鞋了。我是四十二码的脚！"

白建国这样解释，九妮才明白他刚才那句话的意思。但她也不会饶了眼前这个男人。第一次见面不占上风，将来就要甘拜下风了。她装出十分生气的样子，一边转身要走一边说："你不稀罕俺做的鞋，你就回部队穿你的解放鞋去吧！"

九妮要走，白建国伸手扯住了她的袖子。九妮向外一甩，手正好滑进了白建国的手里，她的手像触了电一样，一股麻热顺着胳膊，传到了脖子上脸上，脖子和脸忽地像涂上了一层胭脂红。

几十年过去了，九妮只要想起那天自己的手落入建国的手里，身上还会有那么一点点酥麻的感觉。

白建国回了部队，九妮就开始给他做鞋。鞋是女人家最难做的活儿，从铰鞋样、纳鞋底、做帮儿到缝合，需要十来个环节，哪一个环节错一丁点儿针线，鞋就立不起来，拿不出手。姑娘家给没结婚的对象做鞋，一般是不能让外面的人看到的。村里媳妇们要是看到哪个姑娘在给对象做鞋，那你就等着吧，啥说不出口的话都会出来，往往让这姑娘羞得几天都不敢见人。更何况，这些媳妇还会抢着摸鞋底儿，都想沾沾没结婚的小伙子的阳气。这当然是九妮不愿看到的。于是，她就只在家里做。这样一来，这双鞋断断续续竟从春天做到落雪。

鞋做好那天，白建国的信正好送来。九妮很高兴，心想，这个人的心真跟俺连着呢，鞋刚刚做好，信就来了。第二天一大早，九妮就跑到集上的邮电局，把回信寄了出去。信里也没说啥，统共就一张纸，先说说家里的一些情况，最后就说鞋做好了，想现在就让你回来试试可合脚。这意思很明显，心里是盼着他早回来呢。白建国也变聪明了，接到信就明白九妮的心思，回信说：部队上有纪律不能随便回来，我也想早一眼看到你做的鞋呢，就把鞋寄来吧。恋爱中的男女，一丁点儿的事都是传情的。九妮收到信，想了几天，最终还是决定不能寄，她要等他回来，要亲手给他穿上，看看他那得意的样子。

九妮想到这里，心里突然像针扎一样疼。唉，这个死鬼，怎么说病就病，说走就走呢。白建国走后，九妮的心就全在儿子兴旺身上了。这孩子也真是，说好的就干到中秋节前，能是忘了吗？也可能是怕提前走的话，工地上不给钱，不给钱也得回来过中秋啊，你就不知道娘多担心你啊？真是个憨儿子啊。

这时，月儿升得越高，越明亮。

九妮把芝麻叶背到屋里，脑子空空的，不知道要干什么才好。又过了一会儿，她抬眼看到窗台上那双没收回来的解放鞋，就起身出门，把鞋收到屋里。九妮的心思就离不开鞋，建国走前一直喜欢穿解放鞋，儿子兴旺长大了跟他爹一样也喜欢穿解放鞋。九妮记不清丈夫和儿子究竟穿过多少双解放鞋了。该有六七十双吧？九妮躺在床上不停地想着。

第二天一早，九妮就决定要去找兴旺。

兴旺出去的日子，九妮记得清，是六月初九。六月初一那天，邻村的治淮碰到兴旺，说观音堂桥上缺小工，一天七十块钱，也就是扎扎钢筋的一些小活，并不吃力的，而且随时可以去。兴旺听着就动心了。开始，九妮不想让兴旺去，虽说是小工，可这世上哪有拾来的钱，不出力肯定挣不下钱的。再说，马上就要收秋了，出去干吗呢？可兴旺不这样想，他在家里憋闷两个多月了，也想出去散散心。三六九朝外走，图的就是一个"顺"字。

观音堂离白家屯七十多里，可九妮没有去过。她只知道是在县城的东边，说是离县城五十里。想想也是差不多的，白家屯离县里二十多里，一个在西边一个在东边，两边加在一起不就是七十多里吗。这样想着，九妮心里就不怵了，决定搭车去观音堂工地。

九妮把自己草草地收拾了一下，锁好大门就出了白家屯。从白家屯走到镇上，等了好大一会儿，九妮才搭上去县里的农班车。农班车是有点破，车一开动，车身咣咣当当地响，坐在里面耳朵震得真是有些受不了。更让人受不了的是有人招手车就停，上车、讲价钱、掏钱、找零钱。唉，九妮在心里想，这是啥车呀，比老牛拉得都慢呢。

车子到了县城，九妮有些犯难。从哪里转车去观音堂呢？她先找一个中年妇女问，但她怕不实落，就又问了一个年纪更大的男人，得到的答案一致，她就坐出租车从西关农班汽车站向东关站赶。

农班车到观音堂的南街口，九妮就站起身做好了下车的准备。她在车上，就问清了观音堂大桥工地的位置，车还未停稳，她就第一个下了车。

这时，火红的夕阳正从西天照过来，向西疾走的九妮被照得像一团滚动的火苗，煞是惹眼和动人。

观音堂并不大，但西边的河是涡河，水面却不小。

九妮来到桥梁工地前，急急地瞅上几眼，心里就咯噔沉了下来。

工地上也就十来个人，除了那台起重机驾驶室里的人看不清，其他人一眼就能看完，但这些人中间没有兴旺。他明明说是到这个工地上来的，怎么没有影子呢？桥面已吊铺上了一半，另一些等待吊铺的水泥桥面构件，齐齐地码在一起，上面还粘着塑料薄膜。看来就要收工了，工地上的那些人慢慢腾腾地收拾着工具。一个瘦瘦的男人坐在一块水泥墩子上，一口一口地抽着烟。

九妮走到这个瘦男人跟前，心里却又有些害怕。她是怕问到的结果，跟自己想的一样。九妮定了定神，小声地开口道："老哥，俺跟你打听个人。"

瘦男人抬头看了一眼九妮，又低下头抽一口烟。见九妮满脸焦急，就开口说："大妹子，你说吧。"

"这工地上可见过一个叫白兴旺的？六月初九来的！"九妮语速很快，但声音很低。

瘦男人皱着眉头，盯着九妮说："啊，就是那个穿双解放鞋、样子有些憨憨的人吧。四十岁露头。他真没有回家呀？"

"对，对，是穿着一双解放鞋。一直没有回呢！"九妮急急地说。

"啊？"瘦男人突然站起身来，扭头向右边正在修的桥面上看了一眼，又接着说，"他在一个多月前的那天晚上，突然不见了。他老是说想家，俺还以为他走了呢！"

"走了？他没有回家啊！"不祥和恐慌立即填满了九妮的胸膛。

正在这时，一个四十多岁的工头走过来。他警惕地看着九妮和瘦男人，没好声气地说："老周，拿着我的工钱闲唠啊！干吗来？"

九妮认准这人是工地上当家的人，就焦急而央求地说："俺是来找白兴旺的，他怎么不在工地上了？"

工头先是一愣，随即就硬着脸说："什么白兴旺黑兴旺的，这工地上干一天发一天的钱，打工的今天来明天走坐流水席一样，哪有你要找的人呢！"

九妮听工头这语气和说话，立即意识到出问题了。她的胆子突然变得大起来，大声说："有人证明他在这工地上干了两个多月，你说你没见过？不给俺说清楚，俺去派出所找公家人做主！"

"派出所是你家开的啊。这青天白日的来我这地界找碴！你去告吧。"这个腆着肚子的工头说罢，转身向前面的那辆黑色轿车走去了。

瘦男人见工头走远了，长长地叹了一口气，嗫嚅着说："大妹子，你赶快回吧，在这里是找不到了！"

九妮看着瘦男人，更觉得不对劲儿，她心跳的速度越来越快了。她感觉有些头晕，天也变得越来越暗了。她决定先到镇上找个地方住下。从工地向镇上走的时候，九妮的两条腿像灌了铅一样沉，向前迈每一步都很艰难。

进了街没多远就看见一个"如家小店"。

九妮交了钱，被一个粗腰的中年妇女带到一间房门前。九妮进门，感觉口特别渴，就从保温瓶里倒了一杯水。水是新烧的，冒着热气，一时还不能喝。九妮就顺势歪在床上，她想让自己休息一会儿。

后来，九妮竟晕晕乎乎像睡着了一样。

她清醒的时候，知道天已经黑了。刚才没关屋门，月亮透过门照进来，虽然没开灯，屋里还是影影绰绰地能看清。她起身，端起桌子上那杯有点儿温的水，一口喝了下去。一杯水下肚，她感觉身上有了点劲儿。这时，她拉亮电灯，又倒一杯水，静了静神，才出屋。她感觉饿了，想找老板娘问一下到哪里弄点吃的。

九妮出自己住的屋子，刚走几步，还没走到右边那个登记室，就听到刚才那个胖老板娘在跟另一个人大声地说着话。虽然，电视机里正在播着新闻，九妮分明听到胖老板娘说了声"桥墩里浇注了一个人"，她的两脚就定在了地上，一点也挪不动了。

这时，声音传过来："听说那个人晚上收工时不小心掉进支好的桥墩壳子里，也没人在意。第二天一早，水泥浇灌车就把他浇进了桥墩里！"

"真的吗？我还以为是假的呢。"另一个女人夸张地说。

"那还能有假！桥墩壳子拆下来时，那人的胶皮鞋底儿还在外面露着呢！"胖老板娘叹着气大声说。

"那怎么就不把人弄出来啊？"另一个女人有些焦急地问。

"你傻呀，弄出来得把倒好的桥墩炸了，谁出钱啊？再说了，真弄出来个死人，建桥的工程队咋个收拾法。"胖老板娘显得很有见识地说。

"这么说，这人就祭桥了啊！怪瘆人的。"另一个女人叹着气。

"听老人讲啊，咱这观音堂的桥，每修一次都得死一个人。还真邪门呢。"听着胖女人的话，九妮的头一阵眩晕，眼一黑，倒了下来。

夜深了，九妮终于清醒过来。

她悄悄地走出屋门，她还要去工地上找兴旺。不知道过了多长时间，九妮才来到观音桥的工地。她选择一处近水的河岸，坐了下来。

月亮升起来，大大的圆圆的，月光从天庭里照下来，透过还没修好的桥面落在汩汩流淌的河水上，水就斑斑驳驳的一块白一块黑；河岸两边的草丛里，秋虫子断断续续地叫着，声音发着颤，有些凄婉和孤零。

九妮不相信兴旺会被浇进桥墩里，虽然那半个解放鞋的胶皮底儿就嵌在桥墩里面，但她还是不肯相信。他怎么就会失足掉下去呢？不可能，肯定不可能！

九妮刚抬起头，就突然看到一个人站在云彩上，正向自己飘过来，越来越近，越来越近。你看，你看，是兴旺，就是兴旺！脚上穿一双解放鞋……九妮的心向上提了起来，越提越高，感觉都提到嗓子眼那儿了，堵得她喘不过气来。她想大声地叫他，可就是发不出声音，她心里着急得要死。

正在这时，站在云朵上的兴旺，突然转身，冉冉向上飞去。九妮想大声叫住他，可依然是发不出声音。这可怎么办呢？她猛地从河岸上站起身来，不顾一切地向前追去……

这时，挂在天庭里的月亮正大正圆，如练如水的银白月光从上面倾泻下来，铺满了整个夜空。

某日的下午茶

深秋的一天下午，具体哪一天记不太清楚了，暂且叫作"某日"吧。

为一桩小三害死恩人丈夫又反告恩人的狗血官司，我在南方某城连续工作了二十多天，虽然还未开庭，身心都已疲惫至极。回到家里，睡了十几个小时。过了午，觉得该起床了，腰身依然倦怠得很，倚在床头时又无端地觉得烦闷和失落。为了朋友的一句托请，为了少得可怜的代理费，怎么就接下了这桩官司呢。活着是累的，也庸俗得很，总归是免不了情与钱。

一边洗漱，一边这么胡乱地想着，眼前的一切似乎都不太真实。

半个月没进书房了。摇开落地窗帘，窗外梧桐树的金黄扑过来。啊，已然到深秋。拉开玻璃窗，一丝桂花的沉香也飘进来，金黄的桂花虽已干成一团团深褐色，却依然残留着余香，这就是万物皆留香吧。

这时刻，喝茶是最相宜的，我确实也有些渴了，是那种久睡后来自身体深处的干渴。

这个时节，午后提神破闷，武夷山的肉桂是最适合的。牛栏坑的"牛肉"当然更好，马头岩的"马肉"也还不错，琥珀色的茶汤骨力苍劲，收敛而霸道，如一股开阔自由的山风迎面入喉，能浸透全身。

在冰柜里翻了半天，竟没找到肉桂。按我的习惯，这个时候喝红茶是有点早了，温热适中的乌龙是相宜的。乌龙也没有找到，只好顺手拿了盒绿茶。解渴就行。

这是春天遗留的一小盒太平猴魁，为什么没有喝呢？

我突然想起太平镇上的那个春日下午，以及朱山木。

那个春日的下午，我专门到朱山木的太平镇，是为了探寻朱山木所说的那桩三十多年前三兄弟结拜的纠葛吗？似乎不是。那段往事与自己又有什么关系呢？作为一个爱茶人，我当时就是冲着猴魁茶去的。

太平镇是朱山木的老家。镇街上临水而建的"太平道"茶社，是典型的前店后坊的老店铺式样，朱山木平时也常常住这里。

春天就要过完，离立夏没几天了，正是炒制猴魁最忙的时节。

上午采，中午拣，下午必须制完，十几个工人都在后院安静地

制作。朱山木拿出新采制的猴魁，冲泡。一边泡，一边给我讲解猴
魁炒制的流程和品赏的茶经。头泡茶果然香气高爽，蕴含幽雅的兰
香，这个时刻是不容你多说话的，入脾的兰香你只有静心品味才行。

第二泡后的茶，味道便醇厚浓烈起来。

朱山木放下茶杯，突然说：就因了这茶叶我结识了两个朋友，快
三十年不见了，但他们却像卡在我喉咙里的两根鱼刺，吐也吐不出，
去也去不掉。

我敏感地觉察到这里面是有故事的，便端起茶杯说：可以说
说吗？

朱山木也端起茶杯，笑了一下，他并没有喝，而放下了茶杯。

我喝了一口茶，也点上一支烟，望一眼街上匆匆而过的行人，
对朱山木说：如果方便的话，说说吧。

他又从茶几上拿起一支烟，点着吸了一口，然后才说：朋友啊，
就像这茶，靠的是缘分。有时越品越香，有时越喝越淡，有时还能
喝出苦来，但最终是水里来水里去。

朱山木叹了口气，开口了。

八十年代的龙年岁末，离春节也就十来天了。那年合肥的天气
出奇地冷，小雪接着中雪、中雪接着大雪下个不停，我住在永红路
旅社一间三床的房间里，连取暖的火炉也没有，更不要说空调了。
房门对面放一张床，另一面放两张床，对着门的那个角落里堆着我

没卖完的茶叶，有七八个蛇皮袋。大街上的行人几乎都小跑着，生怕寒风冻坏了耳朵，商店里的人也稀稀拉拉的，茶叶一天都卖不出几斤。一到下午，我就不再出门，就窝在房间里，捧着热茶杯不停地喝，可还是觉得一股冷气贴在脊梁沟里。

那时的黄山毛峰、猴魁才是真正的无机茶，茶树连化肥都不施的，更不要说打农药了。朱山木穿插着说。他当年才二十二岁，但已经卖了五年茶叶，初中毕业那年就开始背着茶叶卖。那时，茶叶在城里也很少人喝的，当然价格也便宜。

还回到那天下午吧，朱山木接着说。

那天应该是腊月二十三，农历的小年。永红路两边的胡同里从早上到下午，都有零星的鞭炮在燃放。我本来是想回老家太平镇的，可还有这么多茶叶没卖掉，路上也结冰了，去了两次汽车站都没有买到车票，真是又急又冷。我正捧着茶杯发愁，门外响起了脚步声，接着又听到服务员大姐的铁环上几十把钥匙哗哗啦啦的响声。门打开了，服务员对旁边的高个年轻人说：就是这间房。

房间里住进一个人，我是高兴的，有人说话也是可以驱寒的。这人就是吉林白山的辛宝，个子有一米八多，两只脚很大，脚上的棉鞋有一尺多长。我拿出茶叶给他泡上，两个人便聊了起来。他是在合肥永青汽车驾校学开卡车的，驾校放假后，没地方住了，他没有买到火车票，只能先找到这里住下来。吉林人为什么会到几千里外的合肥来学开车，原因应该是挺复杂的，也许当时他说了，但我现在记不清了，毕竟过去三十年了。

朱山木说，他与辛宝很投机。辛宝当年二十八九岁，不主动说话，偶尔接起话茬也是很能说的，尤其说到他十来年在社会上四处走的见闻，还是很新鲜的。

当天晚上，我俩就在永红路尽头街角的小饭馆喝起了酒。那晚，我俩喝了一瓶古井玉液。说是我俩喝，其实我最多喝二两，辛宝的酒量显然比我大多了。边喝边聊，老板要关门了，我们才离开。那天夜里，雪下得很大，但我却不感觉冷。酒驱了寒，也驱走了寂寞。这一天，我第一次知道，心与心也是可以相拥取暖的。

几杯茶喝下去，朱山木慢慢兴奋起来。

他递给我一支烟，又接着说与贾大白相遇和他们三个人结拜兄弟的事。

腊月二十六那天下午，天空中下起了雪粒子，落在树枝上、雪地上，发出沙沙的响声；风吹过来，雪粒扑到玻璃窗上，不一会儿，外面就雾蒙蒙的一片灰白。傍晚时刻，贾大白被那个女服务员送到了我们房间。贾大白很能说，他一进屋，就开始骂天气，骂一个什么人不守信用，害得他找人找不到，回去又买不到车票。

那天晚上，我们仨又去了永红路那家小饭馆。贾大白点了菜，辛宝让店老板拿瓶古井玉液，我那时身上有卖茶叶的千把块钱，就说由我来出钱。贾大白大手一挥说：喝，这酒香。今天他刚住进来，酒菜都由他全包了。那晚，我们仨喝了两瓶酒，我还是只喝了二两多，有点晕了，剩余的肯定是他们两个喝了。贾大白那天晚上说的话最多，几乎都是他一个人在说。他说，他是河南驻马店的，是中学教师，是诗人，是来合肥《诗歌报》找人的。我和辛宝都只上过初中，对贾大白说的北岛、印象派什么的真是不懂，就任他边喝边说。

　　那年年底真是邪门，雪就是不停地下。三个人到年三十那天都没有买到回家的车票。那时的合肥，到了除夕大小饭店差不多都要关门的。我们仨早晨就跑到七里塘菜市场，买了一些熟菜、包好的饺子和几瓶酒，为年夜饭和初一做了准备。

　　那年三十，我们三个人真是守夜，一整夜都没有睡。那时没有电话，跟家里人联系不上，家里人肯定担心死了。街上不时响着鞭炮声，空气中弥散着肉香，可我们三个人开始也都愁苦着脸。冰天雪地，人困旅途，又有什么办法呢？随着酒越喝越多，我们的心情也渐渐好起来。

　　新年的钟声快要响起时，贾大白提议我们三个人结拜成生死兄弟。他的提议立即得到了我和辛宝的赞同。按年龄排序，辛宝是老大，贾大白是老二，我排行老三。外面的鞭炮声接连响起的时候，新年到了。我们仨举起酒杯，贾大白带着我和辛宝起了誓：兄弟结义，生死相托，福祸相依，患难相扶，天地做证，永不相违！

那夜，我们仨都喝醉了。贾大白喝得最多，也是第一个喝醉的。

现在，朱山木是猴魁的第一大庄家。他在茶叶行多年，经济实力就不用说了，尤其他有家住太平镇这个独特优势，每年最好的太平猴魁都要过他的手。这么说吧，我敢肯定，他送我的茶一定是上品。

水烧开了。我洗净水晶杯子，夹起一片两端略尖的茶叶细瞅，茶叶通体挺直、肥厚扁平、均匀壮实，苍绿中披满白毫却含而不露，猪肝色的主脉宛如橄榄。这是上品猴魁，不是用地尖、天尖、贡尖、魁尖冒充的。

每一款茶叶对水温都有自己的要求，水温太高不行，太低也不行，甚至上下差一两度都可能废了茶的韵味。太平猴魁要九十度的水，这水也一定是沸后降温的，不沸的半生水是绝然不妥的。水冲进去，也就一分钟的光景，芽叶便徐徐展开，继而舒放成朵，两叶抱一芽，或沉或浮，如一个个小猴子在嫩绿明澈的茶汁中搔首弄姿，煞是可爱。

品尝这样的上品，自然是要音乐的。

我打开墙角的胶片机。找到王粤生的黑胶片，这是从网上淘来的早期 HK 风行黑胶，古筝独奏《高山流水》虽然不是王粤生最得意的作品，却是我的最爱。

这时，唱片机里，虚微、邈远的古筝曲，从高山之巅，自云雾丛林，时隐时现地飘出；杯子里如幽兰的茶香也溢出来，慢慢地弥散开，和着古筝的声音扑过来。

我微眯着双眼，深深地吸了一口混着音乐和茶香的气息。这时，与朱山木谈话的那个春日下午，又浮在了眼前。

朱山木说，他们三个分别后的那年四月，合肥大街上就开始乱哄哄的，成群的年轻人时不时就在大街上走来走去。他弄不清发生了什么事，但自己的茶叶生意并没有受影响，甚至比往年卖得更多了。每天背着大背包到街上铺面时，都会有人买一些送给街上的年轻人。当然，有一次，他也损失了一大背包茶叶。那天，他想穿过人群到对面街上去，却被人群挤倒了，茶叶被踩碎在大街上。

那年八月底的一天晚上，快十点了，贾大白突然来到永红旅行社。

朱山木点上一支烟，又接着说。

贾大白见到我时，火急火燎的，好像被人追着一样。他给我说自己夏天在北京出了点事，现在得出去躲一段，要向我借点钱。我想问详细一点，他却说你知道得越少越好，不能连累你，你借我钱就行了，我一定会还的。

看那样子，他真是遇到了麻烦。我就把身上的八百多元钱，全掏给了他。他接过钱，就离开了旅社，说要去赶到东北的火车。我送他到永红路口，看他消失在街头，又抽了两支烟，才回到房间。那天晚上，我几乎没怎么睡着，一直在想，他一个老师，还是什么诗人，不会犯下杀人放火的事吧！

自此，有两年多再也没有贾大白的消息。

第三年初春的一个晚上，茶叶卖完了，我高兴地回到永红旅社。刚一进院门，那个胖胖的女服务员就诡秘地朝我一笑说，有个女的抱个孩子等你一天了。

啊，这是谁呀？自己去年谈的对象在老家太平镇啊。

这个女的二十岁上下的样子，像个没结婚的学生，手里扯着一个一岁左右的女孩。我还没开口问，这个女的便哭了起来。我把她引进房间，这个女的说她叫曹秀霞，是贾大白的学生；她怀孕后贾大白就走了，临走时给她写了字条，让她有事来合肥找我。说着，曹秀霞把贾大白写的字条递给我。那个字条我一辈子都不会忘：

朱山木　生死兄弟　合肥市永红路九号　永红旅社

那天晚上，我把曹秀霞娘儿俩带到永红路街角那家小饭馆。点了两个菜，我自己要了瓶啤酒。曹秀霞左胳膊抱着孩子，边吃边流泪，她说，她得去找贾大白，听说他去了广州，自己带着这孩子在老家没法待了。我说：这两年多我都没见他了，广州那么大到哪儿去找呢？曹秀霞就停下来不吃了，一直哭。我劝了一会儿，她又接着吃起来，显然一路上她没有吃好，是饿着了。

一瓶啤酒快要被我喝完的时候，曹秀霞说她要方便一下。小饭馆北边十几米的地方有个公厕，她把孩子递给我，就出去了。

等了十几分钟，曹秀霞没有回来。我抱着孩子去找，最终也没有见到曹秀霞的影子。那天夜里，我哄孩子睡的时候，从她上衣口袋里找到一张字条：

　　朱大哥，你是好心人，先替我照顾着闺女，我要去找贾大白。

记得朱山木跟我说到这里时，他自己突然苦笑起来。笑着，笑着，就流泪了。他说，我是上辈子欠贾大白的债了。他和那个曹秀霞都是提前给我设好了套。很显然嘛，曹秀霞见到我之前就把字条写好了，她是一定要把孩子这个包袱甩给我的！

听朱山木讲着这些，我也觉得一切都像注定的结局。

停止了回忆，唱片机里的古筝声又充盈了我的耳膜。

古筝清澈的泛音淙淙铮铮，如幽涧之春溪，清清冷冷似松根之细流;青山叶动,春水荡漾。此刻,我分明看见一袭长衫、白衣高古的伯牙端坐琴前,纤长而有力的双手拨弄着琴弦,琴声与长发随风而飘,万物沉醉迷离。樵夫钟子期闻琴丢下柴刀,立耳静听,泰山之形从琴音出,子期自语:"善哉乎鼓琴,巍巍乎若泰山!"稍时,琴弦上的流水自高山而下,子期又语:"善哉乎鼓琴,洋洋乎若流水!"

啊,山林竟遇知音!伯牙起身施礼:"吾乃楚国郢都人,晋大夫俞瑞,字伯牙是也。"子期亦施礼以答:"一介草根钟家子期!"伯牙复琴,琴声遂如雨落山涧,山洪暴发,岩土崩塌……子期邀伯牙林中寒舍餐宿,杀鸡煮酒饮血为兄弟。及至次日破晓,伯牙方惜别子期使楚,相约翌年中秋再会。

听琴生景,伯牙和子期仿佛正与我对坐书房。这时,琴声若隐若现,飘忽无定,虚无、邈远。朱山木那个春日下午所述之事,又出现在眼前。

曹秀霞不辞而别后,朱山木只得把孩子送回太平镇老家,交给他母亲暂养。关于贾大白、曹秀霞和这个女孩的事,朱山木的母亲是信的。但他的女朋友听起来觉得就像天书,立即退了婚事。这一点朱山木说自己倒没有什么,关键是这女孩就这样一直养着也不是长远办法。

又一晃,五年过去了。朱山木结了婚,女孩仍由母亲带着,也该上学了，可连户口也没有，这样下去肯定不是办法。

朱山木觉得贾大白一定会找辛宝的，辛宝也许会知道贾大白的一些情况。他按辛宝留下的地址写过十几封信，都不见回音。难道辛宝留的地址是假的？难道他也是不靠谱的人吗？

这年夏天，朱山木决定去吉林安图县二道白河镇找辛宝。

在二道白河镇找了三天，朱山木终于打听到了辛宝的下落：他在天池景区入口开越野车。

朱山木立即赶到天池景区入口。从山下到天池，必须换乘越野车。一个开越野车的司机告诉朱山木，辛宝拉着客人刚上山，可以拉着朱山木去找。朱山木坐上这人的车，就开始了解辛宝的情况。司机开始不愿意多说，后来说不太熟悉，辛宝才到这里半年，听说因为射杀野貂进过班房。

山路越来越险，司机不再开口。能见到辛宝就好！朱山木也不再问，他心情很好地看着车窗外的风景。

车子走到半山腰，一团一团的白雾压过来，开了车灯才能看清十来米远。几分钟之后，到了天池旁边停车处，天空突然云开雾散。司机笑着对朱山木说：你是有福之人，到这里十有六七看不到天池真面目的。

朱山木下车让司机找辛宝。这司机问了两个人，都说他刚拉客人下山。司机就对朱山木说：既然来了，又碰到雾散，你就先去看看天池，我在这里等你。一会儿下山肯定能找到他的。

朱山木随着游人向天池走去。

曲曲折折地踏雪走了十来分钟，天池便在眼前。只见湛蓝湛蓝的湖面上倒映着悬崖、峭壁、蓝天、白云，一缕一缕纯净的阳光透过云层扑进湖里，又折射到峰壁的白雪上，与湖面上的粼粼波光辉映交互。游人们正沉醉在这美景中拍照留影，突然间狂风吹来，浓云滚动。朱山木刚走几百米，到哨所旁边，伴随着电闪和雷鸣，大雨倾盆而下，雪白的山顶风吹雨飘，寒气逼人。

朱山木见到辛宝时，天已经黑了。

那晚，辛宝和朱山木边喝酒，边说着他们分别八年来的事儿。虽然，朱山木喝多了，但他还是弄清了辛宝以及贾大白这些年的经历：贾大白跟朱山木借钱后，来到二道白河镇找到了辛宝；他说有人要抓他，就在辛宝家住下来，并在他家过了年；春天的时候，贾大白提出让辛宝抓野貂收貂皮，由他带到南方去卖，赚钱平分；谁知那年上面突然对捕猎野貂抓得紧，贾大白带着貂皮离开不久，辛宝就被林业派出所抓了，而且判了三年；辛宝劳改的时候，贾大白给他寄过信，他告诉辛宝说，出来后就去深圳找他。

辛宝出来后去深圳找过贾大白，但在他留下的地址处打听了一个多月，才听说贾大白可能两年前就去了香港。而且是听说，辛宝想肯定找不到了，就又回到了二道白河镇，当司机拉游客。

那天，辛宝喝多的时候又说，他在监狱期间有一个自称是贾大白媳妇的女人到他家找过他，后来她到了哪里就不知道了。

这次东北之行，朱山木虽然没有找到贾大白的消息，但总算见到了辛宝。辛宝说，贾大白一定还会找他的，只是或早或晚的事。但朱山木不这样认为，他觉得贾大白肯定不会再联系他俩了。

那天在太平镇朱山木家里，他端着茶杯说：我当初的判断是对的。二十八年了，贾大白仍然毫无消息。

过去的，永远不会再来。他们仨的过往对我来说，也许就是个故事。

我再次把热水冲进壶里，茶香又飘出来。呷了一口，如兰入脾，我顿然神气清爽。这时，轻快如歌的古筝声似从天边飘来。闭目静听，竟如云行水流，悠悠扬扬，如少女的吟唱，似春风拂面，世界立即变得安谧而温润。

音乐真是可以蚀骨销魂的。我正这样想着，突然手机响了。这是谁啊？这个时候来电，真让人败兴。

手机一直在响。我睁开眼，本想立即关掉的，但来电的却是我那个无事生非的朋友老毛。我心里很不高兴，按了键，没好声气地说：哎呀，被你害惨了，接了你介绍的这桩官司。

老毛并没有意识到我的不快，而是讨好地说：你要请客，这个狗血官司一准抓住所有人的眼球，你大火的机遇来了！

挂了老毛的电话，我竟听不到书房内的古筝声了，脑子里浮出那桩狗血官司来。

委托人静静说，真是一念之间就注定了事情的结局。

十年前的春天，她和丈夫去青海考察时结识了正读高一的贫困女孩那扬。当时，她学习刻苦，却因家庭贫困面临辍学。那扬只比静静的女儿大四岁，静静决定帮她到大学毕业。毕业后，那扬来到静静在镇江的工厂上班。那扬人生地不熟，但聪明能干，静静把她当女儿待。

静静因照顾患病的母亲，很少过问厂子的事。一天，她无意间在丈夫石东升的办公桌抽屉里翻出一本人工流产的病历。一查丈夫的微信记录，她当即晕过去了：流产的竟是那扬。

农夫与蛇的现代版啊！面对静静，石东升苦苦哀求和保证，说自己只是一念之间犯下了错误。想想女儿的未来，静静心软了，准备默默处理，让那扬立即离开镇江。

可那扬非但没走，还叫来了家人与静静和石东升大闹。面对如此乱局，两面夹击，一向要面子的石东升，激动之下心梗离世。丈夫突然去世，猝不及防的静静蒙掉了。偏偏这时，那扬拿着石东升写下的四十万欠条上门讨债，未果，最终起诉到法院。

按说，这场官司没有什么悬念。好个忘恩负义的那扬，鸠占鹊巢，拆人家庭，谋人钱财，竟还有脸诉诸公堂。但，这事却比我想象的八卦得多，曲折得多。

当我费好大周折约见到那扬时，她却哭着说自己被石东升强奸，并出具了石东升亲笔写的强奸忏悔书，以及四十万欠条的复印件。石东升在忏悔书上写得清清楚楚：自己一念之差，强行与那扬发生了性关系；如三年内不与她结婚，就以四十万作为补偿。

我点上一支烟，回想着这些，心里发愁。这官司还真不是那么好打的。静静当初资助那扬并让她到自己厂里工作，石东升与那扬第一次强行发生关系，都是一念之间就注定的结局啊。

真可谓，缔结了就不会消失啊。

正品猴魁，是特别吃水的。头泡香高，二泡味浓，三泡、四泡仍香如幽兰。

我喝茶是喜欢偏热的。一杯冒着热气的茶汤入喉，心便静了下来。

静下心来，便感觉到古筝跌宕起伏的旋律。

此时，我能想象到王粤生手中的古筝正猛滚、慢拂，流水激石声起，犹如危舟过峡，有沸腾澎湃之观，具蛟龙怒吼之象，好不动魄惊心。接着，泛音如波而渐弱，正是轻舟已过激流、平湖淹没险滩，眼前流水如歌，风畅，云舒。

仿佛是两千年前，俞伯牙与钟子期两颗心的相交相融。

我与朱山木是如何相识的呢？古筝声勾起了我的记忆。

结识朱山木，就是从买茶开始。

五年前的秋天，我这个以律师为主业的业余诗人，竟接到了参加"西海诗会"的邀请。诗会的喧嚣和乏味，以及男男女女老老少少的苟且，让我心里很不是个滋味。诗人死了，诗也死了。于是，便独自来到西宁。

毫无目的徘徊在西关大街上，行道树上的黄叶和微寒的风，让我感觉更加孤寂。找个酒馆或者小店喝一杯烈酒，或许会好些。我加快了脚步向前走，没走几步，就在左前方看到一个叫"太平道"的茶叶店。

这名字有点意思，我决定进去看看。

店面不大，却雅致精巧，墙上挂着仿宋人马远的《山径春行》，竟给这小店平添些许清新和意趣。

我看了看柜台下摆放的猴魁，便兀自地笑了，这个地方这个时节竟卖猴魁，骗西部人不懂茶叶吧。我让女店员拿出来给我看看，这女孩审视我几秒钟，便从柜台后的一个小冰柜中取出一小盒茶叶，小心地用木夹子夹起一片茶叶，递给我。

我扫一眼就笑着说，这茶连魁尖也算不上！真正的猴魁，那是刀枪云集，两头尖而不散不翘不卷边，两刀一枪披白毫！

我正这么说着，朱山木从里面走出来。

他看了看我，有些歉意地说：这位先生，看来你是个行家，这里确实没有真正的猴魁，最好的也就是贡尖了。他有些心虚又无奈地接着说：在这里不套个猴魁的盒子，也卖不出去。如今，懂茶的人并不多，看的都是价钱。

我不以为然地反问：那就可以以次充好了吗？

朱山木掏出烟递过来，忙解释道：这价格也不是真猴魁的价啊！听口音你应该是安徽人，咱们是老乡呢。可否赏脸喝杯茶，聊会儿？我这儿还真有一盒猴魁！

在里面的茶室里坐定。

朱山木对站立在旁边的女孩说："鹤儿，把那盒猴魁取出来！"

鹤儿的眼神与朱山木的目光倏地碰了一下，转身离去。他俩的眼神虽然就这么一碰，但我还是看出了其中的默契、温暖以及深处的一丝暖昧。

鹤儿净杯、冲泡、分茶。茶是绝品，形、色、香俱幽；鹤儿明眸笑靥，含情周到。我与朱山木从茶聊起，及至山南海北、杂闻逸趣，都有些相见恨晚的遗憾与欣喜。

自此，我与朱山木慢慢交往起来。以茶为友。

朱山木专营猴魁，虽然挣了不少钱，但至少表面上看来并不俗，金钱对他来说似乎是可有可无的事。

每次见他时，案头上都放着几卷宣纸水印的《徽州府志》，有时翻开，有时合在一起，总之，让人觉得这是一个有些文化情结的人。

今天我却突然有一种直觉，朱山木是一个深不可测的人。疑问和不解竟蒙上心头。

鹤儿是贾大白和曹秀霞的女儿吗？如果不是呢？那朱山木与贾大白和辛宝的故事真正发生过吗？鹤儿与朱山木究竟又是什么关系呢？

这样的疑虑并非突兀而出的。

前年秋天，我因一个案件也去了二道白河镇，也顺便去天池景区。但我并没有打听到一个叫辛宝的人。

当时，我还给朱山木打了电话，他却说自从那次与辛宝见面后也没再联系过，有二十年了吧，也许他早就不在那里了。

我当时并不是出于律师的职业习惯，专门要核实朱山木所讲故事的真假，而是想见一见那个叫辛宝的人。也许，就是一念之间想见他而已。

从二道白河镇回来有那么一阵子，我脑子里确实想过几次这些疑问，但终因世事繁杂，手上的案子又特别多，竟忘了这事。毕竟是别人的故事，自己还要为生活奔波，这样的闲事自然不会久在心上的。

直到半年后的一天夜里，鹤儿突然给我打来电话，我才重新想起这事。

那是个春天的月夜，如钩的上弦月挂在湛蓝的天穹。星星特别明亮，像一双双少女的眼眸，闪着天真而希冀的亮光。荡漾的微风，如少男少女的私语，弥散在静谧的夜里，偶尔有飞动着的鸟鸣划过去，夜空显得更寂静了。这时刻，捧一杯绿茶坐在阳台上，也许并不是为了真喝，只是想让这茶为夜空，平添一些如兰的清香。

我正沉醉在这欢喜的时刻里，手机突然响了起来。

手机真不是个好东西，它让人人都失去了安静和自由，更不用说隐私了。但离开手机似乎就脱离了社会，会丧失种种所谓的机会和友情。手机不依不饶地在响着，我只好转回房间，想看一看到底是谁打来的。

原来是鹤儿。她极少打电话的，好像就没有主动给我打过，只是偶尔在微信上点个赞。有时，我把需要茶叶的朋友介绍给她，她最多也就是发一个感谢的表情。这是一个矜持而有分寸的女孩，这是我几年来跟她交往的感受。现在，她突然来电话，一定是有事情的。

鹤儿找我确是有事情的。她那天夜里肯定是喝了酒或能让她兴奋的东西，平时像茶一样安静的她，像是碰到了热水，整个人蓬勃热烈开来。她有些急切甚至焦虑地问我：一个人的口头承诺不兑现，可以诉诸法律吗？

这确实是个难题。口头承诺不履行是可以起诉的，口头形式的法律行为理论上在法律没有特别规定的情况下对双方当事人是有效的，但是要进行诉讼，证明就变得非常困难。除非在对方口头承诺的时候有其他跟利益无关的证人在场或进行了录音或形成了有利的文字证据，否则即使起诉也会无法举证，法律也无法为被承诺人争取到合法的权益。

作为一个律师，我首先要了解案件的经过和有关证据。

我问鹤儿能不能具体地说一说事情的经过。她支支吾吾的，拒绝正面回答，说只是想询问一下。当我问她承诺时有没有第三方无关利益人在场或录音时，她停了几秒钟，有些失望地告诉我说都没有。没有证据的维权肯定是无果的。于是，我就直接地告诉她，像这种情况没必要再追究了；即使起诉了，带给当事人的也只是失望和烦恼。

鹤儿失望而不甘地说：那法律援助和同情弱者又体现在哪里呢？事实上他确实多次口头承诺过啊！

我该如何给她解释呢。想了想，我还是耐心地告诉她：法律的源头来自一个国家的社会道德。人无信而不立，体现了社会道德与法律对于信守承诺的看重！但是，你没有证据来证明客观事实的存在，那么，这个客观事实在法律上就是不存在的。

我的话虽说得有些专业和拗口，但鹤儿还是听明白了。她有一分钟的样子没有说话，我正要说再见的时候，她突然很低声地说，她现在一个人在深圳，自己今天喝了酒，想跟我聊一聊。

虽然她没有在我面前，但我还是能感到她的伤感、无助、孤独和倾诉的迫切。当然，我对她的过往也是感兴趣的，尤其是我想通过她了解一下她是不是贾大白和曹秀霞的女儿，以及关于朱山木的一些事情。

那天夜里，我俩聊了很长时间，大约有个把小时的样子。她对朱山木的情况是有意回避甚至是警惕的。但从她讲述自己经历的过程中，我还是听出了一些意外和不一样来。

鹤儿说，她是朱山木的养女，大概四岁的时候来到朱家，那时朱山木还没有结婚，她跟着朱山木的母亲即她的养奶奶一起生活。她上小学的时候，同学们都骂她是捡来的野孩子。她问过奶奶和朱山木，但他们都不告诉她真实的情况，甚至不承认她是捡来的。

那个时候，鹤儿说自己特别孤独，通过回忆她确信自己不是朱家的孩子，但她出生的家里肯定是种茶树的，因为她朦胧地记得一年春天，大人们把茶树枝条一头编成一个圆圈，另一头伸出来，坑底撒一层金黄的小米，然后填土埋上。她确信，那一定是她的家，种茶树的男人和女人肯定是她爸爸和妈妈。但为什么她到了朱家？她长大后也多次问过朱山木，朱一直说她是他在广东做生意时捡来的。

我在手机这头提醒她：朱山木给你讲过一个叫贾大白的河南人和叫辛宝的东北人没有？

从话语中，我能感觉到鹤儿的诧异，她说从来没有听说过。

朱山木从没有给她讲过自己从商的经历，但她从七八岁时就知道朱山木一直在经商。朱山木以前究竟做什么生意，在哪里做生意，她一无所知。后来，鹤儿回忆说，在她十岁那年，朱山木突然离家再也没有回来。那时她已经上小学三年级了，隐隐地从同学嘴里听说朱山木在外面坐了牢，是犯了诈骗罪。那时，朱山木刚结婚一年多，还没有孩子，那个漂亮的瓜子脸媳妇就走了，再也没有回来。

上初中一年级那年春节，她问过朱山木的母亲也就是她的奶奶。奶奶有些生气地说：不要相信那些坏孩子的话，你爸爸到很远的地方做生意去了，很快就会回来的。

从那晚与鹤儿的聊天中，我理出了她的大概经历：她初中毕业那年十五岁，因为没有钱上高中，就到合肥去打工了；三年后，朱山木找到了她，从此她开始跟着朱山木做茶叶生意。

现在，鹤儿在深圳做茶叶出口生意。不过，是她自己单独做。她说，自己在生意上与朱山木已没有任何联系。

为什么自己单独做呢？她与朱山木之间究竟发生了什么？她咨询的承诺兑现问题是与朱山木之间吗？这些问题，那晚我没有得到鹤儿的正面回答。但是，有一点我是可以肯定的，朱山木给我讲述过的自己，与鹤儿认识的朱山木肯定是不一样的，而且相差很大。究竟哪些才是事实呢？

加上，我去二道白河镇寻辛宝不遇，这构成了我对朱山木的存疑和不解。

此时，这些思虑，让我有些不安和口渴。

我喝猴魁，是不续茶叶的。

这并不是因茶叶多金贵，而是我喜欢那种由浓到淡、由淡到无的感觉。现在，水又冲进杯里，嫩匀肥厚的叶片虽已被泡得黄绿明亮，却枝枝成朵似花地在水中浮动。呷之淡然，似乎无味，入喉后，丝丝太和之气却弥沦于齿舌之间，有一种无味之味的滋味美感。

喝少许茶汤在口中，一些想法又涌上了心头。

鹤儿与我手头上这个狗血官司中的女孩那扬，会有相似之处吗？进而我又想，俞伯牙与钟子期的故事是不是真的发生过。作为律师，我只相信实证，但这流布千年的言说，可以作为历史的证据吗？没有证据证明的事实就不是事实了吗？是律师这个职业让我怀疑一切，还是这个世界本来就令人生疑？

为什么要想这么多呢？我说不清。

茶，终于被喝得淡如白水。

古筝声也停了，高山与流水瞬间隐退。

一阵风吹过，金黄的银杏树叶，纷纷飘落……

尤里卡的笑声

这么说吧，如果不是丽娜，我不可能来尤里卡。再说详细点，如果不是去年暑天夜里的那个电话，我肯定下不了决心来的。

去年的七月，我所在的药都城热成一堆火，太阳刚一出来，城市就像被无形的火焰包裹住。街道上的汽车不时发出的尖叫声，刺向浮着雾霾的晴空，让人更加烦躁和憋闷。行道树的叶子和下面低矮的石楠树叶上挂着灰土，无奈地打着卷，眼看着要干死的样子。已经有四十多天没有落雨，这地方真是没法待。

预报中的阵雨，到夜里十一点也一直没下。卧室里虽然吹着空调，但我还是翻来翻去地睡不着。这时，手机突然响了。谁呀？这个点还打电话。我伸手摸到手机，挂断了。过了十多分钟，困意刚刚袭上来，手机又不依不饶地响起。我生气地坐直，发现是境外的号码，心里便警惕起来，肯定是骗子。手机再次被挂断。刚被挂断十几秒钟，手机又叫起来。你谁啊？我恶狠狠地喊道。

宁姐吗？你干吗呢，老不接电话？快来这里玩吧，油菜花开满了山冈和海边，金黄金黄的，可香了。

啊，是丽娜！

我愣了一下，还是有些怀疑地问：是丽娜吗？这都三年了，你从哪里冒出来的？

丽娜爽朗地笑着说：我在尤里卡！来这里玩玩吧，我真想你了！

她脑子真出问题了呀！现在正是暑天，人都快热化了，哪来的油菜花开？我正在疑惑，丽娜又咯咯地笑着说：来吧，尤里卡可好玩了。

尤里卡，尤里卡在哪里？我有些发蒙，丽娜的话像决堤的江水向我涌来，由于要表达的意思很多，她的话头上一句脚上一句跳跃着。但我还是听明白了：她两年前已经移民美国。

丽娜终于挂了电话，她肯定是说累了，但我却没法再入睡。

怎么说呢？丽娜这三年多的改变，真是从她家三楼窗户上那个洞开始的吗？

问题似乎不是那么简单。但有一点，我是庆幸的，丽娜毕竟从重度抑郁中走了出来，而且在大洋彼岸这么咯咯地笑，她脸上一定映满油菜花的灿烂。

从她后来对我的诉说以及我当时的亲见，我真是想不到丽娜会有这样的结局。

三年前的那个七月，一个下着雨的深夜，丽娜突然给我打来电话，说有人要谋害她，而且窗上被枪打了个洞。现在想来，从她当时颤抖的声音和语气就可以判断，其实她已患了轻度抑郁症。

我电话中问她，她枝枝叶叶地说得很凌乱。事情发生在春天，也许是更早的冬天，只是她在那个温暖的春日去三楼阳台才发现而已。

丽娜已经睡了二十多个小时，确切地说从头天下午一直睡到第二天下午。她抬起头，按动床头灯的开关，两道蓝光就刺向她。她着实吓了一跳，这是什么呀？定定神，再仔细向蓝光处望去，心才放下来，原来是苗苗。苗苗见主人醒了，眯上眼帘，喵地叫了一声，算是给丽娜打个招呼。这真是一只好猫呢，一直在床头守着自己。丽娜看了看时间，已是下午三点了。啊，苗苗肯定饿了。丽娜坐起身，伸了个懒腰，苗苗也抬头，右前爪向空中伸了一下，在空中抡了一个弧线，抚了两下脸。

苗苗，饿了吧？妈妈这就起来，我们吃早餐。

已经有三个多月了吧，丽娜基本都是这样不分昼夜地生活着。

有时整夜不睡，有时整天不起，生活就是这样慵散而随心所欲。好在有苗苗陪着，她的心里静水一样，风吹不过来，雨落不下来，平静而无波动。她不这样过又能怎样呢？儿子到美国去了，十天半月也不跟她联系一次。有时，她主动给儿子视频，儿子总是很忙的样子，而且也很快乐。能有什么让自己担心的呢？他吃的是无公害饭菜，开的是安全性能特好的豪车，功课似乎也很紧。她觉得自己已经被儿子从他的生活中踢了出来，她在儿子的生活中已如轻风拂过。

她自己吧，也不喜欢外面的活动，甚至从去年儿子出国后都极少出门。家里卫生需要做了，钟点工郭嫂会准时来的；欧威美容坊的女孩每隔两天一个电话，"姐""姐"地叫得蜜甜，哪天她心情好了，她们就会过来，在家里给她做一套美容美体。当然，现在不是那个叫婷婷的女孩来了，其实她的手法和服务都很棒，但丽娜总是吊着脸不高兴。后来，丽娜就给美容坊的女老板打了电话，说换个人吧。婷婷是这个美容坊里最好的女孩，怎么就不受丽娜待见呢？女老板想不通。她怎么能想通呢，女老板再八面玲珑也不知道丽娜的心事。

这一年多，她心里最不痛快的就是那个"婷"字。这个"婷"其实就是汝婷。

这又能怨得了谁呢？自己真是应了那句古话，搬起石头砸自己的脚。当初是自己从人才市场选的汝婷，而且当时认定汝婷是个老实女孩，再怎么也不会跟自己的老公赵鑫黏在一起。其实，丽娜应该想到，现如今的女孩不喜欢有钱大叔的毕竟是少数。别说八〇后的女孩了，自己是七〇后的，当初不也喜欢上比自己大十几岁的赵鑫了吗？而且，自己用了五年时间还终于跟赵鑫结婚了。

汝婷呢，刚来时没有一点喜欢赵鑫的迹象，但一年后就不一样了。

丽娜错就错在当初没有快刀斩汝婷，如果刚一发现苗头时就把汝婷辞了，也许就不会发生后来的事了。那时，丽娜真是鬼迷心窍一样，竟对汝婷与赵鑫睁一只眼闭一只眼，甚至她在心里就不相信赵鑫会真的喜欢上汝婷。当然，那时也有那时的原因，赵鑫的事业过山车一样翻过来翻过去，丽娜一个人是帮不了他的，而汝婷呢，又特别能干，确实为他们家的事业付出了很多，甚至在关键的时刻，她都起到了扭转困局的作用。

唉，现在竟成这个样子。赵鑫虽然没有跟自己提离婚的事，汝婷也没有要上位的迹象，但毕竟他们两个生活在一起了。当然，如果丽娜硬闹的话，可能赵鑫和汝婷他们俩也不会在表面上这样亲密。但这又有什么意思呢？男人的心都在那个女孩身上了，就是硬拆开一时半会儿，说不定招来的也是公开的离婚。忍就忍吧，眼不见为净，何况他们并没有生孩子呢。就是生孩子了又如何呢？现如今小三生孩子的事，哪里找不到啊。

春节过后，丽娜就主动对赵鑫说，自己累了，不想再参与公司的事，何况她为了陪儿子高考已经有三年没有问公司的事了，就想在药都城住下来，先休息一段时间。

赵鑫说怎么样都行，只要你高兴。汝婷是个有心机的女孩，她当然知道丽娜的心事,就劝她说:姐,你还是去公司吧,这几年你不在公司,我连个说体己话的人都没有。丽娜原来真把汝婷当妹妹,开始的时候什么事都给汝婷说,甚至连她与赵鑫床上的事都说。汝婷呢,有什么烦恼也都给丽娜说,而且全身心地在公司出着力,两个人真是亲姊妹一样处着。

也正因这样的感情,丽娜发现汝婷与赵鑫有问题时,怎么也开不了口。越开不了口,后来越不好再说什么,以致对汝婷和赵鑫的关系默认了。当然,汝婷确实也是个心地善良的女孩,或者说是更有心计吧,她在丽娜面前从来都是低眉低眼,就像旧社会小妾对正房一样,谨慎着讨好着忍让着。有些事儿还真的是说不清,丽娜与汝婷这关系,应该是少有的。

现在,丽娜常常想,人真是靠不住,就连自己也是不可靠的。为什么这样说呢?丽娜是有经历的,自己有时真的控制不了自己,也说服不了自己。尤其是人的想法会时时变化,有时这样想,一转眼又那样想了。她现在觉得最靠得住的是苗苗,这个跟了她四年的纯种波斯猫。这只猫是汝婷作为生日礼物送给她的,她第一眼就喜欢上了这只猫。

那时,丽娜还没有确认汝婷与赵鑫真有什么关系,所以两个人依然亲如姊妹。她们商量了好半天,才给这猫起好名字:苗苗。丽娜抚摸着苗苗身上如雪的细毛,笑着对汝婷说:妹子,这猫多像你啊,温顺惹人疼。汝婷就撒娇地搂着丽娜的肩，不好意思地说：姐，苗苗永远会顺着你的，就像我一样，永远听姐姐的。

话虽然这么说，但现在情况不一样了。汝婷和赵鑫在省城公司忙着，只有苗苗陪着自己了。苗苗是那么可人温存，与丽娜心贴心地在一起，从没有惹过丽娜生气。丽娜从春节后心里就空了，空得只剩下苗苗了。与苗苗同吃、同睡，一起看电视，一起听音乐，一起浇花一起看月，有什么话，也全给苗苗说。她想，只有苗苗跟自己贴心了。

丽娜起床后，睡衣也没换，就踢着拖鞋下到一楼，她要到冰箱给苗苗拿猫食。看苗苗的眼神，她觉得它已经饿了。

猫食是美国进口的优佰。丽娜打开包装袋，倒入猫盘里，苗苗却站在她脚下，没有吃的意思。苗苗，快吃吧！丽娜说了两遍，苗苗仍没有吃的意思，而且喵喵地叫两声。好孩子，你怎么了？丽娜又问了声。苗苗又喵喵地叫两声，而且声音中有些焦急和不安。

你到底怎么了？丽娜弯下腰想去抱苗苗，苗苗却又叫着跑上楼梯，向二楼走去。

啊，这是怎么了？丽娜有些生气和不解，就跟着苗苗上了楼梯。苗苗到了二楼楼梯口，并没有停下来，而且拐着身子又上了三楼。啊，这是怎么了？丽娜心里咯噔一下，觉得苗苗今天有点反常，不安和紧张就笼上心头。

苗苗跑到三楼卧室门前站住了。它抬着眼望丽娜，是让丽娜打开门。

丽娜对苗苗的异常很不解，看了看苗苗，就把门打开了。

以前，这是儿子的卧室，儿子出国后赵鑫每次回来时也睡在这里，但现在已经快三个月没人住过了。

门打开后，苗苗径直跑到落地窗前，用爪去抓垂下来的窗帘。啊，这是怎么了？

丽娜明白了苗苗的意思，把窗帘拉开，扳动窗户的把手，拉开窗户，走上阳台。阳台没有封，这是赵鑫的主意，他说封了阳台房子就成了笼子，人就成了笼子里的鸟。这时，苗苗几乎是跳一样地蹿向阳台。丽娜的心收缩得更紧，三月的太阳从西边照过来，她却感觉是热辣辣的。

丽娜已经把阳台左左右右看了个遍，并没有发现什么异样。这时，她对苗苗生气了，瞪着苗苗说：去，你这是要做什么怪呀。一边骂着一边就要退回房间里。苗苗看出来她要离开阳台，突然急躁地喵喵地叫了两声。丽娜真生气了，抬起脚想踢苗苗。这时，苗苗向着窗玻璃向上一蹿，跳了足有两尺多高，又落下来。丽娜朝苗苗跳的方向望去，突然惊叫了一声，啊！原来，窗玻璃一米高处有一个圆圆的洞，如黄豆般大小。

丽娜盯着那圆圆的洞，脑子里便出现一支枪，向这边射过来。

　　她的头嗡的一下，人就歪在了阳台上的护栏上。一定是枪打过来的，而且是一支威力很大的枪，不然洞的周围不会没有裂隙。丽娜这样判断着，心里更害怕了。她想让身子站直，两条腿却软得像棉花棒一样，无力酸软，脑子里也一片空白。不知过了多长时间，阳台上斜射过来的阳光越来越浓，太阳已经西落了，丽娜终于恢复了体力，站直身子。她贴近玻璃，认真研究眼前这个洞。

　　这真是枪洞吗？这是要谋害谁呢？这是什么时候射过来的？

　　丽娜软在沙发上，心里紧张得缩成一团。但她的思维却异常活跃，像福尔摩斯一样分析着种种可能。

　　这应该是枪洞，而且是威力不小的一支枪。丽娜对枪的知识几乎是空白。对，对，一定首先要确认到底是不是枪洞。

　　这时，她想到了赵鑫的一个朋友小赵，小赵是药都城刑警队的，他对枪一定是熟悉的。她想打电话问一问，或者让他来一趟。但这个想法一蹦出来，丽娜立即又否定了。我怎么这样傻啊，这种事怎么能报案，怎么能让一个刑警知道呢？如果张扬出去，这个打枪的人一定会报复的，自己在明处，他在暗处，那可是一点儿防备也没有了。

　　怎么办呢，怎么办呢？这时，她突然想起了百度，对，上百度。

　　电脑打开，在百度上输入"枪洞"，词条一下了涌出来。

　　丽娜一条一条分析着，当把所有的词条都看过一遍时，她认定了自己的判断：仿真 88 式狙击钢珠气弹枪！初速八百九十五米每秒，有效射程八百米。

丽娜的全部思维都集中在了枪上，心里的恐惧渐渐地淡去。为什么没有穿透第二层玻璃呢？她继续在网上搜索着。最终，她找到了原因，那是因为玻璃是双层真空的。枪膛射出的钢珠穿过第一层玻璃后被夹层里的充气阻拦或者改变了方向。

这时，她突然想起汝婷来，当初是她拿的主意，才选用了这种进口的双层真空钢化玻璃的。不然，后果真的不敢想象。丽娜想到这儿，又紧张起来。这是什么时候射过来的呢？不会只射一枪吧。丽娜立即起身，她要仔细查看一下还有没有枪洞。她想，绝不会只打一枪的。

天已经暗下来了，即使打开灯，也未必能看清了。丽娜起身走到一楼，从壁柜里找到那把强光手电筒。

这时，她犹豫了一下，先察看一楼还是先察看二楼三楼呢。还是三楼吧，一楼平时不住人的，那个暗中的持枪人是不会从一楼射击的。丽娜这样想着，就咚咚地上了三楼。她先把这个有枪洞的房间的灯全部打开，然后再用手机筒照着玻璃，两眼直愣愣地盯着，从上到下从左到右，一寸一寸地仔细查看，唯恐漏过每一处黄豆大的地方。十几分钟过去了，她把这个房间的落地玻璃看了两遍，仍然没有发现第二个枪洞。

怎么会是这样呢？丽娜心里很矛盾，她害怕看到第二个枪洞，但又希望发现新的枪洞。

三楼的三个房间全部察看了一遍，但丽娜仍没有发现新枪洞。她又紧张地走向二楼。在二楼的楼梯平台上，丽娜停了下来，她有点儿不敢看二楼了。二楼是自己住的，如果二楼发现枪洞，说明暗处那个持枪人是对着自己来的。这样想时她虽然有点儿害怕，但她只在楼梯上靠了几秒钟，就又走下去了。

她要尽快弄清暗处那个枪手的目标，看到底是不是对着自己来的。她首先进了自己的卧室。打开灯，拉开窗帘的那一刻，她拿手电筒的右手不由自主地颤抖起来。时间一分一秒地过去，卧室、琴房、服装间，一个个全部察看完了，她依然没有发现枪洞。

丽娜心里很复杂。现在看来，这枪是冲着三楼来的，就是说可能是冲着赵鑫和儿子来的。脑子里闪过这些想法后，她立即就下了一楼。如果一楼也没有发现枪洞的话，她刚才的判断才能成立。这时，丽娜已经有一种说不出的兴奋了，像电影里破案的刑警一样，对现场产生了探寻的动力。

然而，让丽娜失望的是一楼仍然没有发现枪洞。她把所有的窗帘拉上后，人又软了，一屁股坐在客厅的沙发上。她说不出是没有发现新枪洞而失望，还是为三楼那唯一的枪洞而害怕。她看一眼锁着的房门，确认是昨天锁上的，一直没有打开过，而且没有被别人打开过的迹象，心里才安定下来。

这时，她突然感觉口渴得厉害，于是用力地按着沙发扶手站起身来。她来到客厅角落的冰箱前，打开冰箱，从里面拿出一瓶富士山矿泉水。她平时不喝凉水的，但今天她感觉自己从内到外都在发烧，只有喝凉水才能让发热的身体平静下来。她喝了一瓶，仍感觉口渴，就又打开了一瓶，灌进喉咙里。

两瓶矿泉水喝后，丽娜感觉心里不再那样燥热。这时，苗苗在她脚旁叫了一声。它刚才在哪里呢？有几个小时都没有见它了。丽娜弯腰抱起苗苗，把它紧紧地抱在胸前，向沙发走去。其实，苗苗一直在丽娜身边，不远不近，只是她没有注意到苗苗。现在，她抱着苗苗，心里踏实了一些。苗苗的体温传导到她身上，让她感觉温暖而安全。

苗苗在丽娜怀里像婴儿一样，两眼眯成一条线，鼻翼处呼出丝丝的热气。这热气透过丽娜的上衣，弥漫在她的两个乳房之间，温软而均匀。丽娜紧张了几个小时，她也累了，不知不觉中竟睡着了。她睡得很沉，以至慢慢地进入了梦乡。

丽娜躺在床上很疲倦，身上的筋骨像被抽去一样，人一摊棉花样地软在床上。但她的意识是清醒的：两个五十多岁的胖女人从她家院外的路上走过来，那个乌着脸的女人指着她家说："世道真他妈变了，这些别墅里的人不是贪官就是奸商，老天总不能就让这些王八蛋这样下去吧！"另一个稍瘦的长脸女人好像更气愤，咯吱吱地咬着牙骂："他们凭什么发大财？毛主席要是活着，有他们好受！"胖女人听过这话，似乎更气了，恶狠狠地朝院子栅栏吐了一口浓痰，又吐了一口浓痰。

丽娜想折起身子听她们再说什么，但身子就是折不起来，而且这两个女人转眼间就不见了。丽娜虽然没有折动身子，但还是用力地喘动着嘴唇在心里说道：我们招谁惹谁了？商人怎么了，没偷没抢，千辛万苦、热脸碰冷屁股赚来的。丽娜还想分辩几句，可她已经没有力气了，两眼涩得动弹不了。丽娜又沉沉地睡去。

夜深了，房间里黑成毫无缝隙的一团。

丽娜似乎醒了，脑子里漫上一层恐怖。她想睁开眼，但两眼依然像粘在一起，怎么也睁不开。这时，突然门开了，杂沓而急促的脚步声涌过来。怎么了？她猛一用力，两眼睁开了，只见赵鑫被两个人架着上了三楼，后边跟着的两个人都拎着砍刀。虽然，他们都套着头套，但丽娜还是从背影认出了这几个人，他们都是赵鑫生意上的对手，老侯、皮三、周爷、大梁。他们要报复赵鑫，他们会杀了赵鑫吗！惊恐中的丽娜，突然跃身而起。她要报警，她不能眼看着丈夫被杀。

丽娜惊恐地坐起，拉亮床头的灯，苗苗温柔地叫了一声。啊，原来是个梦啊！

丽娜抹一把脸上的汗，汗水沾满了手心和五指。她甩了一下手中的汗水，把苗苗搂在怀里。苗苗喵喵地叫了两声，分明是想从她胸前逃脱。这时，她才发现自己的乳沟处也积满了汗水。

丽娜口渴得厉害，但床头没有什么东西可喝。她倚在床头好大一会儿，刚才梦中的情形又浮现了出来。虽然知道是个梦，但她还是很害怕。于是，她按动床头柜上所有的开关，卧室里突然间亮如白昼。光线从房间四周和中间的吊灯倾泻下来，丽娜慢慢地感到身上有温热漫上来，原来刚才身上出的是冷汗。

房间里静极了，电流与灯管钨丝的燃烧声从灯带下传出来，倒显得越来越响了。

丽娜想看一看窗外，窗户却被淡紫的丝绒窗帘挡得严严实实。窗外，是不是真有一支枪管正对着房间呢？恐惧再一次袭来。丽娜不由自主地拿起手机，快速地拨了赵鑫的号码，语音提示手机已关机。又拨，语音还是提示已关机；再拨，语音仍然提示已关机！丽娜气得把手机搁在被子上。这个没良心的赵鑫，一定是搂着那个小妖精呼呼大睡呢。

丽娜声音很大地骂了一句，随即向前倾着身子，伸手拿起手机，她要给汝婷这个小妖精打电话。

你俩怪幸福的，搂抱着沉睡。

丽娜心里这样想着，键盘嘀嘀嘀地响起，充满了愤怒。

手机嘟嘟嘟响到第三声，汝婷沾满睡意和意外的声音传来：姐，有事吗？

丽娜的话像是被炸弹爆炸冲出来的气浪：没事能打电话吗！老赵咋关机了？

停了几秒钟，汝婷带着怨气说：我没跟他在一起，不知道的。要有急事，我去他住的地方找他！

当然有急事，我想看看他是不是被枪击了！丽娜吼了一句，就挂了手机。

过了几分钟，汝婷的电话打过来。她平静地问到底发生了什么事。丽娜本不想再理她的，但想了想觉得自己刚才过分了，何况也不能确定赵鑫真的就跟汝婷一起睡着。这样想着，她的气就平了不少，就对汝婷说：你睡吧，是我做了一个噩梦，明天说吧。

汝婷安慰了她几句，就把手机挂了。

经这么一折腾，丽娜睡意全无，脑子里却空空荡荡一片空白。

不大一会儿，刚才的梦境、三楼那个圆圆的枪洞、赵鑫、汝婷等等又一起涌进她的大脑，往日的旧事缠绕在一起，搅和在一起，扯不出个头绪来。唉，这是怎么了，这是怎么了？丽娜感觉被大脑里这些东西托着推着向高远的天上飘升，自己的身体已经不存在了似的。她使劲地闭上眼，想把这一切赶走，赶得远远的，还自己一个清醒大脑。

可让她吃惊的是，她刚闭上眼几秒钟，宋飞竟突然走了进来。宋飞，她为儿子请的补习老师，年轻帅气但却胆小得像个女人。已经有一年多没联系了，应该说从那次后就断了联系，怎么又出现了呢？丽娜赶紧睁开眼，她想把宋飞从自己大脑里赶走，她真的不想让他出现在自己的意识里。但此刻，关于宋飞的记忆却越来越清晰。

宋飞是一个心特细的男人，虽然脸上棱角像刀刻的一样刚健，但说话和做事却柔软而温蕴。他每周来家里两次，儿子的英语在他的辅导下进步很快。每次补完课，他从三楼下来的时候总是很礼貌地给丽娜郑重地打招呼：丽姐我走了！虽然就这短短的一句话，却让丽娜心里暖暖的、满满的。

那段时间，丽娜一个人陪着儿子，赵鑫和汝婷在省城公司，她心里空落得很。尤其，她想到赵鑫与汝婷在一起的情形，心里就翻江倒海地乱。他赵鑫凭什么与这个妖精缠绵，凭什么就把我一个人搁在这里不管不问？不知从什么时候起，一个念头从丽娜心里生长出来：你赵鑫跟女人好，我为什么就不能要一次别的男人！

这个念头生长出来后，丽娜虽然也害怕了一阵子，而且百般地想扼杀下去，但事情却是相反的，越想扼杀越疯狂地向上生长、生长。

儿子被送走半月后的一个周末，丽娜实在是控制不住自己对宋飞的思念，就给他发了个信息：宋老师，为感谢你对儿子的帮助，晚上请你到家里来吃饭！

那天晚上，宋飞如约来了。

丽娜精心做的菜让宋飞赞叹不已。餐桌上的酒打开了，是赵鑫从法国带回来的白兰地。也许是酒太烈，一瓶酒没有喝完，丽娜和宋飞两个人都醉意蒙眬了。丽娜是预谋好的，女找男隔层布，丽娜又一口喝完杯中的酒，身子就坐不直了。接下来的事很自然，宋飞也抱住了她，两个人乘着白兰地的酒气，亲吻在了一起。

这些年，丽娜从来没有跟第二个男人亲吻过，她显然是被这刺激的感觉燃烧了。宋飞也被丽娜呼出的热气给膨胀起来，不知不觉中两个人竟离开餐桌，倒在了沙发上。

看来，宋飞也没有过与其他女人偷情的经验。

他压在丽娜身上，笨拙地撕扯着她的上衣，他要寻找那对丰硕的奶子。但他的嘴唇只能碰到那个乳沟，并不能直抵文胸下的部分。他像一头疯牛，左手扯上衣不成，就顺着胸向下颤抖着抓丽娜的腰和裤子。丽娜被宋飞撩得浑身不停扭动，越是这样，宋飞越不得要领，那只手只能隔着布在丽娜两条大腿间抓搔。丽娜也不能自抑，她推了一下宋飞，是想痛痛快快到床上去的。越是推，宋飞越压得紧。丽娜这时突然冒出一句：不能的，我有病！

这句话像针一样刺中宋飞的痛穴，他竟从丽娜的身上滑下来，坐在了地上。

啥病？宋飞这么一问，丽娜的心立刻包了一层冰。这是个什么男人啊？本来是随口说的一句情话，竟把他吓成这样。

丽娜生气极了，狠狠地说：艾滋病！

宋飞的两手拄着地，两眼惊恐地望着丽娜，他想起身腿却不听使唤一样，软软地直不起来。丽娜坐起身来，轻蔑地看着宋飞失魂的脸，一言不发。

宋飞试一次又试了一次，终于站了起来。他看着丽娜嘲笑的两眼，突然向地毯上吐了两口唾沫，向门口转身。

丽娜大声地骂了声：滚！

宋飞就笨拙地拧开门，向外逃去。

唉，这都是什么男人啊。怎么都让自己碰上了呢！丽娜回忆着与宋飞的过去，浑身气得发抖，她抓起手机扔了出去。手机被墙弹落在地，机壳和电池向两个相反的方向蹦出去。苗苗被丽娜的这一举动吓坏了，喵喵地叫着，钻进床底下。

丽娜洗了把脸，站在阳台上时，太阳光已经泛白了。有半年多了，她从来没起过这么早，感觉这种阳光很陌生，很刺眼。她揉揉酸涩的双眼，向前排别墅的窗户望去，映进她眼帘的竟是一串走动的人影，有高有矮，有胖有瘦。啊，这是怎么了？难道是自己的眼睛出了问题？她用力地把瞳孔聚焦，又仔细地望去，对面窗子里的人影更清晰了，有高有矮，有胖有瘦，都在不停走动，像是孩子们在操场做游戏。

他们在干什么？前面别墅里怎么住进了这些人？

丽娜退回卧室时，突然想起了望远镜。对，立即去买一个望远镜，子弹一定是从前面这两栋别墅里打过来的，不然不会射在三楼的玻璃上。有了这个想法，丽娜就去衣柜找衣服，她要立即上街去买望远镜。对了，手机也摔坏了，肯定是要换的。

丽娜给我打电话时，已经是她买过望远镜十几天后的事了。

那天傍晚，丽娜突然给我打来电话，说：宁姐，你无论如何要来我家一趟。

我问发生了什么事，她并不直接回答，而是郑重地说：我碰到大事了，也发现了惊天的秘密。

那天晚上，我和丽娜联手炒了四个菜，而且每人喝了两杯红酒。

做饭和喝酒的时候，她给我讲了十几天前发现枪洞及后来发生的事。我听着她断断续续地说了两个多小时，感觉她有点神经过敏，甚至怀疑她有抑郁症的倾向。怎么可能是有人要谋害她或赵鑫呢？她所说的仇富、商场报复，甚至汝婷因情对她下手，根本没有成立的前提。尤其是对面两栋别墅里发生的事，我是不太相信的。即使主人搬走了，把房子租出去，也不至于发生她所说的事。

九点多，我跟着丽娜上了三楼。三楼那个窗户上有枪洞的房间里，果然有一架支着的高倍望远镜。

丽娜很专业地把窗帘拉开一条缝，把望远镜的镜头伸出去。之后立即弯下腰，挤上左眼，把右眼贴在镜框上。我也好奇地弯下腰，想看看镜头里究竟有什么。丽娜用手推了我一下，那意思是怕我打搅了她的观察。我正要说你干吗呢，丽娜却开口说：你看！你看！

我被她拉过来，学着她的样子，挤上左眼，把右眼贴上去，对面窗户里便清晰起来：十几个男男女女，围成一圈走动着，口里还喊着什么。

啊，这是传销团伙！我不由得说。对，对，就是传销团伙！丽娜很兴奋地又接着说：我观察十几天了，他们不仅这样走动，而且还会两个人抱在一起接吻，有男人跟女人，也有女人跟女人、男人跟男人的！我一边听着丽娜说，一边盯着对面的情况。过了十几分钟，丽娜说的情形出现了，男男女女开始搂在一起。

传销怎么是这个样子？现在的人都被钱祸害了。我直起腰，离开这架望远镜。

丽娜转动支架上望远镜的镜头，对准另一幢别墅。她把眼贴上去，一动不动地望着，整个人像被木桩固定住了一样。

大概过了半个小时，她显然是累了，直起腰，对我说：你继续望，估计一会儿就有男人进来了。我被她拉着衣角来到镜头前，把眼贴过去。这时，丽娜叹着气说：现在的女孩真不知怎么了，年纪轻轻的竟做了暗娼，白天黑夜地换男人。

我没有理她的话茬，但她依然很兴奋地说着：那天我竟看到这个女孩一天给八个男人做那事，我真怀疑这个骚女人的胯是铜的还是钢的，这么经男人 ×。

我被丽娜的话弄笑了，直起腰说：你让我看这事啊，我臊得慌。

晚上，我没有回去，应该说我被丽娜绑架着住下来了。

其实，那晚我们没睡多少时间，观察对面的情况到凌晨一点多，接着又开始说话。我说得少，基本都是在听丽娜说。她确实把我当成了唯一可以信赖的人，对我没有任何隐瞒，想到啥说啥。说真的，那天夜里我越听越觉得不对劲，我觉得丽娜受了刺激，而且抑郁症的表现很突出。

那晚，她说得最多的是丈夫赵鑫和汝婷。翻过来倒过去地说他们三个人之间的事。我实在是困了，听不太真切，但现在想想还是能理出个大概。她说，发现枪洞后赵鑫一直不认为是有人要害他们，甚至说有可能是哪个精力过剩的人用弹弓打鸟误打上去的。倒是汝婷很上心，不仅劝慰她，要她去省城住，而且说已经根据原来的图纸定做了进口的双层防弹玻璃。从她说的种种迹象，我甚至认为丽娜对丈夫与汝婷的猜测是错误的。

第二天早上，我与丽娜分别时，觉得她清醒了很多，人也正常了不少。以前和昨夜的事像没有在她身上发生过一样。也许她是精神过度紧张了，缓一缓就会好的。我的心也就慢慢放了下来。

分别后有一个多月吧，丽娜突然又给我打来电话，喘着粗气，声音很低沉。

我着实吓了一跳，你怎么了？你怎么了？

五六秒钟后，丽娜才说：没什么，就是防弹窗安上后我感觉闷得慌，喘不过气一样。啊，是这样啊。我想她这肯定是心理作用，三百多平方米的房子就住一个人，窗户全关上也不至于喘不过气。我吊着的心放了下来，感觉她一定还是精神上出了些问题。

于是，就开导她说：白天开开窗户透透气，别自己压抑自己，我忙完这两天去看你。

过了四五天吧，我去看丽娜时，她家的大门却锁上了。打电话也是关机状态。难道出什么事了吗？我紧张得要命，就大声地向院子里叫着丽娜的名字。

大约过了十几分钟，从她家左边的别墅里走出一个老太太。她看我焦急的样子，冷冷地说：前天被她丈夫开车接走了。

啊，是这样啊。我悬着的心终又放了下来。

后来，我又打了几次丽娜的电话，都没有通。快到春节的时候，她竟像从地下冒出来一样，给我打来电话，说她一直在医院里住着，身体好多了，而且要我去陪她过年。

虽然，我从她的话中觉得她的病并没有好，但总算放下心了。她在医院里住着，而且有家人陪着，应该不会出什么问题的。

春节后，我母亲得了食道癌，家里一下子乱成了一锅粥。母亲被病折磨得瘦成了个壳，我也被折腾得瘦了十几斤，而且记忆力也下降了不少，丢三落四的。这样一来，自然就很少想到丽娜。有时突然想起她，也会很快就过去了。

第二年腊月，母亲走了，我慢慢地恢复过来，脑子里便又常常想起丽娜。唉，人生真是无常啊，前路永远是未知的。

去年七月，我再次接到丽娜的电话，她让我去尤里卡。我以为她的精神还不正常，甚至怀疑她是在医院给我打的电话。当我跟赵鑫联系后，确认丽娜的病已经痊愈，而且移民美国与儿子住在一起时，我才真正放下心来。

后来，丽娜又几次给我打电话，要我一定去尤里卡散散心，而且把那里的风景描绘得天花乱坠，我这才决定去尤里卡的。

去美国手续复杂得多，是要面签的。用了近三个月才办好手续。巧得很，正好赶在七月初登上了飞机。

在机场，丽娜抱着我大哭了一场。她说，她终于走了出来，那个枪洞差点要了她的命。哭过之后便是相逢的欢笑。过去的一切仿佛被丽娜完全遗忘。人们对过去怎么遗忘得这么快呢？我在心里想不明白。

这时，丽娜变成了一个称职的导游，跟我说她为我精心安排的行程。

坐上丽娜的敞篷跑车，左边是海天一色的太平洋，右边是连绵起伏的小山丘，车里的乡村音乐和车外的风景像一部正在播放的风景电影，徐徐展开。

尤里卡，这真是一个美丽的地方。油菜花开满了山冈和海边，金黄金黄的，空气中弥漫着清幽幽的花香。

车子停下，我和丽娜在铺满油菜花的山冈小道上，奔跑起来。

笑声回荡在一望无边的花海里。

一条狗的前世今生

腊月二十三，我把父亲接到省城，过年就没有回白家屯。

过了正月十五，父亲被弟弟接回了老家。可刚出正月，父亲就一天一个电话地打，要我回来商量拆迁的事。有什么好商量的呢，村里的土地被再次扩大的开发区吃进去了，征就征吧，补偿政策一个标准，想占点便宜也是不可能的。父亲说白家屯只划进去一半，有一半人家的房子是可以不拆的。而我家老屋恰恰在不拆之列，但想拆也是可以的，只是补偿要少得多。这样的事只有我拿主意，他才觉得踏实。

这几年，城市膨胀得真是太快，就像一个传说中的怪兽，一夜之间就能吞下去成千上万亩土地和几百个村庄。我们这个叫白家屯的村庄，原来离县城有二十几里路呢。第一次进城来照小学毕业照时，坐着老师的自行车还觉得特别遥远。怎么这么快就与县城连在了一起呢？从高速上下来，看着一台台推土机像牛那么小，在旷野中蠕动，我竟找不到过去熟悉的那些标志，茫然不知路在何方。

折腾一个多小时，四弟开着车赶过来，才被带着上了被弄得坑坑洼洼的土路，一路扬尘回到白家屯。村子被拆了一半，村东头那口老井和青石井台没有了踪影，被锯倒的杂树歪在村街上，压在东倒西斜的院墙上。有一台推土机正推着一座崭新的两层小楼。我的心也被弄得乱糟糟的不舒服，下车的那一瞬间竟差点呕吐。也许是路颠的，也许是满地的尘土味呛的。

进了小院，父亲那条黄狗就扛着尾巴，得胜将军一样来迎接我。刚坐下来，黄狗就偎依在我身边，像孩子见到久别的亲人，亲热得很。有了这条黄狗，心里便有了家的感觉，这让我内心舒服了一些。我抚了一下这条狗光滑的脊梁，突然发现它竖扛着的尾巴至少有一尺半长。这条狗的尾巴怎么这么长呢？记忆中狗的尾巴都是拧着圈儿的，好像从没见过有这么长尾巴的土狗。父亲见我对这条狗的长尾巴发怔，就一边撺着狗一边说："现今儿狗都是扛着尾巴的，满月时没人再给这些畜生抻尾巴筋了，尾巴长大了就直愣愣的不会打圈了。"

说实在的，我是特别喜欢狗的。小时候，村里家家都喂狗，猫狗是一口，谁家能缺了狗呢。每次母狗生的小狗都要去掰眼，满月的时候还要抻尾巴筋。父亲这么一说，我便想起抻尾巴筋的乐趣来。小狗满月那天，要左手捏着它的尾巴根，右手顺着尾巴根向尾巴梢用力抻开它的尾巴筋。小狗就汪汪汪叫得厉害，母狗却或蹲或站在旁边，不护不咬。这时的母狗肯定知道，抻尾巴筋对于这些小狗来说，是必需的过程。这样抻过筋的小狗，长大了，尾巴就会圈着圈儿。有时圈半圈，有时圈一圈，有时圈一圈半，这当然要看这条狗是不是高兴了。它越高兴，在人家面前圈的圈越多。

其实，父亲要我回来做主的事很简单。不在拆迁范围的房子，要是主动拆只按一半标准补偿。父亲虽然八十多了，但这个账我相信他是能算清楚的。村子都拆一半了，这一半你不想拆都不可能，还有什么决断的呢，那就等呗。我想，父亲让我回来做这个主可能是个借口，他想见见我，或者让我回来看一看就要消失的村子，才是他真正的目的。在白家屯有句老话叫"老还小"，现在想来真是有道理的，人老了心思就往回走了，跟小孩子的想法和做法差不多。

父亲听我说过事情如何办，很满意。正事说完了，我俩就有一句没一句地闲聊起来。聊什么不重要，重要的是有说有答，说话就行。这时，那条黄狗又偎到我身边，依然扛着尾巴，瞪着两眼很专注地瞅着我，试探性地在我腿上蹭一下又蹭一下。父亲不乐意了，用手拍一下椅子，呵斥它，让它别再缠我。我笑着说："没事，我喜欢它！"父亲就笑笑："村里人少了，狗见个生人都稀罕得很呢！"

我俩的话自然从狗说开去。

父亲又点上一支烟，皱着眉想了一会儿，突然很兴奋地对我说：

"三儿，你说稀罕不稀罕，西院你花婶家今年出个稀奇事。"见父亲脸上的皱褶舒展开了，我不知道发生了什么，就急切地问。父亲似乎想卖些关子，或者沉浸于那件事的稀奇，长长地吸了一口烟才开口说。花婶家那条母狗在今年除夕那天生了四只小黄狗，本以为生完了，可正月十五那天竟又出一只小黑狗。父亲说罢，摇着头笑道："我活了八十多，没听说过一窝狗能差半月出生的！"

我也感到很稀奇，拿出手机就想百度一下有没有这种现象。父亲可能以为我掏手机要给谁打电话，就赶紧说："我跟你说完这事儿再打。狗是有前世的，恁花婶家的狗有四十多年了，一窝一窝地传下来的。"

花婶家的狗竟四十多年一窝窝传到现在？我真不敢相信。但我相信父亲不会记错。这么说来，她家的狗在母性血统上是一脉传承下来的呢。真是一件不可思议的事。父亲的话勾起了我的记忆，脑海里便出现了三十多年前的事儿。

我比花婶的儿子粮子小一岁，那时候常常在花婶家玩。

记忆中她家那条狗：白脑门、白眼皮，竖着两只耳朵，像缎子样的一身黑毛。那身黑毛像奶奶身上的黑粗布褂子一样，毛茸茸的。这狗有多大年纪了，我不知道，反正它已老得像粮子的奶奶一样没有人再问她了，只有风时不时地摸一下它的绒毛。

这狗与白家屯的人似乎都很熟，但总是保持着距离。可对粮子和我却不一样。粮子把剥下来的红薯皮向空中一抛，狗就会一张嘴稳稳地接住。那时，我就想，这狗就是专为粮子和他奶来到这世上的，有时它在奶奶怀里像小孩儿一样蹭来蹭去。我和粮子每次出门玩时它都把我俩送到门口，回来的时候它总是用嘴轻咬着粮子的衣裳把他往门里拉。狗比粮子还认人，有生人朝粮子家的院门走来，它就叫，一声一声地叫。若你还往前走，它的叫声就猖猖的，一声急过一声；亲友或小孩子或熟人来了，它就起身向你摇头摆尾的。

粮子的奶奶会哼歌儿。我和粮子在院子里和这条黑狗玩时，奶奶常常会轻声地唱起来：

　　小狗汪汪叫，门外谁来到？开门看，是姥姥。

时光虽然过去四十多年，可我依然记得这首歌儿。在我的感觉中，这条黑狗应该是通人性的，也很仁义，比我家那条狗要精得多，懂事得多。

白天，它就偎着粮子的奶奶，很少出去走动。晚上粮子的娘和奶奶都乏了时，它的眼就在黑夜里警惕地游来游去，有时也呜呜地叫几声，仿佛娘的手又把粮子送到了梦乡。这是一条从不吃屎的狗，它吃的多是粮子娘倒在猪盆里的猪食，它吃得很少，可能是因为它也很少活动，总是蜷在门外，好像这家不是粮子和他奶他娘的而是它的一样。有时，粮子就觉得它总蜷在门口是为了给坐在院子里的奶奶做伴，奶奶总是对它说着什么，一天一天地总有说不完的话儿，这狗也就两眼忽闪忽闪的，眼睛一动一动地听着……

想着那条黑狗，我便有了要去花婶家看看的想法。

父亲都说八十多年没听说过一窝狗会隔半个月出生，真是个稀罕事。我说要去花婶家看看，父亲就说你是专看那条狗啊还是连人一道看呢。我一时没弄明白啥意思。父亲就说："有年把时间你没见过你花婶了吧，拎点东西，别让人说咱小气。"没想到父亲考虑得这么周到，就笑着说："还真没想起来呢。"这时，父亲从屋里拎出一箱蛋黄派，边递给我边叹气说："唉，她亲儿都不孝顺。"

"粮子不孝顺吗？"我有些吃惊地问。

父亲接着说："你花婶心那么好，命咋就恁苦呢。年轻守寡，年老受气。"

我还想再问问父亲到底是怎么回事。父亲就摆摆手说："去吧，快去快回！老四刚才说一会儿就去他家吃饭。"

花婶家离我家的院子不远，也就百十米的路吧。很快就到了。花婶的院墙豁了一块，一棵大泡桐树的叶子差不多罩住了小院，三间堂屋和两间偏房就显得很低矮。院门是开着的，刚到大门口，我就看到花婶坐在堂屋门槛上，腿边卧着一大一小两条黑狗。花婶低着头像睡着了，那一大一小两条黑狗也舒展地睡着了。这时，我想起小时候记忆中的花婶：头上顶着个花毛巾，漂漂亮亮清清爽爽的，谁都说她是村里的美人儿。可现在，竟像粮子奶奶那般模样了。四十多年的光景，人咋就完全变成了另一个人呢。我心里一凉。

进入院子，那条大黑狗突然站起身，警惕地向我走来。花婶被它弄醒了，抬眼看到我，愣了好大一会儿，才扶着门框站起身，很是惊讶地说："三儿啊，你咋回来看我了呢！"边说，两只手边抻着褂子的前襟。我赶紧走过来，笑着说："婶，我该来看看你了。小时候常在你家与粮子一起吃睡呢。"

花婶愣了一下，赶紧回过神，对着屋里喊："妮，你看谁来了？"

啊，这不是云子姐吗。云子姐比粮子大两岁，粮子比我大两岁，她也就是五十一二岁。可眼前的她看着却像六十岁的人。她这样老相，还是出乎我的预想。但一想到她的遭遇，心里便有些理解了。去年听父亲说过，云子姐的丈夫三十多岁就死了，她拉扯着儿子长大，前两年她儿子带着媳妇和小孩去上海打工，家里就剩她一个孤人。记得父亲说起云子姐时，也不住地叹气："这娘儿俩一条秧子上的苦瓜，都是寡妇熬儿，儿不孝。"

花婶和云子姐对我的突然到来显然十分高兴和激动。一时竟不知道说什么好。我看着她们这个样子，心里很不是滋味。这是长时间孤独的人见到熟人的激动，那种不好意思显然是因我拎着东西来看她们。看得出来，她们的心应该有太长的时间没有这样热乎过。

我多少知道一些她们的处境和过去，就想拣不触及她们心事的话说着。从哪里说起呢，就从眼前这一大一小两条黑狗说起吧。

其实，我也是因为这条狗才要来看看的。

花婶见我对狗感兴趣，表情复杂地开口说："三儿啊，你学问大，可知道一窝狗还能隔半个月生出来？"我说："虽然我也没听说过，但这应该是种正常现象吧。"我知道这是一种搪塞和安慰，但也没有办法。这时，云子姐就皱着眉头说："娘正愁着呢。这窝狗啊，前四个是除夕生的，后一个竟是正月十五生，命多硬啊。"我就编着瞎话说："这不算稀奇，听说国外有这种隔天生的狗。"

花婶的两眼突然放光，但一瞬就暗淡下来了。她叹着气说："咱乡下的土狗哪有这样的。前几个小狗都送出去了，可这个小狗没有人要呢。狗有魂，是有前世的，我真担心会出啥事呢。"说过后，花婶就不再说话，但我却觉得有一种惊恐，袭上了她的脸。花婶怎么了？我突然又想起，四十年前她家的那条黑狗的事儿。

花婶莫不是也想起了那条狗？

那天晚上，我是在花婶家与粮子打通腿儿睡的。

睡梦中，我被狗一声急一声的叫给弄醒了。这时，全村的狗都汪汪地叫了起来。群狗的叫声在静夜里格外刺耳，一会儿，刺耳的叫声连成了一片，在夜里飘来荡去，把村里所有的人家连在了一起。狗叫终于停下来，我正要再睡，就听到粮子的娘在东间的床上抽泣着。我不知道发生过什么事，也没多想，不一会儿就又睡着了。

我和粮子醒的时候，天已大亮了。

这时，生产队里的队长，正领着几个人手里拿着抓钩铁锨站在院门前。队长跺着脚骂狗夜里咬了他，非打死这狗不可。花婶和粮子他奶正哭着，狗偎在花婶的腿边，眼里也淌着泪。队长的喊声越来越高，他正朝花婶这边走来，花婶和狗一动都不动。花婶突然蹲下身子护着狗，两眼瞪着走来的人，狗也一动不动地望着队长。队长正要说什么，狗就呼地向他扑去，一口死死地咬住他的左腿不放。

花婶向前扑上去的时候，黑狗已被抓钩钉在了地上，但狗一声都没叫。当另一把抓钩钉在狗身上的时候，队长才从狗嘴里拔出流血的腿。两把抓钩拔了下来，这狗两眼瞪着远处那条它生的小狗，一动不动……花婶和粮子大哭起来。粮子奶就扶着矮凳挪到狗的身边，用老手抚着狗的头，喃喃地说："你有七十二条命哩，你不会死的，不会死的。"

这狗真的没死，夜里就跑了出去。第二天，它就成了一条疯狗。

白家屯的人就都害怕，疯狗咬着人，人也得疯呢。人们就合计要打死它，可到打它的时候就打不到它了。日子长了，这条狗就成了白家屯人的一块心病。可粮子奶奶总是说它不会乱咬人的，不会的，不会的，冤有头债有主。三年过去了，这狗只是偶尔在村西的沟头上露几次面。但这年的冬天，队长却突然间疯了，汪汪不停地学狗叫。从此，白家屯再没有人见过这条白脑门、白眼皮，竖着俩耳朵的老黑狗……

花婶肯定和我一样，想起了四十年前那条狗的事儿。

在短暂的沉默中，我感觉到了她表情的变化和惊恐。于是，我就强作着笑说："狗就是动物，没那么多讲究。楼上要是能喂，我就把这条小狗带回去！"

听到我这样说，花婶表情平静了些，就叹着气说："这条狗遭罪着呢，前几天又被谁砸断了腿。"这时，我才注意到这只小黑狗那条蜷着的腿。听到这句话，再看看这只小狗，我心里竟一疼，才感觉到这条狗给花婶带来这么多不安。

太阳直射下来，透过泡桐叶，小院的地面上一块黑一块白。

我知道该走了，就起身告别。临走的时候，我说："婶，有时间我还来看你！"花婶就叹着气说："你在城里忙，别操俺的心了。"我转身向院门走，花婶和云子姐非要把我送出门。那条断了腿的小黑狗，也起身，瘸着一条腿，一拐一拐地跟在后面。

出了院门，我拐身向东走的时候，就听到花婶自言自语地说："都是养儿，我是造的啥孽呢？粮子怎么连狗都不如啊！"

花婶到底怎么了？粮子真的不孝顺吗？我真想弄个究竟。

中午与父亲在一起吃饭的时候，我故意把话引到了粮子那里。父亲显然对这些事没什么兴致。活了八十多岁的人，对别人的事不再感兴趣也正常。但我还是想弄明白，还是一再地追问。父亲就摇着头说："世道真变了。粮子回来骂两三回了，非要卖了院子让他娘去敬老院。"

啊，原来是这样。兴许粮子是觉得自己在外面打工没法照顾花婶呢，这并不是坏事啊。父亲见我不解，就又接着说："敬老院住的都是没儿没女和儿女不孝顺的人，一个月三百块钱伙食，把人当猪喂！"听着父亲愤恨的话，我才明白原来是这么回事。

那天中午，我心里很不是滋味。开始的时候找不到回家的路，心里不爽一阵子。后来又看到、听到、想到花婶这一辈子的不容易，想到粮子决绝地要卖了院子和地，把花婶送到敬老院，永远离开白家屯，心里就说不出地难受。

现如今谁生活得都不易，都在没头苍蝇一样东奔西飞的。和自己关系不大的事，很快就会淡忘的。没有多长时间，关于花婶和她家那条狗还有粮子的事，就被我扔到脑后了。半年多的时间，只有那么两三次见到小区的女人们牵着狗遛，才突然想起花婶和她那条狗。时间真是台推土机，能把人心里的许多事都推倒和埋下，让你再也想不起来，找不到。

转眼间到了中秋。

在我和妻子的要求下，弟弟又把父亲送到我家。这次来，父亲心里有些失落的感觉。晚上吃饭的时候，我试探着想找到原因。父亲就说：也没有啥，就是觉得越过怎么越没有心劲了。他端起酒杯对着我说："你说，这过的是啥日月？过八十多年了，过得连家院都没有了！"

父亲是为村子被拆土地被圈、村子的消失而不舒服。失去家园，对年轻人还好理解些，可对父亲这样八十多岁的人是难以承受的。

我也端起酒杯，劝父亲要想开点，城市发展社会进步这是大势所趋。父亲并不认可我说的话，而是说："进啥步？我是一天天往墓地里进了，眼不见心不烦！"说罢，一仰头把酒喝下了。

吃过晚饭，我坐下来与父亲聊天。

聊天聊着就聊到上次回去的事了。我想起了花婶和她那条狗，就问父亲："花婶怎么样了？"父亲立即直直腰，跟我说起来。他说那条狗还真是索命狗。两个月前粮子又回来让花婶搬出去，花婶不同意，两个人就吵起来。粮子骂过花婶临出门的时候，这条狗突然扑过去咬住粮子的小腿。花婶见狗咬了粮子，性急之下弯腰捡块砖砸过去，正好砸在那条断腿上。

"你说怎么吧，"父亲掐了烟，激动地接着说，"这狗啊从此就跑了，再也不进家，每天深更半夜时开始叫。恁花婶就半夜里起来唤，她是知道不该砸这条狗的，心里愧，就想把狗找回来。结果，那天夜里找狗时，竟掉进庄东头那口老井里了。"

说到这里，父亲叹着气说："照说，那天是阴历十六，月亮正明，咋会走到井里呢！我看八成是活够了，是自个儿跳的。"

"花婶死了？你咋没给我说一声呢！"我责怪地看着父亲。

父亲摇着头说："唉，跟你说啥。粮子把她捞出来时，人都泡得跟牛一样了。当天就埋了。"父亲又点上一支烟，叹着气说："这下好了，粮子没几天就把地和院子全卖了。估计这孩子一辈子是不回白家屯了。"

这样说着，父亲又摇着头接着说："白家屯也没有了，回也回不来了。不过那条狗现在还是深更半夜地叫。我敢说这狗说不定哪一天就到城里去找粮子了，这孩子肯定得不着好呢！"

我理解父亲对粮子的不能原谅，所以他才这样说。

但这事是不可能发生的，这条狗怎么能找到粮子打工的城市呢。这样想着，我就说："这个你放心吧，这条狗是找不到粮子的。"

父亲显然不以为然。他认真地说："小时候你奶亲口给我讲过一个真事，这是咱白家屯发生的。"父亲又点上一支烟，开始讲起来：

民国的时候，屯子里有个小媳妇叫月。下田时，一条黄狗向她冲来。怕狗的她，就用扁担向狗打去，狗被打后立即又痛又叫地跑开了。

后来，月怀孕临产，正在接生之时，她丈夫突然看见一条黄母狗带着五条小狗走进他家，进入他媳妇房间里，这时只听到婴儿"哇"的一声。随即，又见黄母狗带五只小狗走出去。

丈夫以为生产顺利，高兴地进去问是男是女，结果孩子却死了。

过了一年，月又生第二胎，情形完全和上次相同，又是夭折，月伤心欲绝。丈夫回忆那黄狗的事，去咱村后的王井庙请神明示。庙里的和尚就问："可记得用扁担打黄狗的事？"月答"是"。和尚说："你打的黄狗身怀小狗，等于害了数条命，你可知晓？"月及家人跪地求神明做主，和尚见其忏悔，表示要调狗魂调解，三日后再来。和尚说："黄狗不甘心，要你们一命抵一命，先要回小狗命，才讨母狗命债。"

婆媳一听，跪地痛哭，求和尚慈悲，只要能度过劫数，无论什么条件都愿答应。和尚向狗灵问话，然后说："母狗灵魂要你回家后，做一面狗灵牌位，把它当作祖宗供奉，它才肯罢休，了此恩怨。"月家里的人为了传宗接代，只好答应照办。

讲到这里，父亲长叹一口气，神色严肃地说："有一种狗叫索命狗，是有前世的。在咱白家屯，狗从来都是神物呢。"

看着父亲严肃的表情，我心里一颤：也许狗真有前世今生的！

这时，父亲又说："你知道那个叫月的女子是谁吗？"我心里紧张起来，隐约感觉到应该与花婶家有关，就不敢再问。

父亲见我一直不说话，就低着头说："是粮子的祖奶奶！"

我立即就愣在了那里。不知道说什么才好。

桃花渡

女儿悄无声地进入书房，娇嗔地说：桃花该开了吧。

清明到，桃花开。看来，女儿一直惦念着我俩的约定。我在心里算了一下日子，笑着，应声道：明天回去！

女儿满意地笑了，向前两步贴到椅子背后，两只纤手搭在我的肩胛上，开始给我捏揉着。她的指头用力很小，像猫的两只小爪子，与其说是在给我揉肩，不如说是在给我抓痒，逗我开心。女儿大了，愈加懂事。我心里一热：有女儿的父亲真是大幸福啊。

那是个晚上，好像窗外的天穹还挂着一钩月亮，在书房里，我给女儿回忆起我的童年和少年时光。这次回忆是从村前那条龙湾河开始的，我的人生起点绕不过这条河。村子在河的北岸，距离河道并不远，也就三四里路，但河岸顺着水势，一弯一拐，就把学校搁到了河的南岸。这样一来，我的小学和中学一天都没离开过那个渡口：桃花渡。

龙湾河的拐弯处，凸起一处丈把高的岗子，孤零零的，像一个巨大的圆馒头趴在那里。窝在岗子下的渡口就小得有些可怜，一条长不过两丈的古铜色木船躺在那里；水面上有一根鸡蛋粗的棕绳从北边的弯柳树腰斜拉到南岸的老榆树上。没风没雨的时候，那个撑船的猫妮喜欢一桨一桨地划过去，刮风落雨的日子她就站在船上，拉动棕绳，船自向对面走。

春天来了，渡口的高岗四周就开满了桃花，粉的、红的、白的、粉红的、白里透红的桃花像朝霞和暮云一样，铺满岗子的四周。"桃花渡"这个名字，一定是与这春天的桃花连在一起的。女儿正是听了我这般描述，才执意要回去的吧。这样的渡口，这样的桃花，这样的诗意，又加上女儿这花儿般的年龄，怎能不令她心牵梦绕呢。

火车飞驰，我与对面的女儿继续着有关桃花渡的回忆。

我说，春天的桃花虽好，但毕竟花期太短，我还是最喜欢夏天和秋天的渡口。女儿却不以为然地与我争辩道：桃花虽然灿烂日短，但毕竟怒放逞艳，那是生命的爆发。难道生命绚丽的爆发真比久远的寂静好吗？我知道自己与女儿间的代沟肯定是有，也说服不了她。但桃花渡在我脑子里烙下最深的还是夏秋的印记。

到站了。从火车站打车到渡口时，已快正午了。

对岸的桃花只是一树一树隐隐约约影影绰绰的红，如风吹过的彩雾。女儿望着对面，有些失望地说：那是桃花还是杏花啊？桃花开杏花败，那是正爆蕾吐红的桃花呢。我说。头顶的春阳暖融融的，一丝风从河对面吹过来，竟能感觉到丝丝凉意。天都这么热了，按说桃花也大开了啊。我望着岸下的船，对女儿说：我们快到下面乘船吧，到了对岸桃花就开大了。

牵着女儿的手，踏上船，而船的那头已经有了一个老者。从他那张核桃般的脸上的倦意看，他应该有八十多岁了吧。他歪倚在舱板上，眼盯着脚边那瓶刚买来的老酒，旁若无人的一脸馋相。老者的腰侧蹲着一只白猫，闪着蓝眼，瞅一下那瓶老酒，又瞄一下身边的老者，还不时地抬起爪子拢一下嘴边的胡须。想来，它也馋上这瓶老酒了吧。老者显然是看出了白猫的心意，笑了一下，拎起那瓶酒，有些用力地拧开盖子，嘴对着瓶口得意地呷了一小口，船上空便飘起一丝酒香。

见我们坐了下来，老者拧上瓶盖，小声嘟哝一句：该走了吧！

撑船的是一位六十岁左右的光头男人，不知是老者的酒香惹他心烦，还是先前老者催促过他，反正他有些不乐意地说：走不走也没耽搁你喝酒啊！

虽然这样说了，但他还是用手拉动棕绳，船外的河水便起着波向后退去。

眼前方对岸的高岗，抹着淡淡的桃红映了过来。岗子上的树呢，都还秃着身子，只有柳树的枝条有些似有似无的绿意。要是夏天就好看了。

其实，要不了入夏，对面的岗子就会绿成一团。

竹、桐、杨、椿、柳、桑、槐、楮、榆、梓、楸、松、楝、桧、皂荚、银杏、棠棣、柏、荆、女贞……树高高低低，绿得深深浅浅，树上树下的鸣鸟和鸡鸭，俨然一个有声有色的梦境。摆船的猫妮那处黄泥小屋就嵌在绿岗子向阳的半坡处。小屋四周种植的是各色果树，柿子、梨、石榴、枣、樱桃、杏、核桃、梅、山楂、花红、无花果、李子、桃、苹果、文官果……古枝新果，已然百年。无人坐船的时候，她就在屋前侍弄点菜地，喂喂鸡子。

船下的河水向后退着，河道里没有一点声响，突然一只水鸟掠过水面，啾地叫了一声，河道里显得更寂静。我望着对面岗子上的树丛，眼前竟现出了秋天的情形。秋天真好。

秋天到了，间或有人在她屋前菜园旁小憩，她总有各色果子让你选尝。过往的人都愿意在她的屋前林后歇歇脚，说说话，并不时帮她干点活儿。我们这些河前河后村子里的孩子，也总喜欢到她的屋前屋后嬉戏耍玩，偶尔也能得到一枚或两枚果子，嚼得满嘴生香。

对了，那会撑船的猫妮呢？她还在吗？这时，我突然想到了她。

我扭过脸，问拉棕绳的男人：原先那个撑船的老奶奶还在吗？

话声刚落，歪倚在我对面的那个老者突然看我一眼，随即又眯上了眼，刚才的那点惊奇迅速被埋进了那脸皱褶里。撑船的光头男人显然也听到了我的问话，仔细地看了我和女儿几眼，又瞅了一眼歪倚着的那个老者，有些含混有些顾忌地迅速说了句：殁了！

啊！我的心顿了一下。

转念在心里推想，那个叫猫妮的撑船女人也差不多该八十岁了吧。但在我的印象中，猫妮好像永远就是四十多岁那个样子：额前的头发梳得干干净净，光滑而明亮，脑后蓄着一个圆形的发髻，月白色斜襟褂子，青灰的宽裤，尖口的黑布鞋，圆润的脚踝上套着雪白的袜子。

在我小学时的记忆里，她一直是一个人悄无声地摆着渡，种着菜，喂着鸡鸭。她身后总跟着那只豹子脸黑猫，一步不离地跟着她。她上船，猫就上船，有不省心的孩子坐在船上不老实地撩河里的水，这猫就圆瞪着那双黄眼，支棱着胡须盯着这孩子，时时都准备着对这调皮的孩子发起进攻。这真是一只可爱的黑猫，总是像孩子一样，黏在猫妮的背后，偎依在她的身边，寸步不离的样子……

船靠岸了。光头男人第一个跳下船，熟练地把船头的一根绳拴在柳树上的一个铁环中。接着，把一块半尺宽的木板斜搭在船头。

船停止了晃动。光头男人又踏上木板，伸手拉住刚直起腰的那个老者。老者的胳膊甩了一下，并没有挣脱光头男人的手，就顺着劲儿走下船。老者颤巍巍走下木板后，脚扎了地，便用力一甩，挣脱了光头男人的手，弓着腰向岸上走。这时，光头男人笑着骂：这犟老头，驴脾气！

老者拎着酒瓶，拐着一条腿向前走去。女儿看着他身后跟着的那只白猫，突然笑了，我也笑了。

下了船，我掏出一支烟递给光头男人。他有些不好意思地笑一下，还是接住了。我按着火机给他点火的时候，他突然问：你们是回白家屯的吧！

女儿抢先回话：是呢。

啊，我说咋恁眼熟。前几日你爹坐船时，还说你该回来上坟了呢。

光头男人吐了一口烟，自言自语地说：回来就好，回来就好！

望着向东拐去的那个老者，我便问道：他是杏花坞的老拐子吗？

不是他是谁！一辈子神出鬼没的古怪。光头男人又吐了一口烟，就蹲了下来，有滋有味地吸着手里的那支烟。

我的村子白家屯，在渡口的西北方，也就三四里路远。所以，我并不急着要走。也许，这正合了女儿的心意。她本来就心系着这桃花渡，自然想在这儿多逗留一会儿。事实上，这只是我的推断，女儿现在显然对这个桃花渡没有多大兴趣了。桃花刚咧开嘴，似开非开，没有那艳丽的桃红和绚烂，自然引不起女儿更大的兴致。我跟光头男人告别时，女儿已经走出去十几步了。

但我的心还是在那个叫猫妮的撑船人身上。眼便在高岗的树林

里寻找着那座黄泥土屋和那个柴门小院。啊，老屋已经塌了，只有
一圈半人高的土墙，那个树枝围起的柴门小院早已被一人多高的树
丛子埋得没了踪影。我的心不禁一凉，时光真是弄人啊，不经意间
就可以湮没原来的一切鲜活和生动。我有些不忍看到眼前的情形，
移动目光，这时却看到了一个土坟和坟前立着的那块青石墓碑。不
用猜了，那个土坟埋的肯定是猫妮了！

我抬起腿向岗子上走去，想离近看一眼那个土坟。

这时，女儿便叫了起来：爸，快走吧！爷爷在家正等着呢。

我犹豫了一下，还是折回了脚步，转身向女儿追去。

脚步拐了过来，可我的思绪还是停留在猫妮身上。

她为什么叫猫妮？为什么一直一个人在渡口？每次我上船去
对岸上学的时候她总是慈祥地看我，跟母亲送我出门时一样的眼
神……她为什么没有老公没有孩子呢？我一上船就会重复想这么一
个问题。我想起了小学时那些枝枝叶叶的事儿。

有一年冬天，猫妮身边突然间就多了一个四五岁的男孩。这男
孩说话与我们的腔调不一样，细细的有点外地的口音。这是哪一年
呢，应该是一九七六年吧，这一年事儿可真多。先是都住地震棚，
接着毛主席逝世了，人人都戴着黑袖章哭得死了爹娘一样，接着又
说粉碎了"四人帮"，戴着牛头马面的四个人就被人牵着批斗。

过了年，我就上了初中，开始住校了。从那时起坐船的时候少

得多了，但偶尔能看到那豹子脸黑猫和那个男孩。

再后来，我上了高中上了大学，坐船的时候更少了，就只见到过猫妮身边的那只黑猫，至于那个男孩子似乎是没有见过一样……

一只鸟突然从我面前挑衅地掠过，我的思绪被打断了。

路两旁的麦田便映入眼底。麦子都快两尺高了，葱绿得有些发黑，看来都没少施肥料呢。心急脚步快，女儿在我前面走得挺快，她是想快一点到家呢。看着女儿青春跳动的背影，我的心情一下子好起来：有个女儿真好！

离村子还有半里路的时候，我抬眼向前看，便见一个黑衣老人站在村口向这边望。

虽然，我的目光还没有确认那就是父亲，但我在心底里认定那就是他。他的身影已经刻在了我的心里，只望一眼我就能判断。这也许就是父子情深的一种表现吧。但细想想自己这种判断，也许是因为父亲的习惯。这些年，我回来得很少，但每次进村前都会看到父亲在村头站着。

难道他天天在村头守望，还是纯粹属于巧合。但我还是相信父亲时常在村头守望。我们家姊妹七人，加上各家的孩子们已超过五十口人了，可在村子里居住的就剩两个哥哥和嫂子，有时哥哥还去城里打短工，这么一来父亲在村头守望就是一种必然了。

望着越来越近的父亲，我心里一热，加快了脚步，对前面的女儿说：恁爷在村子等着呢！

爷爷怎么知道我们今天回来呀？你不是说这次回来谁也不通知，给他一个惊喜吗？女儿有些嗔怪地回过头。

再往前走，见果然是父亲。女儿像只云雀向前飞去。我也小跑似的跟过去。父亲见果真是我们，就笑得像孩子一样说：我说眼皮咋从昨天一直就跳，乖孙女真回来了！

爷爷怎么知道我和爸要回来呀？女儿拉着父亲的手问。

老成精，老成精，老人就成精了，当然知道了。我都八十五了，还不知道你们谁啥时回来呀！父亲笑得更像一个孩子，自信地说。显然他开心极了。

按白家屯的规矩，上坟前是不能进家的。父亲接过我递来的烟说：你就在这儿等着吧，我和孙女回家拿火纸和鞭炮去，早预备好了。

这都啥时代了还这规矩，我想进家喝口水再去给母亲上坟。父亲看出了我的心思，就执拗地说：老辈子传下来的规矩不能改，改了，你娘要生气的。我笑了笑，便作罢。点上烟，在村口等着。

一支烟都吸完了，怎么还没见村里出来一个人呢？这人都哪里去了？我正在疑惑和失望着，西院黑炮叔走了过来，笑呵呵地说：咦，你爹说你回来就真回来了啊！他真是老成精了！

我连忙递过去一支烟，恭敬地点上。黑炮叔吐了一口烟，就说：屯子里都空了，撂炸弹都伤不着人！

我向村里望一眼，也有些吃惊，看来真没有多少人在农村住了。户与户周围的空地和路旁长满高高低低的树丛，不少人家的院墙和屋顶散乱地坍塌着，眼前的这口水塘豁豁牙牙得说不出来个形状，塘面上东一块西一块的绿藻。

女儿拿着一挂鞭炮，父亲拿着一叠火纸，一前一后地走过来。

我与父亲和女儿汇在一起。父亲并不跟我说话，而是不停地给女儿说着。他说：孙女这次回来你奶一定高兴的，她可疼你了。都说她偏爱你呢。女儿就笑着回道：奶奶不生气就好了，我回来得太少了！听着女儿的话，我便笑了，女儿真大了，善解人意了。

到了坟地，我燃放了鞭炮，父亲指挥着女儿先给她太爷烧了火纸，然后才开始给我母亲烧。女儿给奶奶自然烧得多，而且还烧了几沓冥币。对死人也是有亲疏的，这就是人之常情。母亲坟前的火纸伴着飞起的灰片飘向空中。父亲便对女儿说：给每个坟头都烧几张吧，都是你的先人呢。

女儿把剩下的黄表纸点着了，快步走着，分别在每一座坟头前丢下几张。整个坟地，便烟雾缭绕起来。

烟雾慢慢散尽。我与父亲又站在那里，每人都点着了一支烟。

女儿这时突然被坟地里开着紫花的蒲公英吸引了，她弯下腰，一朵一朵仔细地摘着。

见女儿摘了一大把，父亲便说：好孙女，咱走吧！

进了村子，眼前更破败得很。我叹着气说：屯子都荒成这样了，真没想到啊！

父亲也扫一眼四周倒塌的院落，叹气地说：唉，走的走，死的死，不少后生连坟也不回来上了！

这时，我便恳切地说：爹，你进城去住吧！这么个岁数，住在这里，我们都不放心呢！

父亲有些警惕地扭过头，坚定地说：你可别让我进城啊，那个渡口的猫妮好端端地被儿子硬弄到上海，不到一年人就死了！

啊，她死几年了？父亲的话又把我拉回到刚才在渡口时的所见所想。

三年前。那女人，一辈子真是苦啊。父亲有些同情地说。

见父亲主动提起她，我趁机问起来：爹，你给我说说猫妮吧。这个人是怎么一回事啊？

谁能扒得清呀？她曲里拐弯的一辈子，都扯不清秧。父亲摇了一下头。

我递给父亲一支烟，他站住了。我给他点上火，又接着说：你都八十多岁了，眼不花心不迷的，你说不清，谁还能说清！

老还小，一点都不假。父亲这几年就喜欢谁说他身体好。我这么一说，父亲的兴致就高了，吐了一口烟，边走边说起来：猫妮这个女人啊，蹊跷得很，像古戏里的女子。她是抱着一只黑猫顺水来到咱这龙湾河的。她那时也就二十岁吧，鲜鲜亮亮的一个外地女子，说是来寻夫的。她自己说她的丈夫是一个国民党兵，就在咱龙湾这一带。找了一年多终归还是没有找到，但她就是不死心，后来不知从哪里弄一条船，就在那渡口摆上渡了。

父亲吐出一口烟，沉思了一下，又接着说：咱这一带那年月被抓走几十个壮丁，可新中国成立后就回来一个活的，还残着一条腿。对，就是杏花坞那个老拐。这老拐也是个古怪人，一辈子没结婚。

啊，你说的就是那个还活着的老拐吗？我打断父亲的话问道。

父亲看了我一眼，肯定地说：是啊。人家都说这老拐就是猫妮要找的人，后来这个老拐与猫妮有奸情呢，说猫妮那个捡来的儿子就是老拐与她偷生的。

父亲又吸了一口烟，叹着气说：真是扒不清想不明，他们要是真有这一档子事，咋不光明正大地在一块儿呢？这事我真扒不清秧。

听着父亲的话，我越来越迷惑了。猫妮和老拐间到底有没有关系？他们之间到底是怎么一回事呢？我想了想，觉得猫妮捡来的儿子应该是个关键，说不定这孩子还真是老拐和猫妮生的呢。于是，又试着问父亲：猫妮离开过桃花渡吗？

父亲回忆了一下，突然说：是离开过一年多，那是一九七几年啊，我记不清了，反正有年把时间她说回娘家了。

说到这里，父亲又叹口气肯定地说：不会错的，她是离开过年把时光。渡口那条船没有人撑了，后村的孩子还淹死俩呢！那俩孩子要不死，比你还大呢。

父亲看了我一眼，又接着说：猫妮回来后说是要跟老拐过的，可后来没过成。这事儿，你娘要不死，她能说得清些。你娘跟猫妮关系不浅。有些事我还是听你娘没事时给我白话的。

父亲加快了脚步，显然已经没有了兴趣再给我说这些。但我还是想问个究竟，就有些央求地说：爹，你刚才说老拐咋没跟猫妮一块儿过呢？

过个啥啊，老拐当了十来年老蒋的兵，回来后三天两头地被拉出来批斗，都说他是反革命。父亲扔下烟头，又补了一句：老拐为当老壮丁还坐过几年牢呢。

我还想再问什么，父亲就拒绝地说：这事我说不清了。赶紧回家吧。

刚进父亲的老院子没多久，大哥二哥和两个嫂子都前前后后地来了。两个嫂子见了女儿亲热得很，一人拉着一只手，一句接一句地夸。女儿都被她俩夸得有些不好意思了，我心里却乐开了花。

这时，大哥就说：让闺女歇会儿，赶紧去弄点菜来。

大嫂就笑着说：老三回来了，我给你们弄几个菜，弟兄仨喝几杯！

说罢，就拉着女儿说：闺女咱去东院弄菜去，看你大伯高兴的。

我们弟兄见面肯定是要喝酒的，而且还都不少喝。父亲喜欢喝酒，现在八十五了依然每天可以喝半斤呢。也许是遗传吧，我们弟兄都有几分酒量。

但大哥过了六十岁，显然是没有以前能喝了。两瓶古井贡酒还没喝完，他就有些醉意了，话题回到我们家几十年前的旧事。

我这时倒很清醒，就又提起老拐和猫妮的事儿。大哥是上过高中的，在我的记忆里他总是喜欢讲前三朝后五代的，知道得很多。于是，我就很自然地把话题转到了老拐和猫妮身上。

大哥放下酒杯说：老拐这个人不是凡人，他喝醉时曾说自己当过国民党的连长，能双手打枪，百步之外打下树上的枣子。

他真有这本事？我插着话，是想激起大哥说话的兴趣。

大哥果然来了兴致，突然压低了声音，有些神秘地说：老拐说过他一枪打死俩日本兵！他说有一天，部队打散了，他来到一条河边，河边有几间土屋，他想到里面找点吃的。可他刚摸到屋门口，就见一只猫忽地蹿出来。他是老兵油子，知道里面肯定有人，就闪到了一边，这时从屋里一前一后走出来两个日本兵；老拐甩手扣动扳机，两个日本兵被穿心而过，一前一后地倒下。

大哥像说书人一样，把我女儿听得大瞪着眼。这时，父亲就端起酒杯说：喝酒，喝酒，别听恁大哥瞎白话！

我们都端起酒杯，几个人咣地碰了一下。

大哥端着酒杯并没有喝，而是又接着说：老拐后来说，要不是他那一枪，屋里的姑娘就被那两个日本兵给糟蹋了。

啊，我喉咙里的酒差点儿没呛出来，不由得问：那姑娘不会是猫妮吧！

喊，你就瞎白话吧！喝酒喝酒！父亲又倒起酒来……

我与女儿是第二天吃过早饭与家人告别的。

临走的时候，父亲幽幽地说：不能在家多住两天吗？

我笑着说：后天还有个会呢！

父亲就说：国民党的税多共产党的会多，当差身不由己呢。

这时，女儿就拉着父亲的胳膊说：爷，你跟我们一道回去吧！

父亲赶紧笑着说：孙女啊，我可不想去大城市住啊，城里那楼跟蹲监一样，要人命的！那你们回吧，你们回吧。

听着父亲的话，我既想笑心里又难受，看来像父亲这样的老年人真是怕在城里生活呢。在乡下过了一辈子，哪里都没有老家舒心。

走向渡口的路上，我决定要去猫妮的坟前看一看。昨天父亲和大哥断断续续说的那些话，让我越发觉得猫妮和老拐像一团谜。

一夜春风吹，桃花说开就大开了。昨天还是半咧着嘴地开着一半，现在竟都吐出了粉红、粉白、红白相间的花瓣儿，靠枝根的花儿竟一片片地开得明艳。再往前走，靠近桃树，就觉得自己被掩在了花云里。

我和女儿穿行过桃林，径直来到猫妮的坟前。

这是一个不大的土坟，黄的野菊花、粉的芨芨芽、蓝的布布丁、紫的蒲公英、白的荠菜花，与那些叫不出名的野花把坟头都铺满了。整个小土坟就像是一个七彩花坛。

女儿望着眼前这个花坛，动情地说：这个猫妮老奶奶年轻时一定漂亮极了，她现在也一定是高兴着的。

我没有答话，而是转到石碑前。

碑上竖刻着两行碑文：慈母禄苇缨之墓，子禄根敬立。两行字鲜红鲜红的，应该是刚新抹过红漆不久，还散着丝丝的汽油味儿。

这时，站在碑后面的女儿，突然大声说：爸，白猫！

我急忙转到碑后，见碑的后面刻着一只猫。这是一只线条勾画出来的猫，豹子脸，两只眼眯成一条缝，圆鼻子两侧的胡须耷拉着，安详地在那里卧着，就是我记忆中的那个黑猫。猫与碑正面的字一样，是用白漆新漆过的。

我想，这应该是猫妮那个叫禄根的儿新漆过的吧。难得他一片孝心，离清明还有十来天呢，他已经早早地回来过了。

再次登上船，撑船的光头男人显然热情多了。我递过去一支烟，他便说：不在家多陪你爹过几天，这就急急地走了。

还有急事要办呢。我笑着解释道。

他便说：嗯，公家这口饭也不好吃呢。端公家的碗属公家管呢。

说罢，他就拉动棕绳，船便动起来。

到了河中央，我望着越来越远的猫妮那座坟，就问：你知道猫妮咋死的吗？

光头男人看看我，又回头看看那片高岗，惋惜地说：她儿孝顺死的呗。

从他的口气中，我感觉到他对猫妮的儿子是有意见的。于是就顺着他的话问：怎么是孝顺死的啊？

就是孝顺死的。听说她儿子在上海当了官，非要接她去上海过好日子，可她就是不肯去。三年前的一天，她儿子硬是连哄带骗地把她带到了上海。在河道里住了一辈子咋能习惯那鸽子笼。半年后，儿子经不住猫妮闹就把她送了回来。谁料想，到家一看，她那只黑猫变成白猫了！

啊，黑猫怎么变成白猫啊？女儿惊奇地问。

光头男人看了一眼女儿，就笑着说：这只黑猫恋旧，趴在屋里不出来，死了。

女儿还是不解，就又接着问：死了咋就变白猫了呢？

光头男人就哈哈地笑起来，笑过后，就说：你这闺女啊，猫死后皮毛化了，不就只剩白骨了！

我的心不禁一紧，就接着问：猫妮怕不就是见了这只猫后死的吧？

光头男人又回头向背后的高岗望一眼，摇着头说：造孽啊，这老人半年后就死了！

　　我又掏出烟，给他递过去一支，自己也点着了。我吐了一口烟，望着对岸的高岗，又问：她儿子前几天回来了吗？

　　光头男人摇了摇头，叹气地说：回来还能不坐我的船啊。他有一年多没回来了吧！

　　这时，我们都不再说话，一任河水在船的两侧向后退着。

　　船靠了岸。光头男人搭好木板，女儿第一个踏着木板上岸了。

　　这时，女儿突然说：你看你看，昨天那个打酒的老爷爷又过来了，不会这么快就喝完了吧！

　　光头男人正低着头帮我拎父亲给我带的那袋红芋，就答了句：他常到那片桃林坐呢，一坐就半天。

　　我连忙扭过头，正在这时一阵风从我眼前吹过，对岸就只剩下一片桃红：那个老者已被桃花淹没……

梅花引

在故乡，农历十月初一是个坎。过了这一天，说入冬就入冬了。

白天从黄土里飘出来的雾气，在深夜里先凝成露，再凝成霜，到早上就成了一天一地寡白的霜雪。有微风吹过，哪怕一丁点儿风也不吹，只要早醒的公鸡叫几声，饿一夜的猪吭几声，或者早起的老人倚门长咳几下，树上的叶子就会扑簌簌地飘落一地。

村子是一天比一天瘦了。谁家的黑狗、白山羊和灰鸭子，都缩了身子。村前的泓水也消瘦而寂静，再也没有夏天那汩汩的欢笑了。

十几天前，人们就开始添加衣衫御寒了，上年纪的人已经穿得很臃肿。这样的日子就算寒日了。阳世的人要添衣御寒，那另一个世界的亲人们呢？不也得添衣裳吗。当然，这是用阳世的标准衡量另一个世界。但，我们的心里还是挂念着已故去的亲人。早清明、晚寒日，烧纸钱纸衣祭祖的规矩就这样传下来了。我常想，这确是一种形式，但这形式能传下来几千年，这也许就是人活着的一些意味、一种念想。

这两天，我虽然费些劲儿，但还是调休了，我决定要回故乡给逝去的母亲冬祭。

进村的时候，已经快晌午。但出乎我意料的是，村里竟无声无息地静，静得能听到小风在树梢头的嬉戏声。

下车的时候，我只看到几只母鸡围着村口那棵老桑树在转圈儿，像是在做一种游戏。它们见到我，像没有看到一样，只是咕咕地叫两声，接着又你追我赶转起圈来。再向里走，就见一黄一白两只狗互相咬着身上的毛，对我的回来也没有发出一声吠，只是其中一只白狗向着我吭哧了几下鼻子。

自己平时回来得极少，连村里的人都不能认出一半来，但这狗们却像知晓我是这村里出生的人一样，一点儿也不生分，一点儿也不戒备。村子怎么是这般样子？我疑惑着进了老家的小院。父亲正倚在门框上吸着烟，脸上漾着安详。见我进院子，他急忙走过来，笑着说："乖乖儿，你怎么回来了？也不言语一声。"

其实，父亲知道我是回来给母亲冬祭的，但他还是有些意外，这意外多半是由惊喜而生的。陪父亲抽了支烟，我俩就蹲在院子里开始"划钱"。在这里，给亲人烧纸不叫"烧纸"，而叫"送钱"。既然是送钱，就得用一百元的纸币在黄表纸上，一下子一下子地打好，然后再把纸划成扇形，才能到坟地里烧。我和父亲一边"划钱"，一边聊着。

"小的时候，村子里人欢马叫的。这咋霜打的一样，无声无息了呢？"

"打工的打工，进城的进城。村里就剩这些老弱病残和上学的孩子。"父亲叹口气，又接着说，"这日月过的，真想不到！你看看咱村里，墙倒屋塌的，像又回到解放前了。真是越过越没劲。"

我自清明那次回来后，一直没有回村。这中间，父亲在城里我们兄弟几个那儿住了几次，但总共也不到两个月。父亲八十三了，他说一辈子在乡里的小院住，惯了，住在城里像坐牢，憋屈死人。回来就回来吧，人与人是不一样的，你觉得城里好，别人却把它当成牢笼。反正现在也方便，时时都能打电话的。见父亲对他的乡村十分地不满意，我就找着话题宽他的心。我蹲得有些不舒服，父亲就让我起来坐着，他一个人在划地上的纸钱。

纸钱划好了。父亲拾起地上的那张百元票子，正要往上衣袋里装，却突然像想起了什么，随即手就停在空中。他要干什么呢？我猜测着。这时，父亲又从衣袋里掏出一张百元的票子，加上刚才那张，正好两百元。他看着我，有些不好意思地说："给，这是羔子家退回来的。人家说你不回来吃大席，只收两百！"

羔子住在村西头，比我大两岁，我俩从一年级起就在一个班里上学。

应该说，我俩小时候关系是相当好的，但后来我考上了大学，他窝在了村里，我们的隔膜就一天一天地长厚了，以至偶尔见面竟也很生分；像其他人之间一样，递支烟，笑一下，寒暄几句，他便匆匆地离开了。

两个月前，就是快要过中秋节那几天，父亲突然打来电话说："羔子从马鞍山运回来了，赤脚光蹄的。你可回来烧张纸。"我举着电话没吱声，心里算了一下，他才四十五岁呢，怎么说走就走了啊。我的心像被针扎一样，一阵一阵地疼，他毕竟只比我大两岁呢。我本来是想第二天回来的，但夜里我翻来覆去地睡不着，最后还是决定让四弟回村替我把花圈送上，把礼上上。因为，我真的不想看到羔子从手术台上被背回来的样子。

我吐了口烟，望着父亲说："怎么又退了两百的礼呢？"父亲表情平静地说："这是规矩，往礼不吃席的，退一半回去。"这时，父亲把钱递给我。我摆着手，心想父亲怎么这会儿也跟我客气起来了。父亲分明是看出了我的心，就笑着说："给死人往礼的钱，我不能要，不吉利！"我笑了一下，连忙接了过来。

父亲也起了身，他用胳膊夹着打好的纸钱，我拎着鞭炮，两个人便走出小院门。这时，太阳突然从云彩里探出头来，透过微风中稀疏的树叶照下来，地上便斑驳陆离地晃动。

父亲走在前面，我跟在后面，我们要出村到祖坟地里去。这样的时刻，多少有几分肃穆，我们爷儿俩一时没有了话，任地上的树叶在脚下沙沙地响。

到了村口，我突然被一种声音惊住：这是古琴声。

莫不是三弄叔又在抚琴？我向琴声飞出的小院望了一眼，便确认这就是三弄叔的小院，残垣断壁上衰草摇曳，唯有那株带刺的仙人掌，从墙顶蓬勃着向下蔓延着。于是，我立住了脚，这琴声久违了二十多年啊。

这时，低婉深沉的琴声宕开一幅与其说是雪夜，倒不如说是霜晨的画卷：苍茫大地，万木凋零，唯有梅花铁骨铮铮、迎寒傲立；高音滑过，一股清新寒冷的带着初升朝阳气息的山风，伴着轻盈虚飘的琴音，扑面而来；琴声渐缓，如幽溪穿月，让我一下子进入了恬静、安详、远离凡尘的境界；突然，高音又起，沉浑穿透，犹如破空而来的天籁，直入我心。

这样的时刻，这样静谧的乡村，能听到这样的琴声，我真的要醉了。

这时，父亲喊我了。我犹豫一会儿，还是回望了一下弥漫着琴声的小院，向父亲走去。

"三弄叔这琴声，真是太美了。窝在乡里一辈子，真亏！"

"亏？他作了一辈子呢。老天能让他安生地走，就算对得起他了。"父亲不以为然的话里，似乎还夹带着更为复杂的叹息。

"我觉得他挺好的啊，一辈子能文能武能伸能缩的。"我不解地说。

"你知道个啥？人在做，天在看。唉，他呀，开始遭报应了啊！"父亲又叹了口气。

我真的不解，父亲怎么会对三弄叔这个态度呢。他是父亲的一个亲爷的堂兄，只比父亲小七八岁，今年也应该七十四五岁了吧。在我的印象中，三弄叔年轻时英英武武的，当过大队的治保主任，也当过大队的民兵营长。每次，只要在村口听到他高脆亮堂的咳嗽声，我就知道他准是又从大队部开会回来了。于是，我心里便惊得怦怦直跳，因为，晚上他肯定要给全村人开会了。我们这些孩子，便有了热闹，可以围在大人四周，叽叽喳喳地疯来疯去。

这个时候，马灯下的三弄叔，总喜欢挥着手，像电影里的一个人，声音很高地说着什么。但现在的三弄叔，又是个什么样子呢？我已经有三年没有见过他了。还是三年前那次回来，我见了他一次。那天，他正好从窑场回村子，就碰到了一起。记得，我还递给他一支烟，跟他聊了几句。他说，他在几十里外的地方给人家看窑场，身子骨还可以，自挣自吃过日月。

但那天，我突然觉得三弄叔以前的豪气跑得无影无踪了，人像被抽去气的皮球，软塌塌的，又像一只霜打过的老茄子。这是从什么时候开始的呢？

想到这些，我也不由得生叹。唉，人生无常啊。

这时，父亲又开口了："人啊，虽说是吃土还土，可阳世上走这一遭可不能错了步，一步错步步错，报应就会找上门的。"

听着父亲这话，我觉得在父亲的心里肯定对三弄叔是有意见的。或许，三弄叔在父亲心里是有着不可饶恕的过错的。不然，八十几岁的父亲不会突然是这个样子。于是，我便想知道，到底在三弄叔身上发生过什么。

"爹，你咋老说报应呢？有些事儿，也许不像你想的那样呢。"

父亲迎着微风向前走，并不回头看我，而是说："举头三尺有神灵啊。羔子不也一样吗。人家都老老实实地出去打工，他却带着闺女放鹰，这，闺女被人打死了，他也得了恶病，说走就走了。这不是报应，是啥！"

父亲突然把话扯到了羔子身上。我知道，他是不愿意再说三弄叔的事了。

可是，三弄叔的几十年前的事儿，却从我的脑子里浮现出来，越来越清晰，就像正在发生着的一样。

那年腊月，冰琉璃挂满了屋檐，我整天缩着头两手插在袖筒里，弓着腰不停地跺脚，天实在太冷。清水鼻涕也没完没了地往外淌，我根本不想理会它，就抱着胳膊用两个袖头擦，两只袖头就明晃晃地泛着光。那天晌午，我刚从学校回村，就听到三弄叔那高脆亮堂的咳嗽声，我一下子兴奋极了：又要出大事啊！可不是嘛，早上一到教室，老师就铁青着脸让我们掏出语文书，把第十页第十一页撕了交上去。这篇课文是已经学过的了，里面有一个叫邓小平的人说的什么话。

当天晚上，三弄叔果真又把村里的大人们弄到喂牲口的牛屋里开会。屋子中间的火堆冒着呛人的烟，人们却不敢大声咳嗽，实在呛得不行，就在肚子里咳嗽几声，整个会场不时传来吭吭哧哧的咳嗽声。三弄叔举着报纸在念，我分明听到是"反击什么风"。我在门外面，挨不到火堆里的一点热气，冷得有些抖。就在心里骂，是该反风了，天都他妈的想冻死人了，还要什么风呢。

过了有三四天吧，那是个下午，村子里突然响起了铜锣声。这个时候，我好像正在掏麻雀窝，不知道发生了什么事，便把两枚光秃秃的麻雀蛋又放进墙缝里，从梯子上跳下来，飞奔着向铜锣的声音跑去。

铜锣声是从打麦的场里传过来的。我跑过去时，大人们已经将麦场围成了圆圈。我弓着腰，从大人的裆间挤进去，才看到里面的情景：一辆板车上装着四根水桶一样粗的木头，三弄叔两手叉腰，身后是两个褂子外面扎着宽腰带、背着长枪的民兵。板车前站着一个穿单衣的年轻人，脖子上挂着一个纸牌子，牌子上用墨汁写着"地主小偷　汪国庆"，汪国庆三个字还打着血红的 ×。

这时，三弄叔突然厉声喝道："这木头是你偷的！"

"是。"

"是你一个人偷的吗？"

"是。"

"不老实！你一个人能装上去？"

"能。"

"卸下来！再装上去！"三弄叔的声音像从地底下发出来的。

于是，汪国庆开始卸板车上的木头。他用腿顶着板车框，弓下腰，用肩先顶着根木头，一咬牙，用力向上便把木头扛起来，腿离开车框，再一用劲，就把木头搁在地上。这时，他脸上的汗，便淌下来。接着，第二根、第三根、第四根。当第四根木头搁在地上的时候，他蹲在地上，单衫已经被汗透，贴在背上，放着光。

这时，麦场上响起来高呼声："打倒地主小偷汪国庆！"有几个妇女虽然喊着，但脸上却写着可怜兮兮的痛。

汪国庆在人们的呐喊声中，站起来，低着头，呼呼地喘着气。

人们喊得都累了，声音便渐渐小起来。这时，三弄叔开口了："装上去！"

"嗯。"

卸下来容易，装上去难。但汪国庆毕竟是有把力气的，那时他也就十八九岁吧。按说，正是有力气的时候。

大概有一个多小时，汪国庆终于把四根木头又装上去了。我当时蹲在地上，并没看清他是如何装上去的。但有一点，我看清了，当四根木头装上去的时候，我分明看到汪国庆嘴里吐出了一口红痰。

三弄叔也看到了，因为我俩的目光是在那块红痰上碰在一起的。于是，他就举起手，带着头喊道："打倒地主小偷！反击右倾翻案风！"麦场里的人们又跟着喊起来。

喊声停了。三弄叔又说："走！到张楼村去！"

汪国庆走到板车的两个车把之间，挂上车攀绳，把板车按平，吃力地拉动了车子。

一路上，我都在回忆三十多年前的事儿。这回忆当然是由三弄叔引起的。关于三弄叔的事儿，我见到的听到的也真不少。粉碎了"四人帮"，那年我还在上小学。就是在那年冬天，三弄叔突然被人用绳五花大绑着，从村子里押走了。大概一年多时间后，他才回到村子。后来听说，这事还是跟汪国庆有关，因为他在"汪国庆"三个字上打了血红的 ×，差点成反革命了。这之后，三弄叔就不再是大队干部了，他又成了一个普普通通的庄稼人。

我与父亲到了祖坟地，景象多少还是出乎我的意料。几十个坟头上，都盖着一层干草，凄凉阴冷。在我的印象里，祖坟地还是清明时的样子，紫色的小花迤逦地开着，青色的杂草，像绿色的花环一样，芬芳四溢在一座座坟墓四周。当真是到了寒日，连我这美丽的记忆也都被这时令，一扫而去了。

我燃放了鞭炮，父亲先给太爷，再给爷爷烧了火纸，然后才开始给母亲烧。我给母亲自然烧得多，而且还烧了几沓冥币。对死人也是有亲疏的，这就是人之常情。母亲坟前的火纸伴着飞起的灰片飘向空中，父亲便说："给每个坟头都烧几张吧。"

我与父亲把剩下的黄表纸点着了，快步走着，分别在每一座坟头前丢下几张。整个坟地，便烟雾缭绕起来。

烟雾慢慢散尽。我与父亲又站在那里，吸了支烟，才离开坟地。该是吃晌饭的时间了。

走出地头，父亲突然停住。他用手指着右边地里的那片坟头，声音很低地说："那是老汪家的坟地。走的走，死的死，十来年没人来上坟了。黄土不光吃人，也快把坟吃完了！"

我抬眼望去，那边几座坟确是算不上坟了，也就尺把高几个土堆。我知道，这是汪国庆家的。汪家曾是富裕人家，新中国成立前是有几百亩土地的。从祖上就会制琴和弹琴。听说，三弄叔七岁的时候就被送到汪家学制琴和弹琴。这样说来，他把汪国庆的父亲应该是叫"师父"的，他与汪国庆也是曾经十分亲近的。

这时，我又想起先前三弄叔押着汪国庆游街的事来。

于是，我便问父亲："三弄叔真跟过汪家？"

父亲对我的话有些诧异，扭着头说："这还能假。七岁去的，在人家家一待就是八年，解放了才回的。"

父亲说着这话，语气里流露出对三弄叔的不满来："忘本啊。国庆那孩子要不是三弄，能走得那么早吗？"这时，我也想起汪国庆的死来。那次游街之后，他就得了吐血病，两年多吧，他就不声不响地殁了。

想到这些，我的心里不是个滋味。平日里没往深处想，现在想来，我们这样一个小小的村子里，竟有这么多恩恩怨怨、说不清道不明的事呢。一路上，我便不想再说什么。父亲也不想再说什么，他依然在前面走着。他虽然八十三了，可走起路来，还咚咚地响。

进了村，没走多远，又到了三弄叔那个小院前。

这时，琴声还没有停。我便又站住。父亲知道我还是被这琴声勾着，就没再说什么，只顾自己朝前走去。于是，我便转向三弄叔的小院。

琴声越来越清晰。我站在院门口，不想惊动这琴声。

我知道，这是古曲《梅花引》。我还知道，这琴声已经进入第二部分：旋律急促刚健，节奏大起大落，跌宕多姿；琴声散、泛，按三种音色不断变化，时而刚劲浑厚，时而圆润细腻，时而急徐清秀、悠长飘逸。我分明看到，一株红梅于风雪中昂首挺立，临风摇曳，铮铮铁骨，冷香四溢，已是悬崖百丈冰，犹有花枝俏了。

过去，应该是二十多年前，我是听过三弄叔抚琴的。但那时是不懂琴声的，更体会不到他竟有这般琴艺。于是，我对三弄叔便有一种敬佩的感觉来。

这时，琴声进入了最后一章。寂静的琴声于喧嚣之中，趋缓婉转，袅袅回旋，欲罢不能，恍惚迷离无定，神秘虚无。我不禁想起"三弄魂消，七弦琴绝，西窗月冷香如故，千回梦断，一阕曲终，浊酒更残韵未休"这句话来。

我正沉浸在遐想之中。突然，一个高音颤过，琴声戛然而止。

我醒了过来，疾步走进院里。只见三弄叔正坐在堂屋的当门，两手抚琴，喘着粗气。

见我进来，三弄叔并没有站起来。看得出，他的身体太虚弱了，已经无力站起。我按着他的手势，在东边的条凳上坐下。掏出一支烟，递过去，并给他点上。三弄叔吸了口烟，身体好像缓过来一点劲儿，便说："今儿个回来的？"

"嗯。"

"该给你娘送寒衣了。"

"嗯！"我一边应着，一边看三弄叔面前的那架琴。

这是一架仲尼琴。琴体的腰部和头部有两根凹进的线条，通体没有任何修饰，简洁、流畅、含蓄、大方、内敛。琴面是梧桐老木，琴底应是古梓木，灰胎生漆使琴从里到外透出苍劲脆滑、拙朴古雅来。

看着这琴，我便问："叔，琴是你制的？"

"嗯。"

"有这手艺，咋不制几架卖呢？城里流行着呢。"我说。

"唉，琴有命。降不住她了。你看，弦都断了。"

"听爹说，你的身体也不好？"我想起父亲说过的话。

"这一世作够了。肝子坏了，心也快死了。"三弄叔平静地说。

三弄叔对我的到来，无惊无喜。话也咸一句、淡一句的。我知道，我与他之间不可能再有什么话可说了。于是，我站起身子，说："叔，我走了。你多保重啊！"

"走吧！我也累了。"

我走出屋门的时候，三弄叔是想站起来送一送的。可他最终还是没有站起来。当年那个英英武武高声大气的人儿，怎么会是这个样子？日月真是吃人呢，一天一天地吃，吃得你毫无戒备。

我在心里叹着气，离开了三弄叔的小院。

晌午的阳光下，小院依旧温馨地慵懒着。

回城半个月后，父亲打来电话，话语平静地说："三弄，跳塘死了！"

我现在回想起来，他跳塘的原因应该是几个月前他家那场变故吧。那是一个满眼翠绿的夏天，三弄叔唯一的儿子突然被抬回了村子。他被城里的汽车轧了，轧得鼻子眼都分不清了。一个月后，三弄叔也病倒了。又过半年，三弄叔的儿媳妇带着孙子也走了，走得无声无息、没影没踪的。三弄叔一个红红火火的大家庭，说散就散了，散得雨骤风停、无根无由的。

三弄叔出殡那天，我赶回了村子里。他的丧事办得很潦草，这也是自然的事，因为他儿子死了，媳妇已经走了，家里一个人也没有了。送走他的当天晚上，我跟父亲睡了一夜。快到天亮时，父亲吸着烟说："他不亏，为了做琴的那几根木头，硬是把国庆这孩子的命糟蹋了。"

难道真是为了得到那几根做琴的古木，才把国庆污为小偷的吗？这是我从没有想过的，现在我也不全信。兴许，三弄叔并非单单有这个私心，可能还有什么隐衷呢。

离开村子的时候，我看到三弄叔的新坟就矗在我们那片祖坟里，若隐若现。明年的这个时候，新坟就变成旧土了。寒日那天，我也会给他烧一沓纸钱吗？

我在想。

叫驴的套

小的时候，我与叫驴之间感情很深，且有不少故事。

叫驴突然死了，后来又闹出那么多事，我没有想到。但现在仔细回想起来，这一切又似乎是早就注定了的。

有关叫驴的事儿，我得从父亲的一通电话开始给你说。

那天快下班时，我的手机突然响了。这个点我一般是不想接电话的，原因是怕被谁叫去吃饭。手机不依不饶地响着，我犹豫着拿起来，只瞄了一眼屏上的号码，心里就有些紧张和不祥。电话是我父亲打来的。父亲八十多岁了，平时没事是不打电话的。有时我打电话向他问好，他总是说："好着哩！没事就别打电话了。"也就是说，他打电话过来肯定是有什么事的，而且一般都不是什么太好的事。多数时候是老家哪个亲戚或邻居病了或死了，要我在省城找医生或者回去吊唁，他总以为这些事如果我能出面，他就会有天大的面子一样。

又出了什么事啊！我划开屏上的接听键，父亲平静的声音就传过来："叫驴死了！"

叫驴死了？咋说死就死了呢！

父亲没理我的问话，接着说："你俩从小光着屁股长大的，得回来一趟！"

叫驴不是头驴，是人，比我大一岁，"叫驴"是他的小名。

猛一听，"叫驴"这名字确实让人费解，好端端一个人咋起了个牲口的名字呢。其实呀，他弟弟的小名更让人不好理解，竟叫"驴套"。驴套永远要套在驴身上，这是大家都知道的。从这弟兄俩的名字看，他们的恩怨从一开始，似乎就是难以撕扯开的了。

叫驴和驴套是同胞兄弟。驴套比叫驴小两岁，理所当然得称叫驴为"哥"，可他从没有正经地叫过一声"哥"，张嘴闭嘴只一个带着儿化音的字：驴儿！

他娘可没少骂驴套是驴脾气。骂归骂，但他就是不喊叫驴一声"哥"，真拿他没办法。驴套言语并不金贵，他见到哑时嘴上却抹了蜜一样大声地叫着"哥"，虽然哑从来不答应他一声。哑是老大，比叫驴大三岁，生下来耳朵就听不到一丁点声音，娘叫听不到，猪吭狗吠马嘶驴叫都听不到，听不到就学不会说话。后来娘说这是"胎带哑"。名字也变成了"哑"。

哑一出生时他爹给他起了个挺响亮的名字，叫"喇叭"。据说，哑是村东头刚安上大喇叭那天夜里出生的，他爹是希望他能高声大气地像喇叭一样说话。怎么说呢，许多事往往都是这个样子，心里越想什么，结果常常拧着劲儿地反过来。哑的爹是个心气很高的人，也很精明，人送外名"小诸葛"。小诸葛可气得不轻，也没少打哑的娘，他把责任都推到哑的娘身上了。种子好好的，种到地里咋就瞎了呢，还不是地的毛病吗？

叫驴出生一个月前，小诸葛还动手打过叫驴的娘。叫驴出生了，小诸葛见又是一个男孩，高兴得不行，就给他起了个名字"叫驴"。很显然，是希望这孩子能真像叫驴一样哦昂哦昂地欢实。叫驴虽然能说话，可说话时细声细气的，斯文得像个女孩，村里人就给他起了个外号"大闺女"。

叫驴生下来第二年驴套就出生了。小诸葛就顺便给起了个名字"驴套"。有叫驴了，就得有驴套，正好配成一对。嘿，驴套却与叫驴不一样，小的时候哭时都可着嗓子，长大了些，说话就直着嗓子说，高门大嗓，像扩音喇叭一样。

这哥仁真是奇了怪了，都与各自的名字较着劲儿地长。

我手里握着手机，沉浸在对他们哥儿仁的快速回忆中。这时，父亲又瓮声瓮气说："咋不说话？不回来可不中。说不定你还得替叫驴圆场呢！"

听父亲这样说，我就应了声："我知道了！"

"知道啥呀？工作天天有，人可一辈子就死一回。"父亲显然有些不耐烦了。

其实，省城离老家也不算远，现在都通高速了，也就是三个多小时的车程。我从办公室出来，略做了一些准备就开车出发了。

在我们老家，吊唁是要下午去的。这样算来，我到家，时间也更合适。

车子在高速上行驶，我的思绪也在高速地飞动着。这个时候，我脑子里出现的都是有关叫驴的事儿。

我与叫驴是一起入学的。我不记得那时入学要缴多少学费，反正我是没有缴学费的。好像当时我父亲并不想让我去上学，现在想来原因应该是很多的。我弟兄六个，上面还有一个姐，在村里是孩子最多也最穷的人家。两个哥哥和姐姐都在上学，肯定父亲是怕缴学费的，也有可能那时他认为上学也没有什么用。但我是想上学的，一个重要的原因是叫驴跟我说，他参要让他去上学，而且他娘还给他缝好了一个花书包。我就缠着母亲要上学，母亲开始的时候也没有同意，但后来就同意了，因为李老师到我家来了一趟。那应该是一九七三年春节吧，我也只有五岁。

入学那天我印象特别深。天一亮，叫驴就来到我家，他挎着那个碎花的书包，好像里面还有一个作业本。我呢，由于头天晚上家里才同意去报名，就没有什么准备。临出门的时候，母亲从堂屋东间那个红瓦盆里拿出三个鸡蛋，大声地说："可别摔烂了，咱家没钱，鸡蛋烂了你就上不了学了。"我双手捧着那三个鸡蛋，与叫驴一起走出家门。

出门的时候，叫驴说要替我拿一个鸡蛋，我也就同意了。他手里攥着一个鸡蛋，我两只手攥着另外两个鸡蛋，高高兴兴地向学校走去。这是我俩交往的最初记忆，也是我们之间友谊的开始，所以我记得特别清楚。

那时上学很简单，就一本语文一本算术。一直到初中，我们都是一天上两遍学，早上和中午，下午是不上学的。因为老师都是民办教师，下午还要在生产队参加劳动。那时，我与叫驴喜欢在一起写作业。我与叫驴同桌，他比我爱学习，我因为贪着跟他在一起玩，也就与他在一起写写作业什么的。当然，更多的时候是他到我家里来写作业。

现在想来，这与驴套是有联系的。在叫驴家里写作业，驴套总是捣乱，一会儿打叫驴一巴掌，一会儿夺他的笔什么的。有一次竟抓起一把土撒向叫驴，那次，叫驴的眼被土眯住了，有几天都不停地流泪，看不清黑板上的字。驴套就是喜欢跟叫驴过不去，挺让人讨厌的。

叫驴脾气好，真的像大闺女一样斯文。驴套再怎么捣乱，他最多是骂两声，可从来没有打过驴套。有不少次我看到叫驴确实很生气，是想打驴套的，有一次竟抓住了驴套的头发，但最终还是让驴套反败为胜。叫驴没有驴套壮实，真是打不过他的。他也就只能忍着和躲着了。

那几年，只要一入冬，叫驴都会和我商量要到我家与我一起睡。那时，村里的孩子一到冬天就睡地铺，一家无论有几个男孩一般都会挤在一起的。地铺是用秫秸靠墙围起来，里面塞上豆秸，然后再铺上一层麦秸，暖和得很。叫驴家比我家条件好，一是他家就三个孩子，再者就是他爹小诸葛手巧，似乎什么东西都会弄，编筐打篓做木柜烧瓦盆都会。现在看，他在农村真算得上能工巧匠了。可他死得却早了些，十几年前刚过六十岁就死了。记得他死时，我父亲瓮着气说过这样一句话：百能百巧百受穷，阎王爷嫌他瞎折腾。

不说他爹小诸葛了，还说我俩同床睡的事吧。

叫驴家虽然冬天也打地铺，但被子总是新些多些。叫驴、哑、驴套虽然挤在一个地铺上，但是每人都有一条被子，这在村里算是最好的了，不像我与弟弟两个人就一条被子。可是，据叫驴说，每天半夜驴套总要把他的被子给拉起一半，害得他时不时被冻醒。我当然也乐意叫驴来我们的地铺上睡的，一是他可以把那条被子扛过来，再者说我们俩晚上还可以说着话儿睡着，真是一件惬意的事。

驴套对叫驴跟我睡在一起是有意见的。究竟是什么意见我也弄不清。但很显然，他对叫驴或者我，更可能对我俩的意见或者怨恨还不小。有一天晚上，叫驴吃过晚饭过来，我们刚睡到地铺上，他就说怎么有屎臭味。我们就掀开被翻找，最后竟找出一片被压扁的狗屎。叫驴气愤地说肯定是驴套干的。他是什么时候放上去的呢？那天夜里我们气得不行，合计了好长时间，本想去打驴套，但最终还是没有去。可能是因为那天夜里天太黑又太冷，我们都不想出门，好像更是因为当时叫驴怕证据不足，驴套肯定不会承认，他爹本来就偏袒驴套，我们怕告不赢这个状。总之，第一次就这样过去了。

后来，又接连发生了两次这样的事。我与叫驴商量，想暗中躲起来抓驴套个现行。有好多天我们都躲在院子里的柴垛里，可一次也没抓到驴套，而且我俩的腿都被大蚂蚁咬得红布一样一块一块的。这个驴套真让我们气得难忍。当然，我们也报复过他。有一年夏天，他在树底下睡着了，叫驴很兴奋地来找我，要我把家里的辣椒面偷出来一些，治一治驴套。我们把辣椒面抹在了驴套嘴上，然后藏在不远处的墙头下。那次驴套真是倒霉了，被辣醒后哇哇大叫，像头被踩着尾巴的猪。

驴套就是这样一直跟叫驴过不去，总是找机会来作弄他。

那时农村的孩子真是快乐，仿佛时间过得特别快。不知不觉中，我与叫驴就升到五年级了。当然，驴套和我弟弟一起也上了三年级。我是觉得挺快乐的，但叫驴却更不爱说话了，看得出来，他的心事和烦恼也越来越多。我判断，这烦恼应该都是来自驴套的。

　　驴套不爱学习，总是喜欢撕自己的作业本叠纸飞机。他似乎对飞机很着迷，书包里总有十几个纸折的飞机，上面写着村里或班里孩子的名字，时不时向空中抛去。开始的时候，他偷偷地撕叫驴的作业本折飞机，后来竟发展到偷撕叫驴的书去折叠。他这样做一是因为没有纸，我想更重要的原因是他有意对叫驴搞破坏。撕了你的书，看你还能考出好成绩！所以，有不少次叫驴就让我把他的书包背到我家里去。那时，只要期末考试后拿通知书，驴套肯定是要被他爹小诸葛痛打一顿的。因为，他的成绩总是不及格，而叫驴却是门门九十多分。

　　事情发展到最后，驴套终于还是吃了一次大亏。那天，叫驴的书包没放在我家里，自己背着回去了。驴套又从叫驴书包里掏出书开始撕，正巧这时他爹小诸葛回家拿什么东西，撞个正着。这下好了，小诸葛随手拎起地上一根棍子，一棍子下去，驴套的背上就出来一条井绳粗的红印子。驴套噢的一声夺门而逃。他爹小诸葛真是气坏了，找到驴套的书包，把书一本一本地撂到院子里的屎坑里。

　　从此，驴套就再没有进过学校。

　　按说这事一点儿也怨不得叫驴的，他根本就没在现场。但驴套却不这样认为，从此他对叫驴的怨恨更深了。记得十几年前，有一次叫驴到省城有什么事，我请他喝酒的时候，他回忆起这件事，还叹气地说："驴套现在对我可生气了，估计他现在还认为自己失学与我有关！"

记得那天晚上，我与叫驴都喝了不少酒。我就劝他，那都是三十多年前的事了，现在驴套也有四十岁，估计早就不生气了。叫驴没有再说什么，而是独自端起一杯酒仰头喝了下去。喝过后，又叹了口气，才说："套是个记仇的人。"

车子离家乡越来越近了，一路上我都在回忆着有关叫驴和驴套的事。

出省城百十公里了，我向路旁扫一眼，路两旁的丘陵间油菜地一片片青青的，挂满了饱满的油菜籽，再过十多天就要收获了；间或有水田里一片片泛青的春稻点缀其间，给我一种撕裂感。车子过了淮河，路两边的风景就大不相同了，扑面而来的是一望无垠的淮北大平原。除去几个被绿树掩映的村子，便是一大片一大片青黄的麦田，风吹过来，如大海上的波涛一层一层向前推着，麦田上空欢快地飞舞着斑鸠、布谷鸟和一队队麻雀，我的心情慢慢地好起来了。

于是，我便放慢车速，欣赏着这久违了的画面。

进入县界下了高速，拐几道弯，就进入回村子的村路了。

村路虽然也铺了水泥，但路面很窄，路两边的麦田把路挤压得似乎更窄。车速放慢，两边的麦子看得更为清楚。麦穗已经微黄，虽然麦秆上黄下绿，但可以肯定的是麦穗就要灌满浆了，再有三两场大点的风过来，也就是五六个晴天吧，这些麦子就可以收割了。

我的心里突然生出收成的喜悦来。

三十多年前，当我还是孩子的时候，每到就要收麦的季节心里却不是这般感情。那时候，孩子们最怕麦收的季节了。每到收麦，我们不仅早一顿晚一顿饥一顿饱一顿地吃不好饭，更让我不能忍受的是还要冒着烈日去拾麦穗、刨麦茬，那真是受不了。也正是这种原因，我和叫驴才发誓好好念书，要考出去，脱离农活。叫驴的成绩比我好，考取了师范，我后来考取高中，这是后话了。

近乡情更怯，近村车速也更低了。就要进村了，我摇开左边车窗的玻璃，是预备着碰到村里的人随时打招呼，同时也可以嗅一嗅这充满成熟的甜浆的麦香。可是，车子走了几百米，却没有碰到一个人。按说这个时候外出打工的人也该回来收麦子了呀，但为什么没有碰到一个人呢？这时，我突然想到，也许村里的人都在叫驴家吧，在我们这里办丧事是十分讲究的，村里的人一般都要去帮个人场。

我一边想着，一边向前方瞅着。其实，我心里还是希望能碰到熟人，此时心里觉得空落落的。三十年前，这样的季节，麦田地头、村路上一定是随处可以见到人的。

正这样想着，车子已经到了村东头。我向右一扫眼，就见到一个穿着蓝褂子的人正蹲在麦地头那一小片蚕豆地里摘蚕豆。我的心不禁一颤，仅从背影，我就断定这人是驴套。叫驴死了，他还在这里摘蚕豆，这太不合常理，心里便有一种说不出来的滋味。

驴套显然知道我熄了车，开了车门，走出来是想与他打招呼的。但他却依然勾着头，在摘蚕豆，并没有理我的意思。

我心里很是生气，就没好声气地说："驴套，你哥殁了，你咋还有心摘蚕豆呢！"

停了半分钟，驴套扭过头，冷漠地说："生死无常。他死了，我就不吃不喝了啊！"

"你，你怎么能这样呢？你俩可是一娘同胞啊！"我更加生气了。

这时，驴套站起身来，一手拎着盛蚕豆的竹篮子，背对着我说："人在做天在看，阎王爷要收他，我能挡住吗？"

说罢，径直向蚕豆地深处走去。

这，这人是怎么了？见他不再理我，我长叹一声，转身上车，猛地关上车门，打着火，用力踩了一下油门，车子带着怒气向前冲了一下。

车子进村口，一个五六岁的孩子对着车子瞅了几秒钟，然后转身飞奔着向村里跑去。他一定是去叫驴家报信去了。

当车子离叫驴家还有十几米时，我就看到从老宅里走出来老老少少十几个人。我熄了火，刚开车门，前边就有人点燃了一挂鞭炮，噼噼啪啪的响声伴随着腾起的灰白色烟雾，弥漫在村街的上空。

我向前走过去，老宅前那群人也向这边走来。

距离还有两米多的时候，一个穿黑上衣的女人突然跪下来，向我磕了一个头。我连忙走过去，伸手拉起她的一只胳膊，叫了声："嫂子！"磕头的是叫驴家媳妇桂英。她也是我和叫驴初中的同学，后来当了民办教师，前年刚转正。在拉她起来的一瞬间，我看到她额前一绺灰白的头发，心里一阵收紧，眼泪就充满了眼眶。几年不见，她的头发怎么灰白了，还是这两天突然变白的呢？

叫驴的叔一边给我递烟，一边有些讨好地说："三儿啊，你这么忙，咋大老远回来了呢！"

我看了他一眼，就说："和尚叔，你说哪里去了！我和叫驴跟亲兄弟有啥两样呢？"

"唉，驴这孩子真是，走得太突然了！"和尚叔叹着气说。身后跟着的人们也都叹着气，桂英用手抹了一把眼，就要从嗓子里冲出来的哭声被压了回去。

灵棚就扎在老堂屋的门口。供桌后方立着叫驴年轻时的照片，这张照片应该是他三十多岁时照的吧。两眼微笑着目视前方，自信安静，上身的西装虽然并不高档，但配上那条有些皱的红领带，照出来倒显出几分英气。供桌上摆放着一只卤过的整鸡、一条炸好的鲤鱼、一碗扣肉、一盘苹果、一瓶开口的古井贡酒。这样的场景，让我心里很不是个滋味。没想到，叫驴这么年轻就与桌子上的供品摆在了一起。

他才四十六岁，怎么说走就走了呢？我木然地站在供桌前，望着叫驴的遗照，脑子突然产生瞬间的空白。

正在这时，和尚叔突然大声喊道："有客烧纸！"

这时，前院外的唢呐就呜呀呜呀地响起来。

"一鞠躬——二鞠躬——三鞠躬！"我在和尚叔的吆喝声中鞠了三个躬后，他又大声喊道，"孝子磕头谢谢！——请吧。"

这时，我才看到桂英跪在灵棚前给磕了个头。我心里突然想起叫驴的儿子来，他应该十八九岁了吧，怎么没在呢？

仪式结束后，和尚叔就说："先坐下来喝口水吧！"这时，就有一个年轻人用托盘端着烟向我走来。在我们乡下，给逝去的人烧纸鞠躬后都是要抽支烟的。这是什么时候传下来的规矩我不知道，为什么有这样的规矩呢？也许是让祭奠人尽快在抽烟中走出低落的情绪吧。

我没有拿烟，而是对和尚叔说："我去看一眼叫驴！"

和尚叔看了我一眼，就带着我绕过灵棚，来到堂屋里。

堂屋的正中央放着口冰棺，叫驴安静地躺在那里面。叫驴怎么会变成这样子呢？穿着一身深蓝色衣服，鞋也是深蓝的，头上竟戴上了一顶深蓝色的帽子。这样的一身装束，人竟显得特别地瘦小，猛一看，跟供桌上那张照片根本就不是一个人啊。我喉咙一紧，眼泪流了出来，失声叫道："叫驴哥！"

这时，蹲在冰棺右边的一个苍老男人，突然啊啊地放声大哭。啊，是哑！我转过脸去，见哑望着冰棺里的叫驴啊啊地哭着，我心里也刀割一样难受。哑的哭声，让冰棺前的桂英抽泣得更厉害了，那是发自心里的抽泣。

和尚叔叹着气把我从冰棺前拉出来，叹着气说："真没想到，前天中午就喝二两酒，突然脑出血，说走就走了！"

"他平时没有啥毛病啊！"我回忆着说。

"三天前回来还跟我说话呢，好端端的。想不到啊！"和尚叔叹着气。

我坐下来，点上一支烟，深深地吸了一口。又转头看一眼供桌前的遗照，他正微笑地看着我，嘴唇微张，像是要和我说什么。我又深深地吸了口烟，把头扭过来。

这时，坐在我旁边的和尚叔吐了口烟，说："唉，驴这孩子的命薄，驮不住呢！"

我看了一眼和尚叔，对他这感叹不太明白。这时，他又接着说："可不是吗？两年前刚提拔的副校长，桂英转正了，虎子去年也考上大学了，多好的前景啊，命却到了头！"

我突然想到叫驴的儿子虎子。就问："虎子还没回来啊？"

"去城里接了。从黑龙江那边学校往家奔呢！"和尚叔瓮着声道。

这时，我才想起去年叫驴给我打电话报喜的事。去年夏天，叫驴应该是喝了点，他突然打电话过来，很是兴奋地告诉我他儿子考取了哈尔滨工业学院。他当副校长，桂英转正都没给我说过，很显然儿子考取大学是他最高兴的事儿。在乡下，能有个儿子而且再能考取大学，就算这门人后代兴旺了，俗语说就是"老坟地冒青烟"了。好像那天，他还给我说过祖坟风水的事，似乎他也觉得自家祖坟风水不错。

想起他家在龙湾河岸那片祖坟，我就问和尚叔："叫驴火化后还得归祖茔吧！"

"归啥祖茔啊。现在地都分到户了，老祖坟不让推平就好了。各家死人埋各家地里。"和尚叔有些不满地说。

想想也是，过去土地是村里的，人死后都是要埋在自家祖坟地里，我们这里叫"死后归茔"。现在当然是不行了，分地的时候是抓阄，自家的祖坟不可能分到自家。很显然，你要把自己父母埋人家地里那是肯定行不通的。当然也有例外，有时愿意多出点钱，说不定也会有人同意出一块坟地给你。

"唉，现如今啊，乡不乡城不城的，人都变了。人死了要想归茔比求谁在他额头上晒大粪都难！"旁边的人插了一句。

和尚叔看这人一眼，从眼神里我看出来他是嫌这人话多。这人便知趣地起身走了。

这时，和尚叔又递给我一支烟，心事重重地欲言又止。见他有话要说,我就主动地开腔说:"叔,有啥话你直说吧。"

和尚叔深深地吸了一口烟,吐出来的浓浓烟雾罩在他的脸上,五官便有些不真实的感觉。

烟雾散尽的时候,他终于开口了:"三儿啊,你跟叫驴从小就好,这次你还真得为了他厚一回脸皮了!"

"啊,啥事?你说吧。"我望着和尚叔,立即答道。

和尚叔郑重地看着我,足足有十几秒钟才开口:"叫驴死前说过想跟他爹埋在一块儿,可驴套这孩子的工作做不通啊!"

"啊,这,这是怎么说的?"我有些不解地看着和尚叔。

和尚叔又吸了两口烟,给我说了缘由。

五年前,叫驴他娘突然中风呆了后,驴套就找到他舅说要分爹娘。这在农村也是普遍的,他舅就同意了:娘由叫驴抚养,生老病死就全由他负责;爹由驴套抚养,由驴套管到死。谁想到,他娘虽然中风,但住了半年院,现在稳住了,呆傻着,躺上床上能吃能喝的。而分给驴套的小诸葛却在两年前突然死了。驴套没想到好好的爹却先走了,就把他埋在了自家的地里。发丧的时候,叫驴是要拿钱的,可驴套就一句砖头一样的硬话:"我再穷也不会要他的钱,出殡那天叫他来哭一声就不错了。"

"这孩子就是这样。今儿一大早我就陪着桂英去找驴套了,桂英给他磕了头并表示愿意出钱都不行,死活不同意让叫驴跟他爹埋在一起。"和尚叔叹着气跟我说。

怎么会是这样呢？兄弟俩竟成了仇人，人死了竟不能跟自己的爹埋在一起，给钱都不行，我突然很生气。我把烟头甩在了地上，问和尚叔："怎么会是这样呢？这一娘同胞的还有啥血海深仇啊！"

"唉，驴套这孩子简直就不是吃粮食长的了。我临出他家门时，你想竟说了啥话？"和尚叔涨红着脸问我。

"还能再说啥呢？"我急切地问。

"他说，将来他娘死了也不能埋他地里。埋哪里那是叫驴的事。你听听，你听听，这可是人说的话？爹娘都不能合棺了。"和尚叔自己又点上了一支烟，猛吸了两口。

我回忆起刚进村见到驴套的情形，也生气地说："这，真是太过分了！"

"唉，也真是。像是有啥前兆一样，半年前叫驴突然跟桂英说自己将来死了想跟爹埋在一起。"和尚叔摇着头，很无奈，很作难。

正在这时，我突然听到嗷的一声："爸啊！"

转过脸去，便见虎子从大门外踉跄着跑过来。他绕过灵堂，直接冲进堂屋里。这时，堂屋里立即传来桂英的哭声和哑啊啊的大叫声。

我站起来，想去堂屋劝一劝虎子。可和尚叔制止了我："唉！让孩子哭吧。不哭透彻，会憋出毛病的！"

堂屋里的哭声持续了足足有半小时，终于被人劝住了。

哭声停后，东边厨屋里却响起了啊啊的声音。原来是叫驴他娘发出的声音。看来，她脑子应该是有些清醒的，或者他看到了虎子的身影。

这时，虎子被桂英扶着来到了厨屋里。又过了一会儿，里面的声音才慢慢变小。

院子外的天黑下来了，供桌上叫驴的照片被从屋里射出的光，照得影影绰绰的。一阵风吹过来，院子里的泡桐树叶发出哗哗的声响。我感觉胸闷稍微好点，但心里却依然堵得难受，头也有些晕乎乎的。

这时，虎子和桂英从厨屋里出来。虎子走到我面前，突然跪下，连磕三个头。我伸手把他拉起，他又哇地哭出声来。

和尚叔就说："虎子，你三叔从省里回来折腾一天了，让他回家吧。"

桂英就对着我说："哥，你回吧。叔还在家等着你呢！"

我又说了几句安慰的话，决定回家。在我们这里是有规矩的，烧纸后只能回自己家，不能到别人家。

和尚叔一声不响地跟在我后面送我。我中间两次让他回，他也没吭声，仍然往前走着。离我家也就十几米了，他才站住。

他又掏出一支烟递给我，打着火机执拗地非要先给我点上。我拗不过他，就着火点着了烟。这时，他才开口："三儿啊，你在省城干着，兴许驴套会给你个面子。只能由你明儿再硬着头皮去一趟了。"

我还能说什么呢？叫驴是我打小最好的朋友。我郑重地点点头，应承了下来。

和尚叔见我答应了，有些欣慰又有些无奈地说："唉，死马当活马医吧。明儿个，让虎子跟你一道去！"

父亲见我进了门，就对厨屋里的母亲说："回来了，开饭吧。"

我正要开口跟母亲说话，父亲就说："先吃饭呢，边吃边说！"

饭端上来了，是我最爱吃的几样东西：鸡蛋拌蒜泥、煎茄子、鸡蛋葱饼、疙瘩面汤。

父亲和母亲，显然不想让叫驴的事破坏了吃饭氛围。他俩都没提叫驴的事。我当然明白他们的意思，就一边夸着鸡蛋拌蒜泥好吃，一边就应着他们的话。其实，我是一点胃口也没有的，我的心还没有从叫驴家的场景转过来。

母亲并没有看透我的心思，一直劝我多吃。我便硬着头皮一直吃下去，把第二碗疙瘩面汤喝完后，都快要吐了。但我还是努力地咽下去，毕竟有四个多月没有回来了，我不想让二老看到我心情不好。

饭终于吃结束了。我给父亲点上一支烟，见他右手的食指和中指上的焦黄色，竟有些后悔了。父亲已经八十多岁了，我真是想让他少抽点烟，可现在他的烟量并没有减少。

父亲吸了一口烟，竟先开口说："和尚跟你说了吧？他是想让你去找那头犟驴再说说。"

"嗯。我也不一定有这个面子呢。"我也点上烟，又接着说，"到底他哥儿俩有啥仇呢？连死都不能化解。"

"啥仇？看来还不小呢。听外人说驴套认为他生二闺女结扎时，叫驴没帮他。"父亲停了一下，又接着说，"叫驴这孩子也是，你跟镇长都在街面上混，咋不说句话呢！"听得出来，父亲对叫驴还是有些怨气的。

父亲这么一说，我便想起那次与叫驴在一起喝酒的事儿。

那天，叫驴也简单地说过这事。他说驴套生二闺女后镇里让他结扎，他是找过叫驴的，想让他跟镇长说说。当时，叫驴还是镇中学的一名普通老师，虽然跟镇长也认识，但毕竟没有深交，说了也是白说。他确实是没有去找镇长，这是明摆着的事儿，镇长怎么会给一个普通老师这种面子呢？毕竟计划生育是件难事。但驴套不这样认为，在农村没有男孩子就会被人说成"绝户"，他总认为是叫驴不想帮他。也许他心里会想得更多：你是有儿子了，我绝户了正好！

母亲从厨屋里过来了。见我与父亲说着叫驴的事，生气地说："一个不能怨一个。小诸葛也是的，一辈子聪明临老糊涂了。原本让驴套退学，这孩子从小心里就不平了，前些年还把地分给叫驴一份，这不是明摆着让两个孩子置气吗！"

"啊,叫驴还分了地?"我把目光转向父亲。

父亲又吐了口烟,然后不以为意地说:"现在乡里不都这样吗?地随人走。他老两口子带着地分开,这是在理儿的事啊。"

"你真糊涂。叫驴这孩子不是吃公家粮了吗,驴套常在人场里说就是他爹没让他上学,自己才在家里种地的。这孩子心眼又小。"母亲说过,也叹了口气。

这时,我突然明白了,原来驴套对叫驴的意见是从小就生了根的。再加上他认为计划生育的事上叫驴没帮他,还要了一份娘的地,怨气还真不小呢。这么说,还真是难劝呢。我想到这里,更没有信心了。于是,就叹起气来。

母亲见我叹气,就说:"三儿啊,我估摸着你也不一定有这个面子。听说,晌午时哑拎着刀要去找驴套,被劝下了。唉,都这成色了!"

啊!我心里不禁一颤,眼前闪现这样几个画面:虎子跪在驴套的面前,任我怎么劝,驴套就是一言不发;叫驴被孤零零地埋在了自家麦地里,桂英和虎子悲切地哭着;叫驴的娘的新坟最终还是与叫驴埋在了一块儿,哑拎着刀向驴套劈去……

这时,一阵风从院里吹过来,穿过堂屋门,扑到我的脸上。

我转脸向门外望去,分明看到叫驴正向这边走来。我浑身一麻,头发梢立刻竖了起来,心里说:"叫驴,我明天一定去一趟试试!"

缔结了就不会消失

我绝不敢保证，现在讲的都是真实发生过的。

那次长达十天的旅行，我确实都沉浸在酒精制造的梦幻中，一定有不少细节与真实情况是有出入的。但我敢肯定，这一定不会影响你的阅读兴趣，或许这样的讲述比真实发生过的事情会更有意味些。

就从飞机在上海浦东机场落地说起吧。

谁重重地推了我一下，我从座椅上猛地站起来，可立即又被束在腰间的安全带给拽下。我费劲地睁开眼，机舱里站起来的人已成了一片森林，遮挡着我的视线，不少人还在从行李架上吃力地拿着行李。

"到墨尔本了吗？"我的声音很大。

身边有人在窃笑。宫姬也在笑。她笑过之后才说："还在梦中与金贤淑喝酒吧？"

马航出事后，我就对飞机有了恐惧，不由自主地说："没到就落地，迫降啊？"

"醒醒吧，这是浦东！"宫姬有些严肃地说。

我还想说什么，胃里一阵痉挛，一口东西差点吐出来，我连忙用手捂住了嘴。

到底是没过美女关，昨天晚上我真是被金贤淑这个韩国美女给灌翻了。但我实在是抵挡不住她那温柔笑靥的诱惑，以及她端起酒杯时眼睛里对我的信任，虽然她一句话都不说，可我还是一杯接一杯地喝下去。那时，我在心里设想着，我们一定还会见面的，而且会再发生点什么。

正这样想着，我就被后面的人推挤着从过道向前走。走出舱门穿过长长的登机桥，当我来到海关出口撞见那严肃的警官时，对金贤淑的幻想立刻被终止了。

我赶紧四处找自己的护照。

警官接过我的护照，只看我一眼，就啪的一下盖上了章。这时，我心里总算舒服一点儿，回国入关比到韩国出关时方便多了，没有被左一眼右一眼地审核。还是自己的国家好啊。这时，我又在想为什么我们中国人到别的国家要被严格审查呢？真是，我们大中国的国力都这样牛了，可还是常常被外国人歧视。

不说这些了，还说我的那次旅程吧。

时间才 13:50，这么推算起来，我们是 12:50 从首尔金浦机场登机的。

三天前出国时，我拿到行程表时发过一通牢骚：为什么从首尔到墨尔本还要飞回上海？从上海再登机飞往墨尔本，这他妈不等于出两次国吗？

可外事办宫姬主任却说："你不知道十月四号在首尔举办奥运会吗？"

"奥运会咋了？这次又没安排去看花样游泳！"我半开玩笑地说。

宫姬有些不悦地说："我们这个团审批时间太长，等批下来后，首尔到墨尔本的直飞没有了！"

我还想再说什么，钟主席拖着长音说："小耿，别为难咱的小美女了！"说罢，他又朝宫姬暧昧地笑了笑。

钟山是市政协主席，又是我们这次的团长，其实年龄也不比我大几岁，可他总是一直喊我"小耿"。我心里有些不适，但又不好表现出来，毕竟他在市里当宣传部部长时我在报社才是个记者部主任，一直是他管辖的小兵。更何况，他对我还真算不错，虽然跟他没有经济上的往来，但是他这次还指名让我作为文化访问团的成员出来。

这次出发前，钟主席作为团长是做过分工的：宫姬作为外事办主任，理所当然是副团长，负责外联；中原传媒公司董事长钱坤被封为后勤副团长，分管吃喝拉撒，广播电视台下艳台长也被封为副团长，专司安全，唯我被赏了个秘书长。说白了他们两男两女都是大爷大妈，只有我是个跑腿的、拎箱包的、打杂的，外加随团做文字记录，回国后要写出访总结。这也怪不得别人，谁让咱无官无职又无钱，而且还觍着脸想去韩国和澳大利亚呢。

我的头晕得厉害，大厅里的人都在飘飘忽忽地转圈，像在跳华尔兹。我也感觉着在旋转，赶紧靠在旁边的廊柱上，想让自己安静下来。

这时，宫姬就半开玩笑地说："老耿，你转什么圈啊？还不快去取行李。"

取行李？我有些疑惑："不是转机吗，拿哪门子行李？"

钱坤坏笑着走近我说："小耿，你真被美女灌晕了啊。要先取行李，把他们买的化妆品寄存下来，再重新登机。"

"你说什么？"我瞪着钱坤质问。

"我说咱赶快去那边取行李。你现在不清醒，就随我们走吧。"钱坤边说边朝前走去。

这鸟人，有几个钱岁数也长了，比我小一截竟叫我"小耿"。我心里很不高兴。

取过行李，我觉得自己似乎更晕了。看着他们四个人除了行李箱外，每人都拎一个打好的包。他们这是什么时候买的啊？我一点都记不清。我找到了自己的箱子，放在行李车上正准备走，卞台长就说："你买的东西还没找到呢？"

"我也买东西了？"我有些吃惊。

他们四个人都笑了。我实在有点不好意思，觉得他们是跟我开玩笑。

这时，钱坤把一个塑料袋从行李传输带上拎起来，放到我的行李车上。

"这是你买的面膜贴！真忘了啊？"卞艳又笑着说。

真的吗？我努力地想，根本想不起来从金浦国际机场是如何登机的，更不要说在免税店买东西这事了。这时，我心里突然生出一种感激，为他们四个人对我的友爱感到很温暖。

接下来的一切都是宫姬引导我们去办理的：寄存物品，取票，安检。

我就像一个皮影人跟着他们，听从他们指挥，任他们肆意地拿昨天晚上跟我喝酒的那个金贤淑开着各种玩笑。

我市与荣州市是友好城市，这次就是去荣州参加韩国"人参文化节"的。

金贤淑是荣州市政府负责外事的职员，曾经在我市外事办做过半年交流干部。她不仅长得有韩国女人的特点，而且酒量大得很。

我们这个团只有我一个人不认识她，但她对我似乎很有好感，这是我喝多的主要原因。但从钱坤他们跟我开的玩笑中知道，她对我似乎并没有特别之处，只是我自作多情而已。

虽然，我没有反驳他们的话，但心里还是很不舒服。加上酒劲还没有过来，我就趁着酒劲，谁的话也不理，任他们说吧。我知道，这是中国人几千年的特点，人们聚在一起时总要找一个人作为垫底，来议论、取笑甚至发泄，以从中取乐。

一切似乎都很顺利。

14:20 我们就重新办好安检，进入待机区。可我们要搭乘的 MU737 要 20:30 才起飞。这段时间干什么呢？

我正在发愁，钟主席已做了安排："我们几个掼一会儿蛋。小耿，你找个地儿醒醒酒吧，别到澳大利亚机场被当作酒晕子拘留了！"

他们几个找了一个茶座，把箱子放好，就拿出了扑克。

说真的，开始的时候我对掼蛋并没有在意。但不知从何时起，掼蛋成了我们周边几个省以至全国流行的活动。可以说"全民皆掼"，饭前饭后都要掼，吃饭不掼蛋等于没吃饭。后来，细细研究起来，这掼蛋还真有其深意。这种游戏先是从省里传到市里，再传到县里和乡镇，现在全民皆掼蛋。

后来，我一个在组织部的同学给我上了启蒙课。一次吃饭之后，他很得意地告诉我，这掼蛋呀其实就是中国官场或者说是中国人性的一个缩影。我不得其解地求教他，他便以组织部官员特有的那种牛 × 口气给我上了一课。

他说，从流行的路径看，先省城，再市里，最后到县乡小镇；先大官，再中官，然后是小官和平民百姓；走的是行政推动之路。从游戏的规则看，似乎有点规矩，却又没规矩，一切随出牌人的喜好，想要出一张、两张、三张皆可，顺子、炸弹、同花顺也行，别人还得跟着，多舒心。看似有合作的，需要时帮着我；不需要时我一人出到底，先走一步不奉陪了。从比赛的结果看，成者为王败者为寇，你还要向我上交呢，哈哈。所以，领导就是领导，前一阵子流行炒地皮，现在国家都在打压房价了，谁还敢炒地皮呀？

想想这些道理，我就会承认掼蛋之所以流行是有其道理的。可不是吗？我从他们四个人的茶座离开，没走几步就见到三拨人也正掼得热火朝天的。

候机大厅的人不多，我们这趟航班的登机口前的银灰色椅子都空着。看来，我们算是来得早的了。

我怕自己睡着误了登机，就在登机口前的一个角落里找个椅子靠着。我觉得很乏，头还是晕晕的，现在能睡一觉真是太美了。

斜靠在椅子上是舒服不少，不一会儿我就迷迷糊糊地睡着了。

以前在机场候机时还真没有睡着过，那不停的广播声曾让我不止一次地讨厌过。可那天是真睡着了，竟没有听到一次广播喊话。但我最终还是醒了，不是因为广播，而是因为我太渴了，醒来的时候感觉嘴里干得都要吐火一样。

我起身伸个懒腰，长长地吐一口酒气，就去买水。水比外面贵得离奇，但都渴成这样了，根本就没有理由再计较。不仅如此，我还要了两瓶，我估计可能一瓶是不能解渴的。

我拧开一瓶水，边喝边向原来睡的那个位置走去。人就是这样，当生理的需求占上风时，就不会对自己要求太严了。现在，口里的干渴已让我顾不得形象。

我坐下来，正要喝第二瓶时，一个有些秃顶的中年男人走过来，在我对面坐下。

"到墨尔本？一个人放单啊！"他开口搭话。

我已经有十几个小时没有清醒过来，现在稍微清醒了点，正好想找个人聊会儿。于是，就回应说："一团五个人。他们在掼蛋呢。你一个人挂单出门啊？"

这人支吾着说："嗯，澳大利亚有点小生意，去看看。"他又转了话题说："你怎么不掼蛋啊？"

我笑了一下，又拧开第二瓶水，喝了一口才说："我喝多了，他们四个正好。"

秃顶男人看了看表，笑着说："还有两个多小时呢。"

"我们聊会儿。你也会掼蛋吧？"我咽下一口水。

"会打但不精。现在掼蛋是全民性的娱乐，不会可不行。"他若无其事地说。

于是，我们从掼蛋聊了起来。

他对掼蛋还真有些新解。我们从打法聊起来。聊着聊着就聊到了"官二代"。他说，"2"这张牌就是掼蛋牌局里的"官二代"呢。

掼蛋单位刚一成立，"2"就直接被领导指定成了后备干部，但好景不长，除了开局，"2"在大部分时间里均被口碑不佳的小"3"肆意欺凌；"2"在主持部门工作时，也尝试过努力，比如调整一下结构、理顺一下关系，但却悲催地发现只能与"3、4、5、6"这样的角色打成一片，而"J、Q、K、A"这些老资格宁肯和忠厚老实的"10"结盟，也不愿与傻头傻脑的"官二代"为伍；因此，对于"2"来说，"掼蛋"不是好职场，"斗地主"才是佳福地，在那里，"2"天生具备"大牌"气质。

他这番话我还是第一次听说，想想还真有道理，心里就觉得这人不简单。听他口音，五湖四海的调儿都有一些，还真弄不清是哪里人。于是就问："兄弟哪里人？"

他想了想，才开口："还真不好说是哪里人，现在北京郊区住吧。"

"呵呵，哥们儿不会是'官二代'吧？"我有些开玩笑地问。

他看着我，笑几声："真会开玩笑，'官二代'有在这儿候机的吗？"

"我看你有点官味儿，是不是'二代'就不好说了。"我打趣道。

他笑得更响了："要说也算得上，俺爹官太小了，当过村支书。我也只有靠倒腾羊毛过活了。"

"哥们儿，你做的是国际大生意呢。"我也笑了。

这时，他的手机突然响了。他打开手机先是一愣，然后朝我笑一下，说："我接个电话。"说罢，起身向窗户的东北角走去。

我喝了一口水，瞅着那秃顶男人接电话的背影，觉得自己很无聊，就掏出登机牌看起来。

墨尔本，我还是第一次去呢。想到这四十多年才第二次出国，心里便有些委屈。这些年在报社工作，无钱无权的还真没有多少机会到外面走走。想想还真是的，这世界貌似很大其实也很小，小得只限于自己看得见的、摸得着的、去过的地方。自己感知的世界实在太小，比如这机场、机场里的这些人，自己又了解多少呢？细想想，一点也不了解。我心里突然生出一种莫名的失望和恐惧感。

这时，我又想到一同出团的他们。虽然，平时都在一个城市里工作，而且有着这样那样的联系，但认真想想，对他们还真的不了解。当我知道要与他们四个人一同出访时，激动之余我是认真想过他们的。这个团半年前就开始组织了，但反反复复地才批下来，中间甚至听到关于钟主席的一些议论，有一段时间我甚至对出行不再抱有希望了。

传说是很有些杀伤力的，说上面正在查钟主席，他在当宣传部部长期间盖的广电大楼有些经济问题，而且还和卞艳有一腿。钱坤是从电视台广告代理起家的，他们之间应该都有些说不清的东西。这话开始我是不信的，但后来又传出钟、卞、钱的子女都在澳大利亚读书或工作的事。我私下了解一下，还真的属实，就对这次出行不抱希望了。可偏偏在我没有希望的时候，宫姬突然通知手续批下来了。看来，以前的传说是没有根据的。

这个世界有些庞大和纷乱，自己了解得实在太少了。我这样想着，心情便抑郁起来，眯上眼，想让自己静一静。

"喂，又睡了啊？"秃顶男人不知什么时候又坐在我对面。

我睁开眼，伸了伸胳膊，看着他的秃顶说："女人打来的吧，这么长时间啊？"

"你还真说对了。一个女同学。"他笑笑，又叹了口气接着说，"神神乎乎的一个女人，真搞不清。"

寂寞的旅途，女人是最好的兴奋剂。我来了兴致，开玩笑地说："小三还是小四啊，甩不掉了吧！"

"嘁，看你说的。我有那福分就好了。是寡居的大学女同学。"他有几分无奈地答道。

"啊，女同学？还寡居？戏份不少啊。方便分享一下吗？"

秃顶男人想了想才开口："嘿，真是挺有故事的。"

"说说呗。你可以隐去地点姓名，反正我也不认识。"我直了直背。说过这话后，我突然觉得自己有些猥琐。

秃顶男人并没有觉察到我的情感变化，就开始讲起来。

他这个女同学是班里最漂亮的，可犯水命。大学期间谁追她都不成，骄傲得不行，但毕业后却分到了一个小县城教书。开始的时候还有同学要死要活地追她，但她就是不同意，一拖再拖就拖到了三十二岁。接着情况发生了急转，再没有男人肯要她，都觉得她是一个怪人。有那么一天，她突然去道观里算了一卦，道士最后却告诉她犯水命，此生不要结婚，谁跟她结婚谁得死在水上。这下可把她气坏了，回来的路上就发誓要立即结婚。可也巧，一个月后有人竟真给她介绍了一个转业的连长，两个人认识不到一个月就办了手续结了婚。

秃顶男人讲着讲着，我心里就吃惊起来：难道会这么巧？这样想着，我就催促他说："后来呢？"

他看了我一眼，有些意外地说："你还真是个急性子呢。"笑罢，他又接着讲起来。

她结婚一年半，也就是她儿子出生半年后吧，有一次她丈夫开车出差从淮河大桥上掉了下去。还真让那歪嘴道士说准了。

我的心跳有些加快，推测着接下来这个秃顶男人还会讲什么。

他似乎没有注意到我的情绪变化，依然不紧不慢地说：我这同学呀一直守寡十几年，儿子上高中时，她同校一个死了妻子的副校长想跟她在一起过。她也动心了，毕竟一个女人带个孩子不容易嘛。她答应先处处看，当然寡妇和鳏夫说处处，其实就是基本答应了，接下来该办什么事都会办的。谁料想，一个月后这个副校长陪着县教育局局长去钓鱼，局长的鱼钩竟被一条大鱼拉了下去。这副校长凭着自己有点水性，就脱衣服下水去捞，谁知这一下去就再也没有上来。

我有些沉不住气了，他这女同学怎么跟我认识的一个女网友的故事一样呢。但我怕秃顶男人看出我的不安来，就拧开水瓶连喝了两口。

他又接着讲：副校长死后，传言更多了，说她真是犯水命，谁跟她结婚谁得死在水上。这不，还没正式结婚，仅仅是同居了几天，就这样生生地淹死了。

他妈的，世界真会这么小吗？我在心里吃惊地骂了一句。

秃顶男人很是替她惋惜地说，这世界还真是蹊跷，她后来在网上认识一个男的，说是海军转业的，也是一个人单过，认识半年后，两个人一来二去就动了心。她心想一个老海军不会再被水淹死了吧？谁承想，这个四十多岁的男人在雨后骑摩托车到郊外玩，摩托车轧上一块小石头，他脸朝下地趴在了路边的地面上，地面上正有一个碗大的小水坑，竟又一口水给呛死了。

啊！我禁不住发出了惊叫声。

"你怎么了？"秃顶男人抬起头，不解地望着我。

我回过神赶紧说："啊，啊，没啥。我去趟卫生间！"说罢，我匆匆地站起来。

在去卫生间的路上，我背上还一阵发紧，她就是我的网友：水乡之梦。

我跟这个女人已经在网上认识半年多了，而且有一些暧昧。她给我讲了前两段经历，只是与海军网友的事没讲。从视频上看她也就四十岁左右，漂亮而丰腴，活泼又大方，根本不像是这么倒霉的一个女人。我一直以为她讲的是别人的故事，故意逗我玩，谁料想竟是她自己呢。

这么想着，我的尿意突然上来了，有一种憋不住的感觉。我急急地走到卫生间，可当我掏出东西时，却怎么使劲儿也尿不出来。

我站在便器前使劲地晃了半天，最终还是没有尿出几滴来。××，怎么突然这样了！我一边在心里愤愤地骂着自己，一边小心地瞅着旁边的人。见左边的那个人走后，我就急急地收了家伙，小偷一样地逃出了卫生间。

秃顶男人见我回来，就放下正在拨拉的手机，笑着说："卫生间发水了吧！"

我搪塞道："是尿了不少呢。"

这时，秃顶男人就说："我这女同学奇吧，还真犯水命呢。"

我不想再提这个女人，我怕往下说露了马脚，就岔开话题说："你还真会讲故事，挺传奇的。"

"噫，我这可不是故事啊，是真事。"他辩了一句，又接着说，"也是，现在这世界啊，越真的事越像故事。"

我笑笑，没再接话。我不知道再说什么好。

他把手机放在腿边，手机与钢椅面发出脆响的细小的碰撞声。他把大厅扫了一眼，又把目光收回来，然后开口说："该你给我讲了，也来个稀奇点儿的。"

"那我想想吧。"其实，我现在真的没有兴趣再跟这个秃顶男人聊，我在心里觉得他每一次笑似乎都是有深意的。也许，他知道我与他这个女同学是网友呢。其实，他很容易知道，只要偷偷地拍个照发给他女同学，一切都明白了。现在回想起来，我们聊天的时候，他的手机还真的拍了一张，莫不是真发给他那女同学了？

想着这些，我竟觉得自己在他面前脱去了衣服，完完全全地裸露出来了。我真的想离开他，甚至不想再见到他。

正在这时，我的手机响了。是宫姬打来的："醒了吗？来打一局，领导累了！"

要瞌睡枕头送来了。我赶紧说："好，我马上到！"

我立即站起身，不好意思地对秃顶男人说："哥们儿，领导叫我呢。过会儿聊！"

他也起身，伸了伸胳膊，笑着说："哥们儿，你还欠我一个故事呢！"

"好嘞。有机会一定讲给你！"我边说边疾疾地走开。

我刚进茶座，钟主席就起身站起来。

他笑着问："醒了吧？打两把提提精神，我去化化妆。"

他们几个人就都笑起来。前两天在韩国才知道韩国人把卫生间说成化妆室。学得还真快呢，我望了一眼钟主席，在心里想。

我接钟主席，跟卞艳打对手。我平时打得不多，牌技自然没有他们好，第一把就垫底了。可以想见，招来的是一片冷嘲热讽。但我全然不在乎，我的心思还沉浸在秃顶男人讲的那个叫"水乡之梦"的女网友身上。

我一边打牌一边在想那个秃顶男人和"水乡之梦"。难道这一切只是偶然吗？似乎又不是偶然。这个世界没有偶然只有必然，再微小的邂逅和缘分，只要缔结了就不会消失。我的脑子里一直排除不了秃顶男人的目光。

本来牌技就差，加上心不在上面，每次都是我输到最后。这也好，正好为他们仨提供了说话的机会。他们不停地拿话嘲笑我，牌场上倒也欢乐得很。

广播终于通知可以登机了。宫姬还要打完最后一轮，卞艳就放下了手中的牌，坏笑着对宫姬说："你小小年纪，瘾还真大！"

这话后面的意思我们都明白，有时是特指男女对性生活要求多。于是，大家都笑起来。

这班飞机还真准点，按时起飞的。但这个航班也混蛋，不仅是夜里飞十个小时，而且还要倒时差。飞机起飞后，想着还有十多个小时的时间，我的睡意又浮了上来。于是，拿出遮光眼罩套在眼上，我想让自己再睡一觉。

机舱里倒是安静了下来，可我却睡不着，越想睡越睡不着。

脑子里就挥不去那个秃顶男人和"水乡之梦"。我在想我们俩到底是什么关系，暗含着什么事儿。秃顶男人肯定在这个飞机上，可登机时我并没有看到他。难道他不是这个航班？我在心里设想着他最好不是这个航班，我永远不想再见到他。

现在，我想控制自己的思绪不再想这件事，可怎么也控制不住。于是，我强迫自己转移思考对象，我强迫自己的思维转到刚才的牌局上。

回想起刚才的牌局，我突然觉得自己在牌局里的角色就是那个"A"，一个标准的临时工。

仔细想想还真就是那个理儿。"A"是掼蛋这新单位的业务骨干，始终受到领导器重，其优点也有目共睹：一是把关令人放心，不会担心被别人"走小鱼"，在试探对手虚实或者给下家制造麻烦时，老"A"出马也往往会收到奇效；二是出手灵活多变，无论是与"10、J、Q、K"这样的干部组合，还是与"2、3、4、5"这样的群众混搭，都可能形成威力无比的"纯五科"。然而，"A"的悲催地位也显而易见，无论其怎样努力，也难再有进步，好不容易成为培养对象，还要接受至少三重考核，过不了关就由英雄成为罪人。最可悲的是，老"A"出头之日，就是牌局结束之时，好一点的后续活动是上菜开饭，更多的则是散伙滚蛋。某种意义上，"A"的角色很像重要岗位聘请的临时工，平日里鞠躬尽瘁、死而后已，到头来一无所获、反背黑锅。

可不是吗，不仅是在这个牌局里，就是在单位在社会上，自己何尝不是个这角色呢。

想想这些，真是很沮丧……

飞机降在墨尔本图拉曼里机场时，已是当地时间十点多了。

我们与前来接站的澳大利亚国际商会的麦果接上头后，已经快十一点了。

麦果自我介绍是沈阳人，来澳已经二十多年。看那做派应该是一个已经融入当地的移民了。他热情但严肃地说："现在对出访要求严了，你们的行程排得十分满，只有这一个下午的时间可以走走，接下来就都是商务活动了。"

他这话我没弄明白是什么意思。但也不好问，在这个团里我知道自己的角色，那就少说话，跟着走吧。

钟主席发话了："出来一趟不容易啊，还是多走走多看看吧。"

麦果很讨好地笑了笑，就说："请领导放心，这几天我一定给大家服务好！"

车在一家中餐馆门前停下来。我们吃的是团餐，但倒也丰盛。不到半小时的时间我们就吃完了。

上车后，麦果就开始介绍墨尔本的历史和市容情况。我们第一站就来到皇家花园。花园很大，有大量罕见的植物和澳大利亚本土植物，园内有上千种奇花异草。但我们只有四十分钟的时间，那真是走马观花，根本顾不上仔细欣赏。接着是圣玛丽大教堂、库克船长小屋。

第二天上午九点，我们在麦果的带领下来到维州议会。

在议会大楼下经过安检，来到议会大厅，出来接待我们的是秘书长 Divde。这是一个高高大大的中年女人，她很友好，微笑着跟麦果交流一通。我站在一旁突然想起"大洋马"这个词儿。这个词在我们那儿是对高高大大的女人的称呼，她高大、丰腴、白胖、戴着一个金丝眼镜，给我留下了很深的印象。我觉得心情很愉快。

她首先带着我们参观了议会上院和下院的会议厅，麦果翻译着她的讲解。她显然对中国的情况是相当了解的，对中国的人大政协制度也知道得不少。在一个会议厅里，她还微笑着给麦果说了一通话，后来麦果说：我们可以在英国女王坐过的那个椅子上照相。

宫姬他们四个都坐上去照了几张。我本来是不想照的，但他们照过后 Divde 笑着对我做了个手势，我不知道是出于对那椅子还是对这个大洋马女人的兴趣，竟也坐上去了，而且还摆了不伦不类的姿势。后来，我们又参观了议会的图书馆，接着就被领进了议会成员用餐的餐厅。我心里还在犯嘀咕，不是有商务会谈吗，怎么到餐厅了。

麦果就解释说，今天议长很给面子，把会谈改成午餐会了！

不一会儿，议长过来了。叫什么名字我都记不清了。只记得他也很热情地跟我们每一个握过手，就在一个长餐桌的一边坐下。餐桌上已经摆上了柠檬水和咖啡。麦果跟他用英语说了几句，之后就对钟主席说："主席，会谈和午餐会开始吧！"

议长首先致了欢迎辞，接着钟主席致辞，介绍了我市的基本情况及这次出访的目的。双方致过辞，就开始所谓的"会谈"，无非是互相介绍各自的情况，最后钟主席发出邀请，希望他能访问我市。听着这一点实质性内容都没有的会谈，我在心里好笑，这其实就是出国的一个托词而已。议长最后表示，十分愿意去中国，但要有实质性的业务和行程安排。

一个人一块大牛排和一盘水果，都端上来了。牛排还真大，足有半斤多。显然，我们对这五成熟的牛排都不太适应，但硬是费劲地吃起来。宫姬实在是吃不下去了，就停下来喝咖啡。Divde 秘书长还一个劲儿地做着手势，示意她吃下去。麦果看出来宫姬的真意，就解释说："她是素食者！"

议长和 Divde 秘书长很不好意思，立即叫人端上来一盘水果沙拉。

商务活动结束后，我们就赶往悉尼的机场。

回酒店取行李时，麦果开玩笑地说："宫小姐这盘沙拉，人家没收费，还算很给面的。"

"怎么，我们来这里吃块牛排，还要收费啊！不是友好城市吗？"我有些不解地问。

麦果笑了笑，才说："耿先生开玩笑吧，他们的商务活动我们是交过费的，不然人家排不出时间接待呢！"

"嘿，他们宴请，我们掏钱！这老外也忒不地道了吧。"我在心里骂了一句。

飞机在悉尼落地已经是当地时间晚上八点了。

车子从金斯福德·史密斯机场径直开到一家中国餐馆。我想，麦果显然是跟钟主席他们提前什么时候商量过的。我不管他们，现在我感觉肚子真是有点饿了，在墨尔本吃的那些洋餐已经消化殆尽。

麦果像是这家餐馆的老板一样,一进门就用英文指挥着店里的人。我听不太明白,只见年轻的中国女老板一个劲儿地点着头,并不时吩咐餐馆里的几个伙计。

也就十来分钟时间,六个炒菜端了上来。这时,钟主席像是在征求我们意见地说:"这几天都累,公务活动结束了,明天是观光。今晚就多喝几杯,解解乏。"他说完这话就对着在旁边打电话的麦果说:"有什么中国酒啊?"

麦果立即挂了电话,讨好地笑着说:"预备着了,古井贡酒!"

"啊,这里还有古井贡酒啊!"钟主席和钱坤有些夸张地说。

麦果一边给吧台后面的女老板打手势,一边说:"贡酒啊,这是给皇帝喝的酒。各位领导出来就成皇帝了!"

宫姬有些诡秘地笑一下:"喊,出来才算皇帝啊?我们钟主席啥时候不是呀!"

我们都附和着宫姬,笑脸望着钟主席。钟主席显然有些不太好意思,就指着送来的酒说:"打开,打开,今天喝个一醉方休!"

一瓶酒打开,每人正好各倒二两。我与卞艳紧挨着坐,我一转眼的工夫,她的酒竟倒给了我一半。我正要端起酒杯倒回去,钟主席就发话说:"小耿,别怎小气。男子汉嘛,替卞艳代点!"

我不好再说什么,反正这一两酒对我来说也不算个什么。钟主席显然心情不错,端起酒杯说:"感谢各位团员的配合,我们这次出访就要圆满结束了，我敬大家一杯！"说罢，他一饮而尽了。

剩下的我们四个人，你看我我看你，都不好再说什么，也一口喝掉了。

第二瓶打开后，钟主席又抓住酒瓶，然后说："我们再分这一瓶，这是规定动作！"

听他这样一说，卞艳和宫姬都端起酒杯拒绝。这时，钱坤就说："两位美女怎么了？这团还没散就不听团长的了！来来，喝不完可以找人代啊。"

卞艳立即把酒杯递过来，笑着对钱坤说："兄弟，你给姐代点啊！"

酒倒好后，卞艳真的把一多半酒倒给了钱坤。宫姬就一脸笑地看着我："耿哥，你不能见死不救啊！"她的酒也倒给了我一多半。

接下来就开始互相碰杯。我记得是我先主动给钟主席敬的酒，接下来就感觉到他们都给我捧起酒来。再接下来，我就什么都记不得了。

第二天我醒来的时候，一看表已经是中午十一点多了。啊，不是说今天在悉尼看景点吗？怎么没有人叫我啊？

我起床时头还晕得天旋地转的，强打着精神去冲了个澡，烧了杯水喝下，喝过水后才想起来给宫姬打电话。她是联络人，应该知道今天是怎么安排的。

宫姬可能也是喝多了，酒意很浓地说："我也刚醒，昨晚怎么回来的都不知道。"

"那他们仨也喝多了吗？"我问道。

宫姬停了一分钟才说："可能没我俩喝得多吧，刚才钟主席打电话说他们先出去自己活动了，下午再统一去看悉尼歌剧院。"

我挂了电话，又喝一杯水。倚在床头打开电视机，一边选着台一边回忆着昨晚喝酒的事。可再怎么努力都想不起来。我是怎么回房间的啊，一定出了不少丑吧。我有些后悔，昨晚喝酒太多。但很快我就自我安慰起来，在异国他乡喝多一次也没啥，在国内不是也常常喝多吗。

其实，我的酒量并不大，每次喝多都得两天醒不过来。不少醒酒的方法我也试过，终究是没有啥效果。

下午两点，我们五个人又聚在一起，从酒店出发。

车子先到海德公园停下了。这公园确实很大，但并没有什么特别之处。我下了车，风一吹，胃里的东西便向上翻，我真担心要吐出来。这时，卞艳就说："嘿，耿兄喝酒是来得快走得慢啊！"

我看了她一眼，想开口回一句，但胃里实在难受，就没有答话。

钟主席精神不错，看来昨天没有喝多。他不停地用手机拍着一棵棵大树和路边的花朵。宫姬显然昨天也喝多了，蔫头巴脑的，像只病鸡。钟主席就拿她开着玩笑，说是要把她的醉美人的形象给照下来。

宫姬就勉强地笑着说："领导，你们仨从昨晚到今天失联近二十个小时啊！"

钟主席看了她一眼，然后笑着说："失联不等于脱团啊。我们也在房间睡，只是没有联系而已！"

说罢，两个人都笑了一下。

从歌剧院回来，夜幕已经降临了。麦果这次把我们带到了悉尼塔旋转餐厅。

这是悉尼的标志性建筑，也是来澳大利亚必须体验的一处景观。丰盛的各种海鲜和地道的澳大利亚美食让人眼馋，但更让人心怡的是灯光通明的悉尼夜景。

我们五个人被服务生安排到临窗的一个大台前。钟主席兴致很高，又点了一瓶红酒。说真的，酒打开后，我闻到酒味就想吐。但我最终还是在众人的劝说下，喝了两杯。那天晚上，我几乎什么东西都吃不下去，只好把自己的头偏向塔外，让夜景来分散想吐的感觉。

回到房间时，我没有冲澡也没有刷牙，倒头就睡了。

金斯福德·史密斯机场离我们住的酒店很近，半小时车程就到了。

这次出关手续办得特别顺利。也就半小时，一切手续全部办齐。

现在离登机时间还有近三个小时,他们四个人就说去逛逛机场的免税店。我也想买点什么东西带回去,毕竟出来一次,总是要带一点礼品的。

这时,宫姬就说:"我们随便逛,但记住了,十一点整登机口集合。"

与他们四个人相比,我根本就是一个穷人,所要买的东西也最少。机场免税店实在太大太多,各种东西让本来就有点晕的我更是眼花缭乱。我简单地买了几个袋鼠钱包之类的小玩意儿,就找到登机口,在一处空椅子上坐下。

我掏出手机,给儿子发了一条微信:我十二点登机飞浦东。

发完微信后,我就开始浏览这两天的朋友圈。这几天一是因为喝酒一直处在醉意中,二是因出国有纪律规定:不准发与这次行程有关的任何微博微信,以免被有关方面和好事者抓住把柄。所以一直没看朋友圈。

我正低着头看,突然听到一个人在喊我:"喂!"

我一抬头,就猛地惊讶,那个秃顶男人怎么又出来了?他一直跟着我们吗?我不再相信这是一次邂逅。

我让自己镇定了一下,才说:"你也是 MU562 这班飞机?"

"嗯,巧了!"秃顶男人不好意思地一笑,又接着说,"他们呢?购物去了吧。"

我笑了笑说："是的哟。咱中国人出来就是购物！"

秃顶男人也笑笑，便在我身边坐下来。

"我们还真是有缘呢。"秃顶男人看了一下手机，又接着说，"哥们儿，你还欠我一个故事呢！"

这是几天前的约定，没想到还又碰上了。我不能食言啊。这时，我突然想起自己二十年前那次离奇经历，就开始对他讲起来。

那年五月，我从县城坐公共汽车去省城参加一家报社的招聘考试。有些破旧的汽车在正翻修的国道上行驶，车窗外一眼望不到边的金黄色小麦在太阳光下熠熠闪闪。路破车旧，加上走不了几十里就停车上下人，我的心情糟透了。车到漆园县城时，又上了一批人，车上人挤人，根本不按座位坐了。我坐的三个人的位子上硬是被挤上了四个人，我被挤得动弹不了。由于人太多，我担心自己拎的包被人偷了，就放在腿上，用一只手按着。其实，包里并没有多少钱，也就千把块吧。那时，我还在县城一个中学教书，当然也没有多少钱可拿。

车子出漆园县城刚走十多公里，突然车上有一股烧焦的味道。这时，就有人大喊车子着火了。接着，更多的人大喊停车停车。

车子缓缓减速，车里不少人都站了起来，向车门挤去。这时，突然有人又喊：有人跳车了！我根本就没有看见谁跳车。可车子停下后，我下了车竟见车窗下真的躺着一个四十多岁的男人，而且这男人已经口吐白沫了。很显然，这个胆小鬼从车窗跳出去后是后脑勺着地的。人们围过来，但谁也不敢用手去碰他。司机下来了，用手在这人鼻子上试了试，气呼呼地骂一句：他妈的，就你怕死，就你死得快！

车子不再向前走了，有几个人像没有看到刚才的那一幕一样，向车的反方向走去。他们是要在路边拦后面来的车。我怎么办呢？我也得到大路边拦车啊。可我向路旁走的时候突然发现自己的包被割开了一个两寸长的口子。啊，钱被偷了。

讲到这儿时，我对着秃顶男人笑了笑说："现在想想，比那个胆小鬼幸运多了！"

秃顶男人看了我一眼，不以为然地说："你以为那个人真的是怕汽车着火跳的车吗？"

"那还能因为什么？"我有些不解地问。

秃顶男人想了想又开口说："你的包被割了，说明那车上有贼。如果是一伙贼遇到他们的对手，如果那个跳车的男人就是这伙贼的对手呢，他不会跳车逃吗？"

我被秃顶男人的话弄得有些吃惊。这事经他一说，怎么像是一场预谋呢。但我想了想，还是觉得这秃顶男人在耍小聪明，或者是悬疑小说看多了在这里胡思乱想。

于是，我就笑着说："哥们儿，你就瞎掰吧！"

秃顶男人瞄了我一眼，笑了一下，又突然收住笑容，接着说："也许，第二天你又遇到一个女人死在了稻田里。是不是啊？"

啊，他怎么知道的？我对面前这个秃顶男人突然有一种恐惧感。

这几天，他总是突然出现在我面前，而且他讲的故事与我有关，我讲的这个二十年前的经历他竟也一清二楚。他到底是干什么的？我当时心里真的很是害怕。

那天，庆幸的是我裤袋里还有十几块买车票找回的零钱没有装包里。我最终拦住了一辆短途班车，到了前面的楚镇。那时虽然我还没有手机，但我知道我的同学范畴在镇上的一个中学教书。也只能就近去投奔他，不然去省城的钱都没有。

楚镇中学在镇的最西边，说是镇，其实旁边都是稻田。见到范畴时已经是下午六点多钟了。毕业后还是第一次见面，范畴很是热情，邀请了他们的教导主任和几个同事陪同。那时候就流行喝啤酒，我肯定是喝了不少。天已很热了，屋里连电风扇也没有，喝过酒后，范畴就从他那间办公室里把板床抬了出来，放在学校大门前的路上。听着路旁稻田里的蛙鸣，看着天上的星星，在微风中我们聊着上学时的一些事儿，真是惬意极了。

那天我们聊到很晚才睡，但第二天却起得很早，因为学生要来上课。我还在睡梦中，范畴就把我推醒了。我翻身坐起来，向旁边稻田里一瞅，突然大叫起来："有人死了！"那女人背上还背着喷雾器，看来她是早起给稻子喷药的。怎么会脸朝下死了呢？我们仔细一看，原来一条断了的输电线正好落在她身上。

秃顶男人见我一直不说话，就又开口说："许多事都是有因果的，只是我们不知道而已。"

我审视着眼前这个秃顶男人，觉得他越来越神秘了，他似乎对一切都了然在胸。一时我竟不知道再说什么好。

秃顶男人又笑了一下，开口说："你想，这个女人与那个跳车的男人可能有关系吗？"

"啊，他们能有什么关系？"我更为惊讶了。

"怎么不能有关系呢？世间的事都有联系的。"秃顶男人向大厅瞄了一眼，又接着说，"如果这个女人的丈夫也是个贼呢，他们不就联系上了吗？"

啊，我更为吃惊了，脱口问道："你是公安吧？"

秃顶男人这次没笑，很是严肃地说："我不是公安，但我不一定没有公安的朋友啊。这件事是我一个公安朋友十几年前讲给我的！"

现在，我对眼前这个秃顶男人更是看不透了。一种恐惧感从心里升起，越来越浓，以至后背都发凉。我在心里猜想着，他究竟是干什么的呢？

这时，宫姬已经拎着包向我走过来。她边走边说："耿哥，也不快来帮帮我！"

秃顶男人向我笑了笑，站起身，说了声："还不快去帮忙！我们国内见。"

那次旅行到现在已经半年多了，我再没有过那个秃顶男人的信息。但接下来发生的事，我不敢肯定与这个秃顶男人有联系。

三个月前钟主席和钱坤被"双规"了，取道伦敦逃到悉尼的卞艳被引渡回国。

从此，我再也不敢给任何人说那次旅途的经历了。

图书在版编目（CIP）数据

某日的下午茶 / 杨小凡著.—北京：作家出版社，2021.6

ISBN 978-7-5212-1438-3

Ⅰ.①某… Ⅱ.①杨… Ⅲ.①中篇小说—小说集—中国—当代
②短篇小说—小说集—中国—当代 Ⅳ.① I247.7

中国版本图书馆 CIP 数据核字（2021）第 093069 号

某日的下午茶

作　　者：杨小凡
责任编辑：省登宇　周李立
装帧设计：仙境设计
出版发行：作家出版社有限公司
社　　址：北京农展馆南里 10 号　　邮　　编：100125
电话传真：86-10-65067186（发行中心及邮购部）
　　　　　86-10-65004079（总编室）
E-mail:zuojia @ zuojia.net.cn
http://www.zuojiachubanshe.com
印　　刷：北京盛通印刷股份有限公司
成品尺寸：142×210
字　　数：230 千
印　　张：9.75
版　　次：2021 年 6 月第 1 版
印　　次：2021 年 6 月第 1 次印刷
ISBN 978-7-5212-1438-3
定　　价：52.00 元（精）